一念永恒 9

耳根 著

时代出版 TIME
时代出版传媒股份有限公司
安徽文艺出版社

图书在版编目（CIP）数据

一念永恒. 9 / 耳根著. -- 合肥 : 安徽文艺出版社,
2022.6（2024.1重印）
ISBN 978-7-5396-7406-3

Ⅰ. ①一… Ⅱ. ①耳… Ⅲ. ①长篇小说－中国－当代
Ⅳ. ①I247.5

中国版本图书馆CIP数据核字(2022)第009991号

YI NIAN YONGHENG 9

一念永恒9

耳根 著

出 版 人：姚　巍
责任编辑：胡　莉　李　芳
装帧设计：周艳芳

出版发行：安徽文艺出版社 www.awpub.com
地　　址：合肥市翡翠路1118号　邮政编码：230071
营 销 部：(0551)63533889
印　　制：湖南关山美印有限公司　　电话：(0731)87056228

开本：710mm×1000mm 1/16　印张：18　字数：310千字
版次：2022年6月第1版
印次：2024年1月第3次印刷
定价：32.00元

目录
CONTENTS

目录
CONTENTS

第 488 章

丹威

因那日那场混乱，蛮荒人震怒，那些部落不敢轻易出现。

如今在这战场上，巨人魂士数量不多，而且大多距离边墙很远，甚至连凶兽都很少见，唯独冤魂还在不断冲锋，撞击边墙和光幕，使得光幕更亮了。

不过很显然，以边墙的防御力，这些冤魂的攻击还无法起到显著的效果，且边墙上的法器在运转中，一道道光柱不断射出。五大军团的修士陆续出手，使得那些冤魂撞击光幕后大都被灭去。

这样的战斗，从边墙存在的那一天开始，就始终不断。灭亡的冤魂已数不清，可蛮荒内依旧存在许多冤魂。

尤其是在冥河被撬动之后，冤魂的数量比以往多了不少。

正是在这个时候，白小纯深吸一口气，目中带着期待的神情，抬起右手，向外狠狠一扔，那枚金色的聚魂丹骤然飞出，化作一道金色的弧影，直接落在那些冤魂之中。

这金色的聚魂丹落地的瞬间没有碎裂，而是散发出金色的波纹，砰的一声，猛地向外扩散。

边墙上的修士以及蛮荒中的魂士都看到，那金色的波纹竟扩散到了千丈之外！

千丈范围内，所有冤魂身体一颤，根本来不及反应，就直接被聚魂丹猛地吸了过来。

聚魂丹如黑洞一般，吸力极大，眨眼间，千丈范围内的上万冤魂纷纷化作一道道细丝，被吸入了聚魂丹。

千丈范围内的冤魂顿时消失了……若仅仅如此，也不算什么。白麟皱起眉头，毕竟聚魂丹之力看起来比炸炉弱一些。

没等白麟思索太多，就在这时，吸收了千丈范围内冤魂的聚魂丹颜色大变，眨眼间变成了红色的！

一声惊天动地的轰鸣直接传遍四方，这红色的聚魂丹竟直接爆开了，红色波纹覆盖了周围万丈之处！

万丈范围内的所有冤魂全部身体一颤，如被净化一般，目中的凶残消失，只剩下茫然。然后它们的身体如狂风中的烟雾，顷刻间全部消散，在消散之前，它们似乎想起了什么，仿佛得到了解脱……

战场再次安静下来，那些魂士一个个身体颤抖，看到那一枚丹药造成的恐怖效果，下意识地开始后退。

而边墙上，包括白麟在内，所有人都呼吸急促，激动起来，要知道这才一枚丹药啊！

“白大师，此丹是需要你操控，还是……人人都可使用？”白麟猛地看向白小纯，激动地问道。

“我白小纯炼制的丹药，当然是人人都能拿去用！”

白小纯看了眼边墙外，吓了一跳，聚魂丹的效果也让他很心惊，尤其是那些冤魂眼中最后的解脱之意让他觉得十分古怪。

他也不知为何自己的丹药能造成二次伤害，且达到净化般的效果。

没有人注意到，此刻的苍穹上，有一个模糊的身影正低头遥望大地。那是一个老者，虽看不太清模样，但若白小纯看到的话，必定能一眼认出，此人就是守陵人！

他的四周，似有虚幻的水波荡漾，那是冥河之水。

他深深地看了白小纯一眼，收回目光，走向远方，似融入了冥河之水内，不分彼此……

下方边墙之上，白麟闻言，眼睛一下亮了起来。

“好，此丹可否大量炼制？”

“当然可以了，不过你也看到了，药草不够，且大量炼制的话，丹炉也不够。”白小纯眨了眨眼，一摆手说道。

白鳞狂喜，仰天大笑。

“无妨，一千个丹炉，够不够？至于药草，我一会儿带你去见星空道极宗的使者，只要不是太过分，你要什么，直接和他说就是。”

“好吧……”

白小纯知道白鳞这是在提醒自己不要太贪，于是干笑一声，琢磨着自己一会儿要些什么。

白鳞深吸一口气，一想到以后每个修士手中都能有聚魂丹，他就无比激动，那可是能改变战争局势的聚魂丹啊！

或许他们能从边墙内走出，成为第一支杀入蛮荒的星空道极宗大军！

这样的功劳必定会给自己带来无上的荣耀，自己也可以名传千古。想到这里，白鳞就忍不住心脏狂跳，目光从战场上扫过，再次看向白小纯。

“小纯，根据天人老祖的判断，这一次蛮荒发起的战争与以往不同，如今对方看似势头消退，可实际上，在未来的几个月内，必定会有一场更大的冲击战！那一战，对方极有可能出动天人境的大能之辈……不过此事有陈前辈负责，我们也帮不上什么，可那一战的规模必定非常大，所以……你不但要尽快炼制聚魂丹，而且要想个办法，再炼制一些威力大的炸炉，最好炸开后，威力是之前炸炉的数倍，越强越好！”

白小纯站在边墙上，闻言沉思起来。他不大愿意炼制这种炸炉，他觉得自己是药师，要炼的是丹药，而非炸炉，况且炸炉只是炼丹时的意外造成的。

若他刚来边城，怕是还不好拒绝，可眼下，白小纯觉得自己应该有一些脾气与坚持，毕竟自己是大师嘛……于是眼睛一瞪，摇了摇头。

“白军主，此事休要再……”

白小纯刚说到这里，还没说完，突然，他面前的白鳞面色一变，与此同时，四周传来阵阵呼啸声与惊呼声。

只见上百道长虹从边墙外呼啸而来，速度飞快，一路毫无畏惧，直接临近，那是上百个巨人。每一个巨人的身体都有二十多丈大小，显然在各自的部落中也是强者。

这上百个巨人呼啸而来，引起了边墙上的人的注意，看起来，这些巨人是要自寻死路，开始自爆。可是很快，三道长虹竟诡异地凭空出现，如三支利箭，以上百个巨人自爆作为掩护，直接出现在边墙外！

那三人不是魂士，而是高贵的魂修！

这三人是两男一女，现身后，他们立刻出手。他们的神通十分诡异，带着妖异的绿色，直接轰杀而来。这一切说来话长，实际上只是眨眼间发生的事情。

白鳞皱起眉头，右手抬起一挥，一股大力立刻散出，朝着那三个魂修攻去。

白小纯发现那三个魂修隔着光幕，死死地盯着自己，没等白鳞的攻击靠近，这三人竟接连自爆！

两拨人接连自爆，必有原因！

白小纯内心咯噔一声，立刻后退……

第 489 章

刺杀

就在这时，轰的一声，魂修自爆形成了一股强大的冲击力，与此同时，竟有一个虚幻的身影，从三个魂修体内凝聚出来。

那身影穿着灰色的长袍，骑着黑色的魂马，以一种超快的速度，瞬间穿透边墙的光幕，朝着白小纯杀来！

“准天人境的炼魂师的魂！”

这一切发生得太突然，只有白麟反应了过来。他面色大变，立刻出手阻拦，可炼魂师的魂已有死意，竟不顾一切，抬起右手，向着白小纯猛地一指，一道绿气呼啸而去。

白麟全力出手，虽然使得绿气的速度减慢了一点，但还是没能拦下来。绿气依旧袭向白小纯，以绿气飞出的速度，结丹修士难以闪躲！

白小纯瞬间面色苍白，有了一股危机感。

眼看绿气就要笼罩自己，危急关头，白小纯大吼一声，双腿不死筋之力爆发，接连倒退数步，与急速而来的绿气拉开距离，同时散开寒气。之后，整个人直接瞬移到百丈外，刚好避开这一击！

而他之前所在的地方已经被绿气穿透，就连之前站在他周围的修士也受到了影响，身体一颤，全部死去……

眨眼间，数百丈内，除了白麟与白小纯外，无一人活着……

数百丈外，那些修士一个个面色苍白，眼神惊恐。

白小纯喷出一口鲜血，全身骨头似要断裂，五脏六腑仿佛都要化掉！

看着那些修士顷刻间死亡，白小纯全身都在颤抖。

“你……”

白小纯刚开口，鲜血再次喷出，好在他肉身之力强悍，这才免于陨灭，即便如此，他依旧受了重伤。

他抬头时，正好看到炼魂师的虚影被来自高塔巨目内的一道强光笼罩轰杀！

“怎么会不死，怎么会没死？”那炼魂师临死前感到十分费解，内心无比遗憾。

原本，按照他的判断，就算白小纯可以避开那一击，但只要稍微受一点影响，以其结丹修为，也必死无疑。

毕竟他是炼魂师，修为达到了准天人境，而且这一次袭击完全是突袭，为了成功，还牺牲了上百巨人、三个魂修和他自己的魂魄，这一切，就是为了击杀白小纯！

可见，蛮荒之内的人有多么想杀掉白小纯。

没想到，他们付出这么大的代价，最后还是失败了！

白小纯额头冒汗，之前那一瞬间，他感觉自己在鬼门关走了一遭。那三个魂修实力不俗，都是元婴修士，而那炼魂师更与白麟修为相近，都是半步天人，只不过因是魂体，再加上使出了特殊手段，付出极大的代价，才穿透光幕，故而只有一击之力。

白麟面色极为难看，白小纯在他的身边，竟差点被击杀，这对他而言，根本就是一种挑衅，也是一种耻辱。

如今，白小纯对边墙格外重要，聚魂丹尚未被大量炼制出来，一旦他死亡，对战局会有极大的影响。

此刻，白麟一着急，干脆直接挡在白小纯面前，接着抬起右手，拿出一枚散发着紫光的丹药，递给白小纯。

“这是神墟丹！”

白小纯一闻，立马知道这是一枚疗伤圣丹。他没有迟疑，立刻吞下，浓郁的灵力与生机瞬间扩散全身，伤势快速好转。

白小纯虽然没听说过这种丹药，但是知道其必定价值不菲，很有可能是白麟的保命之物。只不过，如今他没心情去辨认这枚丹药，而是猛地看向白麟。

“白军主，你当初邀请我时，曾再三向我保证安全问题！”白小纯深吸一口气，此刻内心依旧惊魂不定，说完，他又退后了一些。

白麟也十分郁闷，他向着白小纯一抱拳，接着看向边墙外的战场，目露杀意。

“炼魂师可以穿透边墙光幕？”

白小纯没有生白麟的气，毕竟方才如果不是白麟阻拦了一下，自己怕是生死未卜。只不过，他心中有疑问，于是忍不住问了这句话。

白小纯问的是最关键的，也是让他遭遇危机的原因。在此之前，他虽警惕，但还是认为只要自己待在光幕内，就是安全的。

“其他人不可以，炼魂师……有身体的话不可能，但若只是魂，则可以穿透阵法。不过，只要踏入阵法，三息之内，必定被高塔巨目击杀，所以很少有炼魂师这样做。”白麟沉默片刻，然后才解释。

白小纯呼吸一顿，他冷冷地看了一眼边墙外。此刻的战场，魂士正在撤退，那些魂潮也都在慢慢退后。

“小纯，此事是我疏忽了，你随我去见宗门使者，一切要求，直接开口就是。”白麟看向白小纯，大有深意地说道。

白小纯一听就知道这是一个好机会，明显是白麟给予自己的补偿，于是压下内心的不满，又狠狠地瞪了眼战场上那些魂士，这才与白麟一起离去。

很快，两人就到了主城内，来到了星空道极宗使者居住的地方。

“宋一多，出来见我！”

到了院子后，白麟低喝一声，很快，一个中年胖子愁眉苦脸地从房间内跑出，看到白麟与白小纯后，叹了口气，赶紧拜见。

“要什么，你和他说。”

白麟向着白小纯一点头，便不再理会，而是站在那里，抬头看着天空，似在沉思。

白小纯深吸一口气，觉得自己急需大量资源来压惊，于是毫不犹豫地开口：

“五百年以上的地灵根，我要五千份！”

“五百年？五千份，这不可能！”

宋一多身体猛地哆嗦了一下，整个人猛地跳起来，尖声开口，脸上的肉都颤抖起来。

“还有天龙果、七海参、飞龙鳞、神华草……每样一万份！”白小纯不管不顾，继续开口。

“还有九色火，我要一百份！”

宋一多怒视白小纯，正要开口时，听到九色火，他整个人都快要气炸了。

“不可能！没有，谁来也没有！”

“还有恢复修为的灵酿，我要一万瓶！”白小纯看都不看宋一多，继续说道。

“元婴丹，我要一百枚！”说完，白小纯又加了一句。

“对了，至于那什么神墟丹，我也要一百枚！”

此刻，就算是白麟，也听得心惊肉跳，白小纯要的这些东西，他琢磨着就算传信给自己的亲爷爷，恐怕也要不来。

至于宋一多，早就哀号起来了。他负责此处的一应所需，若是花费多了，他自己会被责罚，可若是少了，五大军团也不同意。

白小纯一摆手，看向白麟。白麟沉默片刻，苦笑着拉着宋一多到一旁，先是低声劝慰，后是怒视，最后干脆抬手直接轰碎了一旁的假山，之后才带着失魂落魄的宋一多归来。

“你说的那些，里面的九色火、神墟丹，杀了他，他都拿不出来，其他的，他会尽量满足你。至于元婴丹，我想想办法……”

白麟苦笑着，赶紧带白小纯离去。他生怕再耽误下去，白小纯又开口要什么。

第 490 章

这个可以有

此刻的白小纯，正在回忆自己知道的好东西，还没等全部想起，就被白麟带着飞出了宋一多的居所。

白小纯嘿嘿一笑，他之前说的那些纯粹是狮子大开口，实际上只要对方能拿来一部分就足够了。

此刻，白小纯心满意足，他看了看身边的白麟，又想起方才的生死危机，忽然开口：

“你刚才不是问我，有没有让炸炉威力更大的方法吗？”

“嗯？”白麟应了一声，“你之前不是说没有吗？”

“怎么没有，有，这个可以有！”白小纯一瞪眼。

“不就是让炸炉威力更大吗？此事简单，我以前经历过一次，丹炉爆开后，差点铲平了一座仙山，使得那里变成一片焦土，寸草不生！”白小纯咬牙开口。

白麟闻言立刻精神了，说到底，他还是对炸炉之事最为热衷，于是连忙问道：

“需要什么，你尽管开口！”

“丹药是一方面，更重要的是丹炉本身。我需要当年在血溪宗时的那种丹炉，具体无法形容，你让星空道极宗的人去逆河宗，找血溪一脉的少泽峰大长老问明情况后，再按照规格，准备类似的丹炉！他们准备的丹炉越好，炸开的威力就越大！逆河宗是我本宗，还请白军主让星空道极宗的人客气一些！”白小纯又提醒了一句。

“没问题！”

白鳞精神振奋，哈哈一笑，让白小纯自己回工甲阁，他则转身直奔宋一多的居所。

白小纯收回目光，走向工甲阁。这时，他的心情才算平复下来。一想到边墙上那极其凶险的一幕，他眼前就出现了那位炼魂师带着杀意的双眼。

“为了杀我，蛮荒也算付出了不小的代价。上百巨人、三位魂修、一位炼魂师……”白小纯喃喃低语，打定主意，以后除非逼不得已，自己再也不靠近边墙 。

他自己也心知肚明，随着炸炉和聚魂丹的出现，蛮荒魂修对他的恨意只会越来越深，到最后，恐怕恨不得生啖其肉。

想到这里，白小纯心底微寒，有些害怕，也有些发愁。

“我也不想啊，可没办法啊，立场不同。”白小纯叹息，琢磨着自己十年后就走了，这才松了口气。

“不管了，反正十年后我就离开这里了，眼下最重要的，除了战功，就是争取让自己尽快达到金丹大圆满期，且将不死长生功修炼到极致，只有这样，才更稳妥。”白小纯一咬牙，决定回到工甲阁后，立刻再次闭关，开始修行。

时间流逝，很快过去了七天。

也不知白鳞与宋一多是如何沟通的，第八天，星空道极宗不惜开启了传送阵，将一批批资源尽数传送了过来。

晌午时，白鳞亲自到来，在白小纯的庭院内，他大手一挥，一千个丹炉出现，落在地面上，一个个储物袋随之出现。

白鳞深吸一口气，再次挥手。这一次，十个足有百丈大小的丹炉自天而降，轰隆隆地砸在地面上，大地都震动了几下，震得一阵尘土飞扬。

赵龙等人一个个都睁大了眼睛，连连吸气。

“这……这是丹炉？”

“天啊，我从来没见过这么大的丹炉！”

“这哪是什么丹炉，这分明是重宝，你看那材质，那是制作灭婴舟所需的深海陨铁啊！”

在众人喧嚷时，白小纯结束了修炼。他走出阁楼，在看到那些丹炉时，也吃惊得倒吸了一口凉气。

“怎么样？”

白麟哈哈一笑，神气十足，这一次，为了这些资源，他甚至都哀求祖父了，用尽方法，才发动整个星空道极宗的力量，以东脉修真界之力，集齐了这十个无上丹炉。

而逆河宗前几天也是震动不已，星空道极宗使者亲自前往，很客气地问询了颇多问题，白小纯的事情也因此传入逆河宗，使得逆河宗上下无比振奋。

“这些是你所需的药草，这已经是我能找到的最多的量了……”白麟一指地面上的诸多储物袋。

白小纯内心热切，赶忙上前拿起那些储物袋，一个个地查看。他的心脏跳动得越来越快，到了最后，整个人面色都有些赤红，明显十分激动。

虽没有元婴丹，也没有九色火，但有十枚神墟丹，而且他之前提出的药草基本都有，只是数量没那么多。他最关心的地灵根等增加生机之物，数量很多。

这一切让白小纯眉开眼笑。他连连点头，快步走到那些丹炉面前。

他只打量了一下那一千个寻常丹炉，就收回了目光，重点检查那十个百丈大小的丹炉。

仔细观察后，白小纯再次被震撼，这丹炉的品质比他在少泽峰看到的丹炉的品质还要高数倍，且密封性更好，上面刻画的阵法也不是一般人能完成的。

“小纯，你要的东西基本上都拿来了，其他的你给我一些时间，我去想想办法，眼下最要紧的是数月后可能发生的大规模战争！你的时间不多，一定要尽快炼制出聚魂丹以及这十个大杀器！”

白麟神色凝重，跟白小纯交代几句后，没有久留，转身离开。

白小纯搓了搓手，两眼冒光，绕着这十个大丹炉走了两圈。

片刻后，他仰天一笑。

“赵龙、刘丽，你们百人配合我，咱们来炼一次前所未有的超级大丹！”

白小纯一声令下，他麾下的百人立刻称是。

很快，在白小纯的要求下，十个大丹炉就被并排摆放在了一起，那些寻常的丹炉就在它们的四周一圈圈地围着。

丹炉太多，庭院不够大，白小纯一挥手，顿时，他麾下的修士就将四周一个个早就无人居住的庭院里的阁楼全部拆除，使得范围扩大，出现了一个直径上万丈的空白区域，这才将所有丹炉全部放好。

白小纯首先开始炼制的是那十个百丈大小的丹炉，他已有计划，知道这十个丹炉非同寻常，于是不仅使用的地火晶是平时的数十倍，而且还把不少地火晶直接扔到了丹炉里，又放入了不少在高温下可以产生狂暴气流的药草。

“不就是要炸炉吗？炼别的我或许还需要想一想，炸炉，简单！”白小纯自信地说道。

他在这十个丹炉四周游走，不断地放入药草，还将之前炼制出的一些品质一般的聚魂丹也放入了这十个丹炉。

不少他以前没吃完且如今没了大用的丹药，也被扔了进去。之后，他想了想，又往丹炉里面扔了不少毒药……

可是他似乎觉得还是差了一点，于是一咬牙，直接打开储物袋，将他始终留着的怪丹也取了出来，往每个丹炉扔了一些。

到最后，他自己也不知道这十个丹炉到底能炼制出什么古怪的丹药，反正所有能加强药力的、使得药力不稳的药草，都被他扔了进去。

做完这一切，白小纯才心满意足地拍了拍手。

“差不多了。”

白小纯看着那十个大丹炉，目露期待之情，他也很想知道，这十个丹炉若真的炸开，能炼出个什么玩意儿。

白小纯休息了片刻，又开始往那些寻常丹炉里面加药草。

第 491 章

战仙鼓

时间流逝，一晃过去了两个月。

这两个月来，白小纯的庭院内，那十个百丈大丹炉通体呈赤色，温度极高，可白小纯还是不满足，又在其四周加了不少地火晶。

为了达到他想要的效果，他去找了白麟，让对方安排强者来加强丹炉之火，白麟一听他的要求，二话不说立刻同意了。

如今，白麟对这十个丹炉十分期盼，甚至亲自出手，封印了这十个丹炉，等到麾下十个元婴修士到来之后，才解除封印。

之后，那十个元婴修士一直在凝聚元婴之火，使其融入丹炉中。

白小纯每天看着那十个元婴修士，如同十个人形地火晶一样，不断释放出元婴之火，便忍不住开始想象这十个丹炉的效果。

“这么下去，到底会炼出个什么玩意儿？”

为了炼制聚魂丹，白小纯压下好奇心，开始专心炼丹。这两个月内，他的聚魂丹一批批出炉，几乎每天都会有上万枚聚魂丹被炼制出来。

这些聚魂丹被赵龙等人收集后，先被高塔巨目烙印神识，然后才会被白麟安排的修士取走，送入统一的地方保存，等待大战时分配下去。

之所以要烙印神识，是因为一旦依靠聚魂丹获得战功，白小纯虽说不能占十成，但是能获得三成左右。

这是白小纯与白麟的约定。而白麟作为资助方，作为军主，只要是剥皮军的战功，他都有一份；至于其他四大军团，每使用一枚聚魂丹，也可分得三成战功。

这种分战功的事情，二人做起来都很上心。白麟更是如护食一样，守着聚魂丹，不容别人打主意，甚至还安排了不少人守在工甲阁。

就这样，两个月过去，聚魂丹大量产出，白小纯也没有停止修炼。虽然这段时间他的战功积累得不多，但是由于之前存了不少，所以他还是能够潇洒地过日子。

他从星空道极宗要来了许多药草，不断修炼，自身寒气越发浓郁，修为距离金丹大圆满期越发近了。

可进展最快的还是不死长生功，地灵根给白小纯带来了浓郁的生机，他的身体完全吸收了这些生机，不单整个左臂完全被不死筋覆盖，就连右臂也有了大半不死筋。

白小纯每天如兔子啃萝卜一样吃着地灵根，炼药时也会啃上几口。又过去了十天，这一天黄昏，白小纯体内轰鸣，不死筋不断蔓延，将他的整条右臂都覆盖了。

随着不死筋蔓延到右手手指上，一股惊人的力量从白小纯的右臂内不断爆发出来，他激动地握拳，咔咔之声传出。

握拳的那一刻，他甚至感觉自己仿佛能够使空气扭曲。

“双臂、双腿都已修成！”

白小纯振奋地看向自己的双手。

“此地对我来说，是不弱于血溪宗的圣地啊！”

白小纯十分激动。修炼不死长生功会耗费许多资源，且越往后，消耗的资源越多。他知道，若是没有机缘，光凭着自己的实力，想将不死筋修炼到如今的程度，几乎不可能。

这也是之前他明明已经达到金丹后期，可不死筋只蔓延到一条腿的原因。

眼下，在地灵根的影响下，他的不死长生功突飞猛进。

白小纯并不知道，这段日子，他吃下的地灵根是星空道极宗宝库内大半的储量。

这可是星空道极宗多少年来从整个东脉修真界获得的，毕竟如今在修真界几乎没有人会人工种植地灵根，地灵根大都自然生长在一些秘境中，百年以下无用，唯百年以上才可成药。

“只差身躯与头了，这么下去，怕是用不了几年，不死筋就会大成，之后我就可以触摸乃至突破……人体第三层桎梏了！”

白小纯越想越激动，他感受了一下自己的实力，志得意满地抬起头，他觉得这一刻，就算是赵天骄大师兄出手，自己也可一战，且胜算还不小。

“哎呀，好想找个元婴修士练练手啊！”

白小纯感慨了一句，可很快就觉得不对劲，赶紧打消了这个念头。

“不要冲动……”

白小纯干咳一声，觉得自己方才有些托大，于是赶紧调整心态，继续修炼。

很快，又过去了一个月。

这一天，白小纯正打坐，忽然从外面传来阵阵鼓声，这鼓声轰鸣八方，传遍主城。不少修士听到后都面色一变，猛地抬头。

赵龙等人正在庭院内照顾那些丹炉，听到鼓声后，一个个面色变化，还有那十个元婴修士都身体一震，齐齐朝高塔巨目望去。

战鼓的声音是从巨目内传出来的。

“战仙鼓！”

“好久没听到战仙鼓了！”

“此鼓一响，代表边墙外至少有五十万魂士大军！”

在主城内，阵阵惊呼之声传出，但凡听到鼓声的修士，包括白小纯在内，全身血液加速流动。咚咚的鼓声似乎激发了他们的无穷战意，全身骨头与血肉一起震动，竟有一些潜力被激发出来，使得自身修为多多少少提升了一些，这正是战仙鼓的威力。

随着鼓声回荡，边墙内的所有修士体外竟多了一道紫色的光芒。

这光芒如同护甲，在保护修士的同时，使修士的身体变得更轻盈。

嗖嗖之声很快从主城内传出，与此同时，还有号角之音在回荡，五大军团的修士，不管在做什么，全都飞出，直奔集结点。

白小纯也立刻走出阁楼，此时，白麟正从远处呼啸而来，速度极快。

临近后，白麟站在半空中，神色严肃地看了白小纯一眼。

“蛮荒出动天人境大能、上百炼魂师、数千魂修以及上百部落，集合七十万巨人魂士、凶兽，还有数不清的冤魂，正攻杀而来！”

白小纯心神一震，尽管早有准备，可还是被这个消息震撼了。

“天人有令，一切城内修士皆为战修，共同抵抗这多少年来都没有出现过的……蛮荒大战！白小纯，我要指挥全军，无法分心照顾你，这一战，你要小心。”

白麟说完，看了看那十个百丈大小的丹炉，可那十个丹炉还没到自爆之时，无奈之下，白麟只能带着十个元婴修士飞向远处。

直至白麟离去，庭院内，白小纯麾下的赵龙等百人，一个个都穿戴上铠甲，目露战意，看向白小纯。

他们自从跟随白小纯后，就没有上过战场了，如今在那战鼓的激昂声中，一个个都杀气腾腾，双眼中出现边墙战修独有的红光。

白小纯沉默地看着面前的赵龙、刘丽等人，少顷，缓缓抬起右手，一拍储物袋，一件件铠甲、法宝以及一瓶瓶丹药，甚至还有大把符箓都飞了出来，朝着赵龙等人飞去。

“我是你们的百夫长，而你们都是我旗下的人！从前，我没有给你们赏赐过太多东西，不代表我不知道你们的心。我早有准备，眼下，大战在即，这些法宝、丹药、符箓，你们全部装上！战甲只穿一层不够，你们每人给我穿几件，要全副武装，最好连眼睛都用上防御工具。至于法宝，你们每人至少准备二十样，如此一来，就算仅靠法宝自爆，你们也可以杀敌无数！还有丹药，无论是恢复实力的，还是疗伤的，又或者是毒丹，我都给你们准备好了！总之，走出去，你们代表的就是我白小纯！”白小纯接着说，“另外，我还单独给你们每人准备了一百枚聚魂丹，我对你们只有一个要求，那就是杀敌的同时，请一定要活下来！”

白小纯声音有些沙哑，随后一甩袖子，一瓶瓶聚魂丹飞向赵龙等人。

赵龙等人一个个身体震动，呼吸一顿，看向白小纯时，眼含感激之意。他们知道，这些物品都是白小纯用自身战功换来的，且这些物品明显不俗，这会使得他们比其他修士强很多。

“出发！”

白小纯深吸一口气，体内煞气骤然而起，目光冷厉，一股铁血悍勇之气从他身上散出。

接着，白小纯化作一道长虹，带着那一百人直奔边墙。

第 492 章

百部之战

白小纯一行人还没到达边墙，突然远远看到，在边墙外，竟有一大片赤色云雾，以席卷八方之势，翻涌而来。

赤色云雾内有无数冤魂，这些冤魂与寻常的魂不大一样，都带着无穷的戾气。

临近之后，这些冤魂竟聚集在一起，变成了一个巨大的头颅。这头颅足有三千多丈高，有着极长的头发，光看面孔，似是一个女子，眼神阴冷，仿佛要撼动整个天地!

雾气翻涌，在头颅之上，隐约有一个妙曼的身影，身影模糊，看不清晰，可这女子身上，有一股似与天地融合在一起的气势，肆意且疯狂!

这一幕，看得人头皮发麻!

“陈贺天! ”

那头颅上的女子，穿着一身赤色长袍，此刻猛地抬头，开口说道。虽然声音不大，但是极为诡异，回荡四方，无视边墙阵法，传入边墙内，使得所有人在听到这句话的瞬间，脑海轰的一声，仿佛置身幻境，五大军团所有修士都不由得惨叫起来。

白小纯带的那一百个人身体颤抖，一个个七窍流血，惨叫不断。白小纯同样全身颤抖，只觉得仿佛有两把匕首扎进了自己的大脑，好在他的金丹立马散出了一丝天道气息，这才使他好受一些。

此刻虽不是黑夜，但是边墙内外的天空灰蒙蒙一片，大地上不断响起号角声，天地间看起来阴暗了不少。

“天人！”

白小纯倒吸一口凉气的同时，一道强光突然从主城内的高塔巨目射出。

随着高塔巨目射出光芒，天地瞬间被照亮了不少，远远看去，那巨目就如同一轮太阳。

光芒照到的地方，边墙内的修士一个个立刻恢复如常，那尖利的声音完全被隔绝了。

“红尘女，休得猖狂！”

与此同时，一个苍老的身影从巨目内闪现，一刹那出现在边墙上。

随着他脚步落下，整个边墙似乎都出现了重影，直至他一步走出，边墙才恢复如常。

那是一个老者，正是陈月姗的父亲、赵天骄的师父——陈贺天！

陈贺天穿着白色长袍，眉心有第三只眼。他走出来之后，散发出一股似与天地融合的气势。

轰鸣间，似有两股惊人的意志在争夺对这片天地的控制权。

眨眼间，陈贺天就踏入了赤色云雾之中，他的身影虽然消失了，可阵阵轰鸣之声惊天动地，而那片赤色云雾也在苍穹上翻涌得更为剧烈。

白小纯看着这一幕幕，再次倒吸一口凉气，那女子显然是蛮荒派出来的天人强者，她与陈贺天之间的战斗，绝非寻常修士可以参与进去的。

很快，赵龙等人就恢复了过来。他们来到边墙上，听到了边墙外的厮杀声。

上百个部落七十多万蛮荒魂士，声势浩大，使得白小纯耳朵刺痛，仿佛置身无尽的天雷之内，看去时，他更是眼珠子差点掉了下来，头皮猛地一紧。

只见边墙外，有无边无际的冤魂，而那些冤魂之间还有大量蛮荒巨人魂士。远远一看，这些巨人根本看不到尽头，仿佛无穷无尽一样。

魂士似乎划分出了上百个不同的部落，此刻，魂士正驱赶着一只只巨兽，向着边墙这里发起冲击。

大地都在震动，整个边墙似乎摇摇欲坠。

天空中还有更多的魂士与冤魂横扫一切，冲杀而来，而最显眼的则是魂修！这些魂修无论男女，模样都很俊美，但面无表情，他们出手明显狠戾太多，彼此分散开来，似乎可以操控那些魂士！

远处，还有更为尊贵且被不少魂修守护的炼魂师！这些炼魂师大都穿着深色长袍，每一个炼魂师一挥手，都可以撼动八方，无数冤魂随之嘶吼，不顾一切发起冲击。

更远处五个巨大的黑色祭坛飘浮在天地间，光柱从祭坛中射出，冲入云霄，形成一个五角形，似在打开某种封印。五角形范围内的天空似乎正在碎裂，有一只只鬼手正顺着那些裂缝，不断伸出，似要挣脱出来。

而在五角形下方，盘膝坐着一个身穿黑袍的老者，这老者似在念诵经文，天空中的裂缝更多了。

远处，目光所不及的地方，这样的大军浩荡无边。

白小纯呼吸急促起来，看着外面的大军，觉得边墙似乎要支撑不住。他四下打量才发现，五大军团的修士虽一个个面色微变，但是并没有明显的恐惧，只是觉得这一次进攻规模不小而已。

很快，边墙的光幕大放光芒，开始向外扩张，而五大军团的修士也在这一刻分成了数批，一个个呼啸而出。

白小纯也接到了千夫长的命令，安排了一番之后，他身边的赵龙等人，一个个全副武装，都杀了出去。

随着光幕向外推动，没过多久，双方短兵相接，天上地下，厮杀声不断。

原本对付魂士还好，毕竟魂士数量有限，不过，魂士悍不畏死，四周又有太多冤魂，这才让众人头痛。

双方刚接触，五大军团的修士就从储物袋内拿出一枚聚魂丹，毫不犹豫地向外狠狠一扔。

白小纯看到这一幕，顿时睁大了眼，接着，就听到了爆响。

随着五大军团的修士扔出聚魂丹，那些冤魂全部聚集在一起，然后崩溃爆开，形成冲击波。

如此一来，不单受到聚魂丹影响的冤魂消失，就连那些魂士也在冲击下喷出鲜血，一个个不由得倒退。

一枚聚魂丹炸开威力就已不小，如今至少有上千枚聚魂丹同时炸开，立刻让蛮荒出现剧烈震动。

借助这震动，五大军团立刻上前厮杀，阵势惊人！

五大军团内的精锐修士一个个呼啸而出，他们的目标正是那些魂修，一旦双方碰到，那就是生死之战。

整个战场喊杀声震天，远远一看，似乎很混乱，可实际上，白小纯一方占据了一定的优势，毕竟他们有光幕和聚魂丹。

光幕缓缓向外扩张，五大军团的修士紧紧随着光幕向前，蛮荒魂士只能后退，若不后退，立刻就会形神俱灭。

五大军团的修士并非一直待在光幕内，而是进退有序，相互轮换着拼杀，爆发力和持续战斗力都大大增强，使人望之胆寒。

大地上战斗激烈，天空中的战斗也不弱。

主城内的高塔巨目，每次光芒一闪，就有一道巨大的光柱射出，要么击杀一个魂士，要么横扫冤魂，在地面上形成沟壑，在天空中形成波纹。

第 493 章

聚魂惊威

现在，蛮荒这上百部落看似强悍，实际上却如一盘散沙，根本就无法撼动五大军团。

原本按照以往双方交战的经验来看，五大军团不会推进得如此顺利，这种规模的战争，那些冤魂既是五大军团最头痛的敌人，也是蛮荒之人最有效的防御。

无尽的冤魂发起冲击，往往可以阻止光幕移动的脚步，甚至可以使得光幕出现碎裂的征兆，毕竟冤魂太多了。

眼下，那些冤魂刚靠近，一枚枚聚魂丹就被扔了出去，不单吸收了冤魂，形成的冲击波也对魂士造成了不小的伤害。

蛮荒大军如被掐住了脖子，只能后退。

“该死的，怎么会这么多？”

“不可能，边墙内不是只有丹炉吗？”

“这是什么丹药，之前我记得似乎出现过一次，可只有一枚啊！但现在，该死的，他们至少扔出了上万枚！”

“这仗还怎么打？”

这一幕让上百部落的大酋长们怒火冲天，那些魂修也皱起了眉头。

至于最为尊贵的炼魂师，他们只有百人，此刻也不顾一切地去操控冤魂，试图扭转乾坤，可是很艰难。

“都是那个白小纯弄出来的！”

“该死，此人不除，我蛮荒将损失惨重！”一道道带着仇恨的目光落在边墙上。

白小纯赶紧退后几步，生怕再被人刺杀，遥遥地，他在关注着赵龙等人。

与五大军团的其他修士相比，赵龙等人在战场上很显眼，因为他们身上的铠甲太厚了，而且一个个出手时强悍无敌，一旦遇到危险，他们就立刻扔出聚魂丹，看得其他修士羡慕不已。

若是遇到更紧急的情况，这些人会毫不犹豫地让法宝自爆，一点也不心痛。

“这是谁的手下！”

“天啊，他们有多少聚魂丹，怎么会这么多？”

“还有法宝，我看到他们都自爆五六件了，每一件都价值不菲啊！”

“这算什么，大家看他们的身上，这些人都穿了至少五六件护甲，巨人自爆竟然都无法伤到他们！”

短时间内，赵龙等人击杀的冤魂和魂士数量，超出其他修士一大截，他们所过之处，无人能挡。

“加油！”

眼看如此，白小纯很开心。

他向着身边人一指赵龙等人，自豪地开口：“他们是我的手下！怎么样，厉害吧。”

四周那些修士都有些无语，看着赵龙等人全副武装的模样，又看了看白小纯，纷纷在心中感慨。

“这哪里还是剥皮军的人，分明是白大师的私人队伍……”

就在此刻，蛮荒内有惊雷之声响起，随着声音传来，白麟等人纷纷面色大变，白小纯也吓了一跳。

原来，远方的天空中，云雾之中竟出现了一条长河！

此河之大，浩瀚如海，幻化出来时，可以看到河水漆黑一片，隐隐能看到河水里存在数不清的冤魂，这些冤魂一个个咆哮着，试图从河水内挣扎出来，却无法做到，最终只能被河水卷走。

“冥河！”

有人立刻惊呼，白小纯赶紧再次退后一些，睁着大眼，看着幻化在天空中的冥河。只见冥河原本好好地流淌着，突然，天空中出现了一只大手。

大手出现的刹那，惊人的威压骤然降临，使得边墙的阵法开始震动，天空中与红衣女子厮杀的陈贺天也面色一变。

就在这时，大手猛地抬起，化作手刀，直接斩在冥河上。

巨响骤然传出。

轰轰轰！

冥河竟被斩出了一个缺口，河水改变了流向，朝着边墙倾泻而出！

虽然冥河的缺口正在飞速闭合，但是还是有不计其数的冤魂顺着河水，眨眼间就到了战场上，席卷一切，横扫八方，直奔边墙光幕而来。

一些魂士闪躲不及，被那冥河水碰触后，发出凄厉的惨叫，身体瞬间就像冰雪一般融化到了冥河之水中，成了冥河的一部分。

这一切说来话长，可实际上发生得很快，河水卷着无数冤魂与光幕碰到了一起。

轰鸣之声回荡，光幕似乎正在变薄！

光幕开始收缩，五大军团的修士不得不急速后退，眼看如此，白小纯也着急了。

白麟在天空中看到这一幕，怒吼起来。

“所有人，扔出你们的聚魂丹！”

听到他的话之后，五大军团的修士一个个狠狠地一咬牙，退后时，纷纷取出各自的聚魂丹，将它们全部扔了出去。

一时间，大量聚魂丹从光幕内飞出，落入冥河中。

落入冥河之后，这些丹药飞速溶化，就算溶化了，依旧能够发挥出一定的威力。

最主要的是聚魂丹太多，同时爆发威力，顿时就在冥河中形成了一个又一个的旋涡！

随着旋涡的出现，附近的冤魂都身不由己地被吸了过去，而因旋涡太多，自然而然地，就有不少旋涡相互重叠融在了一起，变得越来越大。

到了最后，整个冥河内出现了一个惊人的旋涡，四周的魂体全被吸了过去。

一股吸力从旋涡内发出，凄厉的惨叫不断传出。

总体来说，形势对边墙这一方极为有利。

天空中的冥河缺口终于自行闭合，大手似乎只有一击之力，只能任由冥河慢慢地消失于苍穹，一声带着遗憾的叹息在天地间回荡开。

整个战场上，冤魂死伤众多，炼魂师也无法继续操控余下的那些冤魂，并且受到了反噬，余下的那些冤魂开始不受控制地四散逃走。

这对于五大军团而言是一个难得的良机，白麟等人没有任何迟疑，立刻展开反杀，光幕顿时再次向前移动，五大军团修士急速袭杀而去。

尤其是赵龙等人，更是如利刃一样冲杀在前方。

看着这一幕，白小纯不由得轻轻皱了下眉头，他也没想到聚魂丹大量爆开后，威力居然这么大。

“奇怪，不应该威力这么大吧……”

白小纯眨了眨眼，他注意到了那些魂士看向边墙时，尤其是看向自己所在的地方时，目中的仇恨与疯狂，若目光可以杀人，白小纯一定早就被千刀万剐了。

“这个……”

白小纯心虚了，觉得这里太危险了，心底发愁。

他也很无奈，立场不同，没办法……

第 494 章

死不足惜

白小纯发愁时，苍穹上，随着战争的局势发生变化，与陈贺天交手的那位天人境的红衣女子皱起眉头。

天人之战容不得她分心太多，出手时声响震天，使得赤色云雾翻涌得越发厉害。二人的激战很剧烈，隐约可见一道道空间裂缝，以赤色云雾为中心，向着四周不断扩散。

从地面抬头看去，天空似乎要裂开巨大的缝隙，甚至地面上也出现了一些裂缝，所过之处，如奔雷落地，炸开八方。

这一幕幕看得白小纯头皮发麻，他亲眼看到一个堪比元婴的魂修被一道裂缝划过后，当场形神俱灭。

“天人……”

白小纯吸气，这不是他第一次看到天人发威，可每一次看到，都会心神震动。天人已经完全超出了人体的极限，与普通修士有本质上的不同。

“以自身融天地，借天地无上之力……”

白小纯喃喃低语，看着苍穹上的二人。陈贺天与红衣女子的四周，无论是风还是云，都可以成为他们的法宝，形成一道道神通！

他甚至看到二人的身边出现了无数虚幻的身影，这些身影仿佛从远古而来，不断加入战斗……

好在如今的战事，整体看去，边墙这一方占据了极大的优势。随着光幕的蔓延，五大军团修士不断前行，又因冤魂散去，七十万魂士没有了冤魂守护，只能亲自面对五大军团，在光幕的压迫下，正节节败退。

白小纯松了口气。他看过不少战争，甚至参加过不少大战，可像眼下这种规模的战争，还是头一遭遇到。

就在白小纯松懈的同时，突然，蛮荒内的上百个炼魂师一个个抬起头，盘膝坐下，各自取出一根黑色的燃香猛地一吸，然后身体颤抖了一下，闭上眼睛，如同陷入了沉睡。

同时，他们四周有大量魂修，很快，上百个炼魂师的头顶就升起了一缕缕魂！

这些魂正是他们的本命之魂，在出现的瞬间，形成一个个魂影，散发出惊人的气息，直奔边墙光幕而来！

很显然，对于使用了那奇异的燃香的炼魂师来说，光幕并不能阻挡他们！

这一点，从当初白小纯被刺杀的事情上就可以看出端倪！

在看到这些炼魂师神魂出窍的瞬间，白小纯面色一变，再次后退一些。

那上百缕神魂化作上百道长虹，穿透光幕，杀了进来！

五大军团内，包括白麟在内的五位军主，一个个立马飞出，万夫长也齐齐升空，试图阻击上百个炼魂师的神魂。

由于受到了阻击，那上百个炼魂师的神魂无法靠近边墙，尤其是主城内的巨目时而射出的光柱更让他们忌惮，一时间，半空中展开了激烈的厮杀。

与此同时，那些蛮荒巨人魂士也接到了大酋长的命令，一个个咆哮着红了眼，不顾一切地向着边墙撞击而来！

轰鸣之声立刻再次响起，那些魂士根本不在乎自己的性命，哪怕无法撼动光幕，也要持续撞击，最后自爆，让光幕越发扭曲，甚至不断变薄！

这是蛮荒的反击！

光幕逐渐变得暗淡，无法继续扩张，只能收缩，五大军团的有些修士来不及后退，暴露在光幕外，面对那些疯狂的巨人，坚持不了多久，便死去了。

有些修士被魂士一把抓住，传出惨叫，让人心神一颤。

白小纯面色苍白，他亲眼看到一个修士被两个魂士直接撕咬吞噬，之后这两个魂士明显出现了要突破的征兆。

魂士也需修行，因没有灵气，故只能吸收魂力。对魂士而言，灵气就如同久旱之人渴望的甘露一样，而修士的体内因蕴含了灵气，所以对蛮荒魂士来说，修士就是美味！

“吞了他们！”

“好久没吸收灵气了……”

“哈哈，就是这个味道！”

那些魂士一个个更发狂了，不顾一切冲杀而来，抓住修士就咬，如同野兽一样。

魂士自爆，不但可以腐蚀光幕，而且对修士的伤害极大。有不少修士甚至直接融化了！

白小纯面色苍白，眼睛却有些发红，这一幕幕对他刺激极大。魂士吃修士，此事他听说过，可还是第一次亲眼看到。

“死不足惜！”

白小纯咬牙开口，他之前因聚魂丹的恐怖威力，心底还有些不忍，可如今看到如此残酷的一幕后，望向蛮荒时，眼中已经充满杀意。

他沉默少顷，猛地转身，直接下了边墙，在主城的半空中飞驰，化作一道长虹，瞬间远离战场，直奔工甲阁。

工甲阁内放置着大量丹炉，最中间的是十个百丈大小的丹炉，此刻虽没有了元婴修士帮忙，可那些百丈大小的丹炉依旧被烧得赤红。

白小纯盯着那十个百丈大小的丹炉，看了一眼后，他深吸一口气，猛地一甩袖子，那十个百丈大小的丹炉竟飞上半空，环绕在他的四周。

白小纯双手掐诀，打出一道道印诀，随后更是从自己的金丹内抽出一丝丝天道气息，加入丹炉，使得丹炉内传出闷雷之声。

这百丈大小的丹炉虽还没到真正炸裂的时候，但白小纯毕竟是药师，他自然有办法让丹炉提前爆开。

即便这样做会使得丹炉炸开的威力弱一些，可这十个百丈大小的丹炉已经炼制了一些时日，就算威力变弱，也差不了太多。

白小纯做完这一切，就带着十个百丈大小的丹炉，重回到边墙上。

随着白小纯归来，无论是五大军团的修士还是蛮荒魂士，都遥遥看到了那十个百丈大小的丹炉。丹炉通体的赤红色和其内部传出的轰轰之声，使得它们极为显眼。

“那是……”

“白大师的丹炉！”

五大军团的修士一个个精神振奋，极为期待。

正在与那些炼魂师的神魂对抗的五大军团的军主也看了过去，尤其是白麟，他深吸一口气，看着那十个丹炉，极为期待。

四周那些炼魂师的神魂也面色大变，甚至蛮荒内的那些看到这一幕的魂士，都纷纷倒吸一口凉气。

尤其是在远处的那些部落的大酋长，一个个也睁大了眼，面露骇然之色。

“这……这么大！”

“天啊……”

还没等他们反应过来，白小纯已飞出边墙，大吼着将那十个百丈大小的丹炉直接扔出。

十个百丈大小的丹炉如十个火热的太阳，掀起一阵破空之声，朝着地面那数十万蛮荒魂士轰击而去!

在这一瞬，战场似乎安静了下来，所有的目光都集中在那十个如太阳一般的巨大丹炉上……

第 495 章

白魔

蛮荒上百个部落的大酋长们一个个瞬间心神狂震。

之前，他们曾领教过丹炉之威，眼下，这丹炉比过往的丹炉都大，他们不由得倒吸一口凉气。

“这……这也太大了！”

“这十个丹炉一旦爆开……”

那些魂士的大酋长一个个睁大了眼，他们的心中掀起了滔天大浪。被震撼的不仅仅是他们，还有那数十万正在冲杀的魂士。

“白魔！”

“该死的，是那个白魔！”

无数魂士无比骇然，试图后退。至于“白魔”这个名字，是蛮荒这些部落对白小纯的称呼。

白小纯不知道蛮荒中的人这样称呼自己，也不知道自己在蛮荒名气不小。

“不惜代价，封印这丹炉！”

突然，一声凄厉的嘶吼从蛮荒传出。

话音刚落，那些魂修和各部落的大酋长立即出手，不惜耗费修为之力，竟在这天地间织成了一张大网。

大网出现的速度虽快，但是丹炉砸来的速度更快，眨眼间，就有两个如太阳般的丹炉直接落在大地上，将几个来不及躲闪的魂士压在了下面。

在丹炉落地的瞬间，一声巨响传出，完全盖过了战场上的厮杀声！

一个百丈大小的丹炉直接爆开！

下一刻，地动山摇，如同末日降临。

火海眨眼间就覆盖了方圆数万丈的区域。

丹炉碎片如同一道道刀刃，向着更远的地方射出去。

一时间，天地巨变！

火海之中的魂士立马燃烧起来，凄惨的叫声不断传出。

一切还没有结束，一股冲击波扩散开来，直接掀翻了那些燃烧的魂士！

轰隆隆的巨响不断传来，仿佛天雷不断落下，震撼了那些魂士。

一缕缕五彩烟气向着四周蔓延，钻入魂士的体内，那些魂士竟直接消散了。

还有一些魂士好像傻了，明明都被火焰烧到了，却还在手舞足蹈！

紧接着，第二个丹炉炸开，第三个丹炉、第四个丹炉相继落在大地上。

轰隆的巨响声相继传出，那四个丹炉差点直接将方圆十万丈内的地方夷为平地！

至于其他六个丹炉，则被蛮荒众人释放的大网封印住了。

即便如此，单靠四个丹炉，白小纯就重重地打击了蛮荒！

大量魂士在火焰中成为飞灰，有的魂士直接被丹炉碎片穿透了身体，还有许多魂士被冲击波逼得不断后退。

而杀伤力最大的则是五彩烟雾，所过之处几乎成为一片焦土。丹炉里面放了太多的怪丹，这些怪丹合在一起的药力，别说这些魂士了，就连白小纯也不清楚。

不少魂修口吐鲜血，直接倒退。

整个蛮荒，一片惨淡。

其实，相较于死去魂士的数量，还有更多魂士活着。不过，那四个丹炉已经起到了威慑的作用，逼得蛮荒之人毫无办法，战意大减，心理防线都快要崩溃了。

那些要退后的魂士目中充满恐惧与惊骇。

“白……白魔！”

无数魂士开始歇斯底里地呼喊，似乎只有呼喊才能发泄内心的惶恐。

白小纯看向他们时，完全感受到了他们的恐惧与无助。

就连五大军团的修士看到这一幕后，也无比震惊，对白小纯崇拜到了极点。

炸炉是他弄出来的，聚魂丹是他炼的，这小太阳一般的丹炉一样来自他……

这一次，白小纯的名字被五大军团的人记得更深了。

很快，当一切消散时，靠近五大军团的那片战场差不多空了。地面上有四个巨大的深坑，还有六个被封印、无法继续爆开的废炉。

此时，整个战场诡异地安静下来，除了天空中的天人、白麟等人与那些炼魂师的神魂外，其他人都怔在那里，还没从之前的巨响声中回过神来。

更远处，那飘浮在天地间发出黑色光柱的五个祭坛上方，盘膝坐在那里正在念经的黑袍老者也睁开眼，先是看向战场，随后又看了看天空中正在交战的陈贺天二人，沉默片刻，最终还是望向了白小纯。

黑袍老者这一眼，似乎要将白小纯里里外外看个透。

白小纯呆呆地张大嘴，而后连吸好几口气。良久，他才平静下来。他看着战场，之后才发现自己的战功正在疯狂增加。

“这么下去，我能成为千夫长啊！”

白小纯内心有些激动。就在这时，苍穹上的赤色云雾中，一道光瞬间射出。

原来是那天人境的红衣女子想要直接击杀白小纯。

陈贺天岂能同意，他大喝一声，蓦然出手。

二人顿时战得更加激烈，出手更为凶猛，轰鸣震天。

白小纯吓得一哆嗦，眼看红衣女子来不了，这才松了口气。可他还没完全放松下来，蛮荒之中又有人盯上了他。

那些人的眼神无比凶狠、疯狂……

“怎么都看我……差不多了，这里太危险了，我还是赶紧回去吧。”白小纯内心很紧张，打定主意，正要后退。

就在这时，突然，一声巨响传出。

只见远处那五个祭坛上，黑袍老者的上方，由光柱形成的五角星苍穹竟大范围地碎裂开来。

“饿……饿……”

闷闷的咆哮声从碎裂的苍穹内传出，一只只鬼手从裂缝内争先恐后地伸出来，抓向下方的黑袍老者，然后将其直接抓入裂缝内。

黑袍老者也不反抗，任由鬼手将自己抓入裂缝内！

这一幕极为诡异，五大军团的修士都呆呆地望着上空，呼吸粗重。

白小纯瞪大眼，看着五角星苍穹，顿感不妙，于是一闪身，直接从边墙之上退出来，可还没等他离开边墙，突然，裂缝内再次传出一声惊天巨响。

所有裂缝全被撑开，形成一个缺口，一张大嘴露了出来！

似乎是里面的巨人太大，只能顺着缺口，露出嘴巴！

这大嘴是青色的，牙齿漆黑，上面还沾着血肉。巨人顺着缺口探出嘴，继续咆哮。

“饿……饿啊……”

声音回荡，震动所有人的心神，这大嘴竟对着边墙猛地一吸……

顿时天昏地暗，苍穹扭曲，大地震动，一股强大的吸力赫然从大嘴内传出，就连阵法光幕都无法阻挡。

五大军团的修士面色大变，竟有大半修士被吸出了边墙光幕，飞向大嘴！

就连边墙上的那些守护修士也是如此，白小纯心惊胆战，根本无法后退。

他惨叫一声，身体直接被吸到边墙外，飞出了光幕，出现在战场上方，直奔大嘴而去。

第 496 章

我认识你们的头领

“不要啊……”

白小纯惨叫一声，直接被吸出了边墙，飞到半空后，没有任何停顿，就被这股大力吸出了阵法光幕。

白小纯顿时有股危机感。

白小纯面色惨白，不断惨叫。他看到自己四周还有不少五大军团的修士，这些人如他一样，不受控制地被吸向大嘴。

有不少修士已被大嘴吞噬，凄厉的惨叫声不断传出。此时，边墙一方损失不小！

那大嘴如同饿鬼之口，疯狂吸收，所有被吸出的修士都用尽方法，试图阻止自己飞向大嘴。

有的施展秘术，有的利用重宝，还有一些彼此配合，使出撒手锏，不断挣扎！

有的成功，有的失败，至于白小纯则吓得魂飞魄散，此刻，他的脑海里只有一个念头。

“我不要过去……”

白小纯颤抖着咬牙大吼一声，眉心的通天法眼蓦然睁开。

一股强悍的灵力波动从通天法眼内爆发出来，似要利用禁制，禁锢自己的身体。

可作用不大……眼看自己已飞跃到了众多蛮荒巨人魂士的头顶，眼看距离饿鬼的大嘴不远了，白小纯这一刻真的急了。

他双眼赤红，双手飞速掐诀，在胸口狠狠一拍，目中充满血丝，发出歇斯底里的咆哮。

“人山诀！”

白小纯全身猛地膨胀，整个人都变得有些模糊，似乎有无数土石凭空出现在他的四周，环绕着他。

白小纯在被吸出百丈后，他的身影猛然间消失，被一个巨大的石人取代！

那石人足有百丈高，远远一看，如同小山。石人竟然抵挡住了大嘴的吸力，猛地停下来。接着，石人使出全力，狠狠下坠！

轰的一声，白小纯化作的石人直接落在地面上，掀起一阵冲击波，他的身体还在被那股大力吸扯，欲要前行。

石人的面孔与白小纯的面孔一样，此刻石人神色狰狞地仰天嘶吼，双手向着大地狠狠一砸，轰隆之声回荡。

大地震动，白小纯的双手直接砸进了大地里！

白小纯全身的力气在这一刻都爆发出来，整个人如同钉子一样，死死地钉在大地上，任凭那股大力如何吸扯，他岿然不动。

好在这股吸力没有持续多长时间，也就是十多次呼吸的时间。接着，缺口慢慢闭合，大嘴慢慢消失，就连那些裂缝也在飞速闭合。

白小纯全身颤抖，呼吸粗重，身体快速缩小，恢复正常状态。

他站在那里，心脏加速跳动，看着大嘴消失，有一种劫后余生的感觉。

成功抵抗大嘴吸力的，不单白小纯一个人。五大军团的修士毕竟有数十万之多，那大嘴就算再能吞，也无法吞下全部的人，再加上有不少人施展了白小纯这样的撒手锏，也逃过了此劫。

可很快，众人就面色大变，猛地看向四周，看到的赫然是蛮荒巨人魂士贪婪的目光！

实际上，蛮荒不是要大嘴吞噬五大军团，而是借助那股惊人的力量，将更多修士生生从光幕后面吸出来。

只要这些人离开了阵法，分散在阵法外的蛮荒大军内，那么他们的生死就基本掌握在了蛮荒大军手中！

“速速回来！”

五大军团的军主以及万夫长级别的强者，被那上百炼魂师的神魂阻拦着，无法救援，只能焦急地开口。

与此同时，一道道光柱爆发，不断落入战场，而阵法光幕再次扩散，试图缩短与五大军团修士的距离，重新将他们保护起来。

距离光幕近的修士还可以一鼓作气地后退，可是被吸出去很远的修士就很难了。至少有二十万修士分散在战场上，离光幕有些远，而且中间隔了大量魂士，难以瞬间突围，冲回光幕后面。

“杀了他们！”

上百个蛮荒部落的大酋长开始低吼。

其实，根本就不用大酋长下令，战场上的那些魂士早就咆哮着朝身边的修士杀了过去！

数十万魂士同时出手，形成一个包围圈，直接截断了那些被吸出阵法的修士回去的路！

白小纯面色苍白，有一丝后怕，身体轻颤，心底不断冒出冷意，他看着战场，欲哭无泪。前一刻，他还在因为战功暴增而得意扬扬，下一刻，他就陷入了危险之中。

这变化太突然，他不愿意接受，却没有办法，眼看着数十个魂士疯狂地朝自己奔来，途中还在不断狂笑。

“白魔在这里，杀了白魔！”

“哈哈，这白魔居然在我这里！”

“他是我的，我要吃了他！”

白小纯头皮都要炸开，他甚至隐隐地闻到了这些魂士嘴里的酸臭味。

“我……我认识你们的头领……”

白小纯哭丧着脸试图解释，却发现无论自己怎么喊都没用，他知道自己已没有退路，只能全面爆发。

白小纯的双眼更红了，关键时刻，他就像被刺激了一样，身上顿时有了一股铁血肃杀之意。

“我是我自己的，不是你们的！想要我死，你们会后悔的！”

白小纯发狠了，他一拍储物袋，一件件铠甲瞬间飞出。换了其他人，最多只能穿上几件铠甲，也不知白小纯怎么穿的，他竟用最快的速度将这些铠甲全部套在了身上，看起来很怪异。

一把把飞剑、一件件法宝陆续飞出，环绕在他四周，使得他所在的地方闪耀着耀眼的光芒。

这还没完，白小纯又取出大把的符箓，不顾一切地拍在身上，紧接着，他身上就有了上千层光幕。

白小纯刚刚做好防御，说时迟那时快，四周那数十个魂士直接朝着白小纯撞击而来。

那数十个魂士，每一个都修为不俗，堪比结丹，可如今，白小纯的防御太强了，魂士根本就无法撞透，甚至在那撞击之下，一个个都身体一震，喷出一口鲜血，倒退开来。

这一幕让四周想要赶来的魂士纷纷睁大眼睛，呆滞地看着白小纯。

"该死的，他居然穿了十多件铠甲，他……他怎么穿上的？"

"还有那些符箓，任何一张都价值不菲，这家伙居然拿出了一千多张！"

"天啊，他根本就是一个移动的储物袋啊！"

眼看自己似乎有些无敌，白小纯深吸一口气，鼓起勇气，拼命似的朝着被震退的那些魂士冲杀而去。

"你们欺人太甚！"

白小纯大吼。

别看他穿了不少件铠甲，身上又有防御光幕，四周还有法宝、飞剑，看上去整个人很笨重，可速度丝毫不慢，随便一冲，就直接靠近了一个魂士。

没等这魂士出手，轰的一声，白小纯就将其撞飞了。

第 497 章

拼命

在那个魂士被白小纯撞飞的瞬间，白小纯抬起右手，掐诀一指，四周那十多把飞剑刹那间呼啸而去，化作十多道长虹，直接封死了对方的所有退路。

那个魂士根本没有反应时间，凄厉的惨叫声传出，白小纯的飞剑直接刺中了魂士的身体！

那魂士还没来得及自爆，就已经形神俱灭。

白小纯没有迟疑，斩杀一个魂士后，猛地一晃，仿佛化身暴龙，横冲直撞，再次靠近一个魂士，右手抬起，飞剑呼啸而去。

那魂士想要闪躲，可白小纯速度太快，根本就来不及闪躲，便丢了性命。

与此同时，其他魂士已陆续临近，正要齐齐出手。

白小纯猛地抬头，举起右手，向着地面狠狠一击。

巨响传出，大地震动，掀起一阵风暴，横扫四方。

见此情景，那些魂士一个个面色大变，而白小纯则在这一刻加快速度，竟是一个人对抗十多个魂士。

轰轰轰！

声响震天，这一刻，白小纯就如同战神一般！

任凭那十多个魂士如何阻挡，也无法将他拦住，只是……战场上的魂士太多了。

很快，他的四周就有了上百个魂士，冲杀而来。

白小纯身上的防护罩正在变薄，他的双眼通红，整个人早已陷入疯狂之中。

“你们太欺负人了！这么多，欺负我一个！”

白小纯一边冲撞，一边怒吼，如一道流星，撞在一个魂士的胸口，直接将其撞飞。眼看四周上百个魂士层层包围，齐齐出手，形成的气势让这八方风动，白小纯倒吸一口凉气，他左手在储物袋上一拍，顿时取出了大把丹药，猛地扔出。

这些丹药刚飞出就立刻爆开，阵阵置换的雾气散出，融入魂士体内。

白小纯借助这个机会，赶紧冲出包围圈。

就在他冲出的瞬间，竟有数百个魂士从四周杀来，每一个都杀意惊天，还有十多个魂士准备自爆。

白小纯紧皱眉头，想要避开已来不及。这十多个魂士同时自爆，声响震天，大量酸液飞溅。白小纯面色大变，体外的防护罩越来越薄，没想到他竟然利用防护罩逐渐崩溃的冲击力，一下子远遁！

只是战场太大，且距离阵法光幕太远，白小纯哪怕远遁一些距离，也无法逃出去。他停下来的瞬间，对方再次围了上来。

“白魔，你死定了！”

“我要吃了你！”

四周的魂士不断嘶吼，再次靠近，杀戮又起。

白小纯身体颤抖，更加疯狂，抬起右手，四周的法宝竟有三成都自爆了。

法宝自爆，威力惊人。那数百个魂士口吐鲜血，被震退了一些，可还没等白小纯再次逃遁，又有数百个魂士立刻冲杀而来，他们好像就是要以这种方式，生生将白小纯耗死在这里。

远处的大酋长看到这一幕，纷纷冷笑，知道若无意外，白小纯必死无疑，甚至已有几个大酋长奔向了白小纯。

其他大酋长也已散开，开始击杀被吸来的五大军团中的强者和千夫长！

整个战场顿时变得十分混乱，天空中的陈贺天很着急。以前蛮荒从来没用过这种手段，此番打得他措手不及，他却无能为力，那红衣女子一直牵制着他，令他难以扭转乾坤。

而白麟等人以及大多数万夫长虽然还在阵法内，但他们的敌人是炼魂师的神魂，彼此厮杀得更为惊险，也无力援助白小纯。

一时间，战局变化，阵法光幕不断扩散。随着光幕扩散，不时有修士回到阵法内。只有回到阵法内，他们才可以放松一些。

五大军团的修士分散开来，能顺利回来的毕竟是少数。

战争，正以极其惨烈的方式展开！

白小纯声音都沙哑了，他危机感很强，仿佛全身每一寸血肉都在尖叫。

眼看自己又要被包围，白小纯暗自发狠，放弃释放寒气。

从交战到现在，他只利用了肉身之力，这里毕竟是边墙外，如果大肆施展法术，又来不及补充灵力的话，灵力很快就会枯竭。

一旦枯竭，等待他的就只能是死亡！

所以，白小纯只能在最关键的时候利用灵力，施展法术。白小纯狠狠地一咬牙，大吼了一声，体外的法宝瞬间自爆。

轰鸣之声震天，四周的魂士再次受到重创，一个个口喷鲜血，可魂士完全没有退缩，而是变得更加疯狂，陆续自爆。

魂士自爆的砰砰声如同死亡之鼓，一声声敲在白小纯的心上。

没过多久，白小纯体外的防护罩就完全崩溃了。

那些铠甲也承受不了多久，当白小纯借助最后的法宝自爆之力，杀出重围之时，他的铠甲已碎裂。

白小纯的身后是一地的尸体。他太过强悍与疯狂，四周那些魂士心惊胆战，一时间竟被他震慑住了！

“白魔……一人竟击杀了我们这么多人！”

“该死的，此人不但会炼药，就连战力也如此强，真是留不得，我一定要吃了他！”

“先前只不过是他的防护罩太厚罢了，现在，他已没有了防护罩，他必死！”

那些魂士纷纷嘶吼，再次包围过来。其中三个魂士明显比其他魂士庞大一些，也更凶残，速度更快。

那三个魂士率先冲出，直奔白小纯。

白小纯面色苍白，气喘吁吁。他看着四周如潮水一样杀不完的魂士，听着魂士的嘶吼声，闻着魂士口中散出的血腥味，双眼完全充血，变得通红。

“没有防护罩，你们就能顺利杀我？”

白小纯笑了，这笑容带着不屑和疯狂，他已豁出去了。他很明白，今天在这里，自己是九死一生，若不拼命，说不定真的要死在这里。

白小纯猛地站直身体，一股强悍的肉身之力轰然爆发，形成风暴，横扫四方。

他的皮肤成了金色的，他的身后出现了金刚虚影，他的双腿、两只手臂上面出现了无数符文。

不死长生功全面爆发！

白小纯蓦然抬头，向前踏出一步，直接施展撼山撞，直直地朝着最前面的一个魂士冲去，很快他整个人就撞在了那魂士身上。

那魂士仗着自己肉身强悍，想要与白小纯硬拼，可与白小纯碰触的瞬间，魂士就猛地睁大了眼。

轰的一声，魂士被狠狠撞飞！

骨头碎裂的声音响起，魂士惨叫一声，竟被白小纯一撞就死去了。

第 498 章

还有谁想死

在解决了那个魂士之后，白小纯猛地转身，他的身后，另外两个魂士已带着杀意冲来，正要对他出手。

白小纯嗤笑一声，右胳膊瞬间抬起，任由对方一拳轰在身上，右手却如闪电一般直接卡在魂士的喉咙上。

白小纯的手蕴含毁灭之力，随着他两指狠狠一捏，这个魂士全身的骨头都碎裂了！

白小纯刚刚施展的正是碎喉锁！

这还没完，连杀两个魂士后，白小纯猛然抬起右脚，直接横扫向身后，他的身后，那第三个魂士正挥舞着一把残破的大剑斩来。

白小纯的右脚瞬间就与那大剑碰到了一起，咔咔声中，大剑断裂，那魂士的手臂也被白小纯的右脚碰到了。

魂士惨叫一声，一道道黑丝瞬间封印住了魂士的身体！

这封印似乎可以产生无尽的痛苦，令这魂士身体一颤，居然痛得直接跪在了地上，不断哀号。

正是不死禁！

“还有谁想死？”

白小纯骤然转头，一只脚踏在不断哀号的魂士的手臂上，全身上下煞气滔天，他的长发飘舞，衣服也破了，露出金色的皮肤，整个人站在那里，仿佛天神一般！

他的目光带着疯狂，更有凶残，狠狠地盯着四周的敌人。

被他这么一看，那些想要冲杀上来的魂士纷纷停止呼吸，看向白小纯时，目光骇然。

他们亲眼见证了这一路围杀，白小纯十分强悍，被他击杀的魂士已有上千之多，本以为他是借助防护罩才有如此威势，可眼下他在没有任何防护之下，连杀三人，这一幕给他们造成了极大的冲击。

此刻他的声音回荡四方，四周竟没有一个魂士敢说一句话……

击杀三大魂士，虽然白小纯做得干净利落，但是他知道自己有多辛苦。这三人都非寻常魂士，修为堪比结丹大圆满，距离元婴也只是半步而已。

不死长生功也在这一战中起到了关键作用，不说其他，仅仅是不死长生功拥有的超强的恢复力，就使得白小纯坚持的时间变长了。

此刻，白小纯看似威武，可实际上，他正在借助全身的煞气震慑对方，同时为自己争取放松的时间，好恢复力气。

“我来！”

就在这时，一声闷闷的咆哮从不远处的魂士身后突然传来，大地震动了几下。白小纯猛地抬头，立刻看到那里有一个高一百多丈、穿着带兽毛的皮衣的惊天巨人，正朝自己狂奔而来。

这巨人披头散发，神色狰狞，脸上有不少看起来触目惊心的疤痕，且似乎极为暴躁，力大无穷。

一百多丈高的巨人狂奔过来的时候，旁边的魂士都面色大变，试图闪躲，一些闪躲不及的魂士，竟直接被撞飞了。

“魁！”

“魁！”

“魁！！”

随着那个巨人的到来，其他魂士纷纷兴奋地大吼，为其助威。

白小纯看了一眼，也心惊肉跳，他不知道魂士喊的“魁”是不是这巨人的名字，可无论如何，这巨人居然能手臂一挥，就将挡在其面前的人击飞，足见其力之大。

在白小纯看去的瞬间，这巨人已冲出了人群，迈着大步，瞬间靠近白小纯。这巨人抬起右脚，向着白小纯狠狠地踏来！

“给我死！”巨人吼道。

这一脚，巨人算是使出了全部的肉身之力。

白小纯眼珠子都快瞪出来了，他知道自己不能闪躲，一旦闪躲，之前被他震慑住的魂士，必定再次杀来。

“是你死！”

危急关头，白小纯也怒火滔天，他狂吼一声，右手握拳，竟毫不闪躲，直接一拳与那巨人的右脚碰到了一起！

远远一看，这一幕很不协调，百丈多高的巨人，脚掌之大，如同小山，而下方的白小纯则仿佛蝼蚁，举起了小小的拳头！

轰轰轰！

震耳欲聋的声响骤然传出，方圆千里内的人都听到了。

紧接着，一股惊人的冲击波扩散开，横扫四周！

拳头与巨人的右脚碰到一起之后，白小纯先是全身一震，低吼一声，只觉得一股大力顺着拳头传遍全身，他颤抖起来。

一股力量似乎要毁灭自己，毁掉自己的身躯！

“我岂能死在这里？！”

白小纯怒吼，他身体颤抖，似乎有使不完的气力从他全身的血肉内激发出来，悍然反击。

白小纯大吼，再次狠狠地打出一拳。一团黑色光芒环绕在他的拳头上，然后直接蔓延到了巨人的身上！

那一百多丈高的巨人全身猛地颤抖，接着发出一声凄厉的嘶吼，右腿直接碎裂。随着黑色光芒扩散，那个一百多丈高的巨人猛地爆开，成了一朵赤色云雾！

除了白小纯之外，周围百丈内的一切全都消失了，只有白小纯一个人站在那里。

四周寂静，周围百丈外的魂士一个个心神震动，他们难以置信地看着这一幕，脑海里仿佛有滚滚天雷，整个人恐惧到了极点。

“魁……死了？”

“这……怎么会这样？魁啊，那是魁啊，力大无穷的魁……魁竟然被这白魔一拳……直接轰碎了身躯！”

“这怎么可能？天啊！到底白魔是圣族，还是我们是圣族啊！这种肉身之力，这……这……”魂士纷纷颤抖，看向白小纯时，面露惊恐。

白小纯已经证明，他依靠的不是防护罩，而是强悍的肉身之力，就连力大无穷的魁也完全不是对手！

四周的魂士心中没了丝毫战意，魁的下场成了他们的噩梦。

白小纯站在那里，缓缓抬头，冷眼看着所有呆在那里的魂士。

“还有谁想死？”

……

无人说话。

一个个魂士呼吸粗重，内心恐惧。

“还有谁想死？”

白小纯身上的煞气再次弥漫，他向前走出几步，声音也大了一些。四周的魂士面色苍白，纷纷后退。

“想杀我白小纯，我问你们，还有谁……想死？！”

白小纯蓦然大吼，声音传遍四方，落入正在与其他魂士厮杀的五大军团修士耳中。

所有听到这句话的修士都身体一震，猛地看向白小纯所在的地方，神色各异，可绝大多数都咬牙直奔白小纯所在的方向。

很快，散落在这片区域的修士就陆续出现，他们一个个都受了伤，看上去很狼狈。他们靠近这里的时候，分明看到了不少魂士，却没有一个魂士敢阻挡他们。

于是，白小纯身边很快就聚集了数百名修士。

看到白小纯后，他们也看到了大量的魂士尸体。如此惨烈的战况，使得他们在看向白小纯的那一刻，心生佩服。

“参见白大师！”

“参见白大师！”

白小纯再次震撼了他们，他们对白小纯又有了不一样的认识，一个个似乎将白小纯当成了他们的领袖。

第 499 章

寒界

眼看四周竟聚集了这么多修士，而那些魂士分明由于胆怯，没有出手阻拦，白小纯有了一个想法。

他隐隐觉得，这是一个好机会……

“人多力量大……”

想到这里，白小纯抬起头，右手猛地一挥，声音低沉沙哑，回荡四方。

“走，我带你们回边墙！”

只是一句话，就让落在光幕外的修士颤抖起来，他们猛地看向白小纯。

光幕之外，到处都是魂士，修士九死一生。他们最渴望的就是能够回到边墙内，可他们知道，自己或许没有太大希望了。

尤其是那些亲眼看到同伴死亡的修士，更是心如死灰，可眼下，有一个人喊出了那句让他们一辈子都忘不了的话，告诉他们，他要带着他们回边墙，而且这个人似乎真的能做到。这个人甚至能够让魂士畏惧，他们心中的震撼难以形容！

“还有谁想死？”

那些修士又听到了这句话，他们呼吸急促，不是因为紧张，而是因为内心激动。

他们看向白小纯，陆续转头，守护在白小纯周围。他们展露出了对生命的渴望，对活下去的无限追求。

“走，谁阻挡我们，我们就杀谁！走，喊出我们的声音，让更多修士找到回边墙的路！走，哪怕我们最终没有回去，也要让这个世界、这个时空，从此记住我们的声音！”

白小纯的声音在上空回荡，他四周的数百个修士一个个如同抓住了最后一根稻草一般，眼睛都红了。

“走！”

白小纯眼看火候差不多了，顿时大袖一甩，狠狠地一咬牙。他知道自己必须打头阵，只有这样，才可拥有更强的影响力，才可求得一条生路，于是他大吼一声，猛然飞出，直奔远方的阵法光幕！

“走！”

“走！”

一声声怒吼回荡在天地间，数百个修士完全爆发，簇拥在白小纯身边，如同一支利箭朝敌人射去。

他们所过之处，那些魂士连忙后退，一时间，修士们竟是势不可挡。

其实，那些数不尽的魂士只要不计后果地扑上来，一定能够将白小纯击杀，只不过，那些魂士没有出手，任由数百个修士一路冲杀而去。

白小纯在最前方，他用的始终都是肉身之力，没有施展法术。

他不敢随便施展法术，边墙外面要杀自己的人不少，而且外面也没有灵气，他怕自己施展法术，耗费大量灵力。好在修炼不死长生功之后，他的恢复力惊人，暂时还有力气带着数百个修士一路冲杀！

这数百人一路势如破竹，摧枯拉朽。他们原本已经陷入绝望之中，现在好不容易有了一丝希望，哪怕付出一切，他们也绝对不会松手。

白小纯他们发起冲击，试图冲出重围，他们的声音回荡在天地间。

“还有谁想死？”

“五大军团的道友们，我们带你回家！”

这样的话不断传出，传遍战场。

一个又一个在生死线上挣扎的修士，纷纷拼尽全力加入进来，使得他们的人越来越多，很快就从几百到了数千。

白小纯他们在战场上极其显眼，不论是边墙内的修士，还是天空中的陈贺天都看到了他们，并且为之动容。

“巨目之法，全力掩护，阵法光幕，倾斜扩散，接应白小纯！”

随着陈贺天的话传出，主城内的高塔巨目立刻射出光芒，一道道光柱呼啸而出，开始为白小纯清理障碍！

阵法光幕竟慢慢倾斜，形成一个凸面，向着白小纯等人快速扩散。

那些分散在四周的蛮荒部落大酋长也看到了。

“杀了此子！”

就在这时，与陈贺天交手的红衣女子忽然开口，声音立刻传遍整个战场。

陈贺天怒喝一声，全力出手，却于事无补，只见保护上百个炼魂师的数千个魂修猛地抬头，其中有一部分人直接站起，化作一道道长虹，直奔白小纯等人所在之地。

他们身形诡异，速度极快，一个个看起来虽都是俊男美女，但目中闪着幽光！

白小纯听到了陈贺天的话语，也看到了巨目光柱。

他内心激动，可没激动多久，就听到了红衣女子的声音，继而看到远处呼啸而来的那些魂修。

“欺人太甚！”

白小纯内心着急，更是发狂，那种明明看到了生机，却被人阻止的感觉非常不好受，他整个人暴怒起来。

“兄弟们，干掉这些魂修，灭了他们，我们回边墙！”

白小纯怒吼，他四周那数千个修士亲眼目睹了这一切，于是纷纷嘶吼着出手。

只是那些魂修并非单独作战，而是不知用了什么方法，竟使得四周不断后退的魂士发出咆哮，他们目中也失去了焦点，仿佛失去了神志，如野兽一样，居然重新冲杀而来。

好在被这些魂修影响的魂士只有一部分，即便如此，依旧对白小纯等人造成了影响。

眨眼间，这些魂修陆续靠近，有不少直奔白小纯，而那些魂士也在咆哮中开始攻击，使得数千个修士无法结阵。

最快的是一个中年魂修，他瞬间就出现在白小纯面前，目露寒光，右手掐诀，其手中燃起一缕绿色火焰，然后向着白小纯猛地按来。

在那个中年魂修身后，还有七个魂修，很显然，只要中年魂修稍微阻挡白小纯一下，那么这七人就会刹那临近，形成击杀之局。

更远处还有数十个魂修全速而来，不少魂修散在四周，试图封锁白小纯的一切退路。

“想杀我！”

危急关头，白小纯竟然完全没有闪躲，猛地冲出，像是要与对方同归于尽一般，直接与那中年魂修碰到一起。

轰的一声，白小纯嘴角溢出鲜血，却没有后退半步。

他神色狰狞，直接施展撼山撞，撞得那中年魂修面色大变，不断后退。接着，他立即杀向后方那七个魂修。

这一切很突然，可那七位魂修竟完全没有迟疑，纷纷出手，七条魂龙顿时幻化而出，咆哮着直奔白小纯而来。

“等的就是你们！”

白小纯低吼一声，双眼瞬间变成蓝色的。眨眼间，一股寒气直接从白小纯身上爆发出来！

寒门养念诀！

这寒气无限接近至寒！

此刻，寒气轰然扩散，直接覆盖方圆数千丈的范围。寒气所过之处，魂士也好，魂修也罢，全都身体一震，尤其是那些魂士，更睁大了眼，身体刹那被冰封。

而那些魂修，一个个面色大变，这一幕出乎他们的意料，尤其是最靠近白小纯的那些魂修，甚至连修为都被禁锢了。

眨眼间，数千丈范围内的地方直接进入隆冬，寒冰覆盖，寒气逼人，似要冰封一切……甚至还有蓝色的雪花飘出。

“现在，该我了！”

白小纯的声音有些颤抖，他紧张，他害怕，他愤怒。因为他不想死，既然自己不想死，那么就只能反击！

这里，已成寒境！

这里，是白小纯的世界！

第 500 章

强战撼众

在这一瞬间，方圆数千丈范围成为寒境，魂士也好，魂修也罢，全都在这一瞬间心神恍惚，他们的身体和修为顷刻间被冰封!

修为在元婴以下的人，无法移动丝毫！就算是结丹大圆满修士，就算是假婴修士，依旧如此。

魂士一个个内心惊骇，魂修心念急转，试图挣扎。

可受到寒气影响，短时间内，那些魂修和魂士根本无法动弹，而白小纯则向前走出一步，挥手间，前方的那位中年魂修身体直接爆开。还有那七个最靠近白小纯的魂修，他们内心在咆哮，身体却无法动弹，只能眼睁睁地看着白小纯杀来。

白小纯离去时，轰鸣之声回荡于四方，这七个结丹魂修身体全部爆开。

“这里，是我的世界！”

白小纯眼神凶狠，抬起右手，向着地面一指，寒气顿时再次扩散!

这一次，不是数千丈，而是直接扩散到了万丈范围!

上寒者，化万丈区域为寒境!

万丈之内，冰封一切!

白小纯势如破竹，所过之处摧枯拉朽。他不断出手，一个又一个结丹魂修的身体陆续碎裂。

白小纯出手极快，完全没有停留!

只不过，此地的敌人太多，就算借助了上寒之力，白小纯一时间也无法将他们全部击杀。

随着时间的流逝，有的魂修仿佛寻到了一线生机，他们的身体似乎可以稍微动一动了。

眼看如此，白小纯冷哼一声，双手掐诀，蓦然向着两边狠狠一甩，口中轻吐：“镜影！”

这两个字从他口中传出的瞬间，万丈范围内赫然出现了十面一人多高的巨大镜子，这些镜子出现后，其内立刻就凝聚出了虚影。

眨眼间，这些虚影纷纷走出，虚影的样子居然跟白小纯一样，就像白小纯的分身一样。十大寒镜分身在出现的一瞬间，立刻向着四周杀去。

轰鸣声回荡，一个又一个魂士身体爆开，一个又一个魂修形神俱灭。即便能活动身体，那些魂修也来不及反抗，因为动作很迟缓，最多就是发出死亡前的惨叫而已。

巨响震天，万丈范围内如同地狱！

可惜的是，这种大范围的神通法术会消耗很多灵力。若是在通天大陆还好，可以立刻补充，但在蛮荒，四周没有天地灵气，自身灵力消耗一分就少一分，而且这是白小纯头一次尽全力施展上寒，短时间内，灵力如流水一样消耗。

所以整个过程只维持了约莫十次呼吸的时间，白小纯一冲而出，右手掐诀一指，四周的万丈寒冰瞬间融化，隆冬消散。

寒境散去的刹那，一声声凄厉的惨叫从那些魂修与魂士口中传出。

放眼看去，万丈范围内，血色漫天，地上倒下了数百个魂士，被击杀的魂修也有七八十人！

看到这一幕，侥幸没有踏入寒境的魂士与魂修纷纷倒吸一口凉气，看向白小纯时，心神震颤，感到难以置信，内心无比恐惧。

“这……这怎么可能？”

“此人竟如此强悍，这哪里是什么结丹修士，分明已有了元婴之力！”

“击杀结丹修士，居然如碾压蝼蚁！”

敌人被震撼住的时候，万丈范围内，虽一样被冰封，但五大军团的修士没有受到伤害，他们只是一个个脑海嗡鸣。

他们呼吸粗浅不一，先是看着四周的一切，再看向白小纯时，他们眼神狂热，甚至有不少人目中带着崇拜！

无论何时，强者更容易让人尊重，在修真界，更是如此。

这一刻，白小纯一战立威，让自己的名字深深地烙印在所有人心中！

“跟我一起杀，我们回边墙！”

白小纯呼吸急促，甚至略微有些紊乱，此刻，他有些疲惫，灵力耗费了大半，声音也喊得嘶哑了。

听到白小纯的话之后，四周那些五大军团的修士顿时回应，一群人呼啸而来，簇拥着白小纯，向着光幕所在的方向猛然冲去。

眼看自己被众人围着，白小纯内心这才松了口气。别看他之前好像很凶的样子，可实际上，他的心跳特别快，只有他知道，自己有多紧张。

只不过，他觉得不能让人看出自己有多害怕，这才假装坚强。

此刻，他取出了一瓶瓶灵酿，如喝水一样，大口大口地喝下，甚至分给其他修士不少。

为了保证自己的安全，白小纯还悄悄拿出了一枚神墟丹，放在手心里，以备不时之需。

这枚神墟丹才是他真正的撒手锏，此丹可以让他的伤势瞬间全部恢复。虽然灵力不会随之恢复，但那并不算大问题，因为他的储物袋内有许多灵酿，或多或少也能补充一些。

如此一来，众人精神大振，冲杀得更为凶猛。不论是魂士还是魂修，根本就拦不住他们。

眼看那些修士簇拥着白小纯向前杀去，距离光幕已不到千丈，远处又有数百个魂修呼啸而来，试图阻拦白小纯等人回到光幕之内。

更远处，一个个散出惊人气息的部落大酋长急速而来。只不过主城内的巨目一直在执行陈贺天的命令，直接发出一道道光柱，瞬间穿透虚无而来，使得那些修为堪比元婴的大酋长一时间无法靠近太多！

至于那些结丹魂修则顺着一道道光柱的空隙，纷纷冲杀过去，靠近白小纯所在的区域。那些结丹魂修骤然散出魂力，因数量太多，竟然影响到了四周那些与他们一起的魂士。

这些魂士的双眼瞬间失去焦点，一个个咆哮着冲击，刚靠近白小纯他们，便立刻自爆！

他们似乎就算拼了一切，也要将白小纯的性命留在这里！

轰隆之声回荡，那些魂士自爆形成了冲击波，对这数千个修士造成了重创，有些修士甚至喷出了鲜血，只能不断后退，好不容易聚集在一起的大军，似乎也要被冲散了。

眼看如此，白小纯着急了，他拿出一瓶灵酿一口喝尽后，一闪身，再次冲出，寒气从其体内再一次爆发出来。

可这一次，那些魂修一看到寒气扩散，接着就有了动作，每个人身上都扩散出了黑色雾气。

黑色雾气眨眼间凝聚出魂影，向着白小纯嘶吼，似乎这样可以帮助魂修略微抵抗一下寒气，使得那些魂修能在寒气内小范围地移动。

如此一来，从理论上说，除非白小纯可以让寒气变得更强，又或者延长寒气影响对方的时间，否则的话，单靠十多息的时间，他无法顺利击杀所有敌人。

毕竟之前的那些魂修无法反抗，眼下这些魂修则能小范围移动。

不过这两个办法，前者白小纯做不到，那需要提高修为，至于后者，则需要灵气，在没有灵气的蛮荒内，就算有灵酿，也需要时间转化，所以他还是做不到。

他能做到的，只有以其铁血之意、拼命之势，击杀魂修！

而他的确是这么做的，此刻，他猛地冲出，直接靠近一个魂修，任凭对方的神通轰在自己身上。

白小纯没有闪躲，而是一把抓住对方的手臂，施展撼山撞，直接将那个魂修撞得粉身碎骨！

一切尚未结束，他一步落下，不去看眼前的魂修发出的魂剑，任由紫黑色的魂剑穿透自己的肩膀，而后抬起左手，猛地卡在对方的脖子上，接着狠狠一捏。

轰鸣中，白小纯的速度丝毫没有减慢。他再次前行，施展出紫气化鼎，道道风刃飞向四方！

第 501 章

欲斩元婴

白小纯如发狂了一般，他的伤势极重，可发红的眼睛令人心惊。他的身后，一地尸体；他的前方，那些只能小范围移动的魂修全部心神震撼。

在那些魂修看来，白小纯已经疯了，就跟不要命了一样，他虽杀了不少魂修，但是自身的伤势已经极为严重。

只不过，白小纯看上去似乎完全不在乎，他迈着大步，口中发出怒喝。

“杀！”

骤然间，白小纯出现在一个魂修老者面前。白小纯出手时，这老者怒吼一声，右手猛地抬起，其手指上的血肉竟自行腐朽，露出了漆黑的手骨，接着一把抓向白小纯的胸口，似要穿透白小纯的胸膛。

与此同时，四周那七八个魂修不惜一切代价，哪怕七窍流血，也要激发魂力，抵抗寒气，挣扎着杀来。在他们看来，只要他们能短暂地拖住白小纯，就可以联手让白小纯形神俱灭。

眼看对方要合力围攻自己，白小纯笑了，笑得有些惨烈，任由老者漆黑的手骨抓在自己胸口之上。

老者目露惊喜，正要狠狠一抓，下一秒却面色大变，因为他感觉自己仿佛抓到了一块精铁，内心咯噔一声，想要后退已来不及。

白小纯直接一头撞来，轰的一声，将老者的头骨撞碎。

那老者惨叫一声，想要反抗，可在寒气的影响下，哪怕他的修为达到了假婴境界，也被压制了不少，只能被白小纯击杀。

击杀老者之后，白小纯蓦然转身，双手掐诀，一股风暴从他四周旋出，与四周那七八个魂修直接碰到了一起。

接着，白小纯如闪电一般，分别在那七八个人的胸口狠狠地砸下一拳，声响传出，这七八个魂修口吐鲜血，身体如断了线的风筝，倒飞出去。

这一切说来话长，实际上只花了十多息的时间。从白小纯出手到现在，他击杀了至少上百个魂修，还有不少巨人。他的身后，倒下了成片的敌人。

随着寒气再次消散，白小纯一个踉跄，差点站不稳。幸亏身后那些修士眼疾手快，立刻将他扶住了。

这些修士一个个眼睛都红了。亲眼看到白小纯不顾一切地杀敌之后，他们都发了狂，将白小纯层层保护起来后，才不要命地向前冲杀。

白小纯面色惨白，呼吸极为粗重，趁着众人将自己保护起来的时候，他狠狠地一咬牙，立刻吞下一枚神墟丹，然后连续喝了几大瓶灵酿补充灵气。

方才，他之所以敢不管不顾地冲杀，就是因为有神墟丹。他之前吃过神墟丹，知道神墟丹的神奇之处，此刻丹药入口，药效立刻起了作用，他只感觉全身火热，身上的伤竟然在加速恢复。

而在他吞下丹药的过程中，数千个修士发狂一般发起冲击，终于到了距离光幕不到五百丈的地方，还有不少分散在其他地方的修士闻讯赶来，使得他们的人数快要上万了。

在战场上，并非只有他们一群人聚集到了一起，在战场的其他区域，还有七八群这样的人，每群之中，都有一个核心人物！

此地，这万人军团的核心，正是白小纯！

白小纯与其他核心人物不一样，其他核心人物依靠的是长期建立起来的威信，而他依靠的则完完全全是自己超强的战力，可以说，他只凭刚刚那一段时间的厮杀，就拥有了威信！

那种悍不畏死的态度，那种一人对抗数百个魂修的勇气，使得白小纯获得了众人的认同。

可是，就在万人军团即将冲出层层重围，踏入光幕之内的时候，突然，一个修为堪比元婴修士的大酋长不知施展了什么手段，居然躲开了巨目光柱，成功突破，飞速靠近白小纯那个万人军团。

这堪比元婴修士的魂士大酋长看似只有十多丈高，可等靠近之后，竟变得高达百丈，大步迈出，气势惊人，甚至掀起了一股风暴，横扫四方。

这魂士大酋长竟一步就出现在了白小纯等人附近，然后神色狰狞地发出一声咆哮："白魔，受死！"

魂士大酋长声音如天雷，轰鸣而出，那些保护白小纯的修士顿时身体颤抖。

与此同时，这魂士大酋长身体一晃，直接杀来。他右手抬起，如一座小山猛然压下，五大军团的那些修士难以阻挡，眼看那只大手就要拍到白小纯了。

白小纯被人扶着，猛地抬头，倒吸一口凉气。

"元婴……"

白小纯没有半点迟疑，他之前就猜到了，蛮荒的人不会轻易让自己回去，所以之前做了不少准备，为的就是以防万一。

此刻虽然震惊，但是白小纯并没有多意外，而是狠狠地一咬牙，双手掐诀，不死长生功直接爆发，接着，整个人直接向大酋长飞去，寒气同时爆发，轰然扩散，覆盖八方。

眨眼间，二人就在半空中碰到了一起。

巨响传出，白小纯口吐鲜血，只觉得一股压力扑面而来，似要碾碎自己的身体！

同样的，那大酋长也不好受，竟然退后了几步，嘴角也溢出了鲜血。

"你到底什么修为？"那大酋长明显很震惊，"你没有受伤？"

那大酋长一口气问出两句话，可见心中有多震撼，以他的修为，白小纯居然能与他对战，而且双方似乎势均力敌，这让他觉得匪夷所思。

"能杀你的修为！"

白小纯擦去嘴角的鲜血，他看着距离自己不远的光幕，又看着四周那些被光柱阻挡、无法快速靠近的大酋长，知道再拖下去，死亡就离自己越来越近了。

白小纯眼中红光一闪，他豁出去了，双手猛地掐诀，向着地面狠狠一按！

"水泽！"

此话一出，四周的天地顿时变了，水汽散出，似要将四周化作一片沼泽之地！

在沼泽隐隐出现的瞬间，那大酋长面色大变，他身体一震，内心咯噔一声，有了危机感。

“这白魔好古怪……”

那大酋长眼中有杀意，知道不能让白小纯继续，身体竟瞬间缩小，从百丈缩成十丈，速度更快，轰的一声杀向白小纯。

“去死！”那大酋长低吼。

“你给我去死！”

白小纯一样低吼，收回双手，他头发飞舞，全身衣袍沾染着鲜血，散出惊人的气势，他的声音超越天雷，惊天动地。

“国度！”白小纯继续吼道。

轰轰轰！

大地颤抖，一根惊天巨刺从地下钻出，冲天而起后，第二根、第三根巨刺陆续冲出，如山峰一样，让所有人目瞪口呆。

而那大酋长首当其冲，直接撞到了巨刺，整个人喷出大口鲜血。他看着这一切，感到难以置信。

他的身体被寒气入侵，他的四周都是水汽，他的下方巨刺呼啸而来，他甚至看到水泽下藏着一只让他毛骨悚然的巨兽！

而这一切还没有结束，白小纯一冲而出，在那大酋长上方伸开双臂，仰天一吼。

“人山诀！”

轰的一声，他的四周出现了无数石头，眨眼间石头就凝聚在一起，形成了一个巨大的石人！

接着，白小纯向着下方的大酋长狠狠地砸了下去！

“赵师兄能杀元婴，我白小纯一样可以！”

第 502 章

这怎么可能

四周是寒气，下面是水泽国度，上方是石人，可以说，那大酋长避无可避。

这种杀局，正是白小纯为了生存留下的最强撒手锏！

白小纯之前就知道，自己这一次极为危险，所以无论是在用肉身之力的时候，还是灵力爆发的时候，都始终留着一手！

即便他有神墟丹，那也只能让他活下去的可能性大一些，他必须考虑得更周全，毕竟他还要拼命战斗，他要生存下去！

他虽怕死，可既然到了这种地步，生命之火随时可以熄灭，怕已经没用了，若是不想死，只能靠勇气和智慧！

“豁出去了！”

这就是白小纯此刻的想法。

随着白小纯降临，那大酋长变得疯狂起来，拼了全力反击，因为大酋长感觉再不想办法反击自己就要死了。他可是元婴高手，哪怕只达到元婴初期，也是元婴高手！而他可以感受到，白小纯只是结丹后期，就连大圆满都没达到，但白小纯还是威胁到了他的生命。

偏偏这样一个结丹后期的修士，让自己如此忌惮，这让他觉得羞辱的同时，更有危机感。

只不过，那大酋长来不及多想，只能轰然爆发，这一刻他如同金刚一般。

蛮荒魂士与魂修不同，他们注重的是肉身之力。大酋长虽也会一些法术，可其根本，还是肉身之力。

“想杀我？”

那大酋长咆哮着抬起双手，向着天上的石人狠狠地砸去。

“杀的就是你！”

白小纯一样咆哮，人山诀之力、水泽国度之力，上寒之气，在这一刻全面爆发。

轰轰轰！

巨响惊天，风云倒卷，天地变色。

战场上的人都不约而同地看了过去，然后一个个大惊失色！

其他大酋长目不转睛地看着这一幕，心中掀起滔天大浪！

这一刻，白小纯这一战，万众瞩目。

轰鸣中，四周的上寒之气被驱散，而下方的巨刺也慢慢消失了。

至于上方的白小纯则身体颤抖，喷出鲜血，猛地倒退开来，咔咔声中，石人的身躯出现了一道道裂痕，接着轰然崩溃，露出白小纯的本体。

白小纯再次喷出鲜血，抬起右手，再次吞下一枚神墟丹！

之后，他竟看都不看战果，直接转身冲向光幕！

与此同时，随着水汽和寒气消散，众人逐渐看清那位堪比元婴修士的大酋长的身影，他站在那里，一动不动。

只是风一吹来，他的身体猛地颤抖了一下，然后从其头颅开始，竟然开始寸寸碎裂，之后被风吹散！

形神俱灭，魂飞魄散！

直到化成灰的前一刻，他的目中都充满了惊恐与不甘，渐渐地，他的整个身体化作飞灰。

战场一下子安静了，很快，粗重急促的喘气声传出。

“不可能！”

“天啊，结丹后期修士竟击杀了元婴期的大酋长！”

“这……这……这可不是普通的元婴强者，那是我蛮荒部落的大酋长，肉身之力极强！”

“这白魔……该死的，他不但没死，反而会因此声名赫赫！”

喧哗之声传出的时候，白小纯四周的上万个修士都反应过来，一个个兴奋地嘶吼，簇拥着白小纯冲向光幕。

四周那些魂士与魂修心神狂震，他们真的害怕了，看着冲杀而来的白小纯，他们面色苍白，下意识地只想逃走，完全不想战斗！

死在白小纯手中的魂士和魂修太多了，如今就连大酋长都死在他手中，那些魂士与魂修又如何敢阻挡？

这一刻，巨目光柱更快更密集地射出，发出阵阵破空声，使得其他大酋长无法靠近。与此同时，白小纯的百人小队也从四周冲杀而来，他们一直在寻找白小纯，如今好不容易找到了，必定誓死守护。

毕竟白小纯对他们不薄，而且白小纯凭着今日的战绩，日后必定一飞冲天，百人小队的人又岂能不清楚？

阵法光幕正向白小纯全力倾斜，由于多方的帮助，白小纯等人终于将距离再次缩短，使得蛮荒魂士与魂修只能眼睁睁地看着白小纯等人冲回光幕中！

在踏入光幕的瞬间，白小纯身体不断颤抖，显示出他内心的激动。他之前的悍勇无畏在这一刻全都没了，剩下的只有无尽的后怕。

他面色苍白，气喘吁吁，转身看着身后的战场，看着那数不清的魂士，咬牙切齿地喊道："你们给白爷爷等着！"

光幕内，那些与白麟等强者相互牵制的上百个炼魂师，面色都极为难看，他们一群人死伤不少，此刻相互看了看后，竟纷纷倒退，直奔白小纯而去。

白麟等人岂能轻易让他们得手，五大军主、所有的万夫长，还有一些元婴强者，齐齐追出。没想到，就在白麟等人与炼魂师相互厮杀时，这些炼魂师竟全部散开了，他们的目标并非白小纯，而是要离开光幕。

彼此分散后，炼魂师从不同方向冲出光幕。有一些炼魂师距离白小纯不远，虽有心出手，但白小纯身边的修士不少，且之前白小纯斩杀大酋长的一幕也让人心惊，故而微微一顿后，那些炼魂师还是选择立刻离去。

白小纯目睹了这一切，极为警惕，好在那些炼魂师速度飞快，渐渐远去，他才真正松了口气。在四周那些修士的簇拥下，他直奔边墙，飞跃而起，回到了边墙上。

归来的那一瞬间，白小纯的所有力气仿佛都用尽了，心脏加速跳动，他看着战场，回想之前的凶险，觉得自己真是福大命大。

随着黑夜降临，当陈贺天与红尘女停手后，双方大战才告一段落，各自收兵，留下满地尸体。

此战，蛮荒损失极其惨重，五大军团也不轻松，在休息了一夜后，战斗再次展开，杀戮之声回荡天地。

很快，三个月过去。这场战斗持续了整整三个月的时间，蛮荒的魂士大军不断增加，同样的，五大军团的战力也在不停补充。

三个月内，一个又一个人因战功赫赫而崛起，在这些人中，白小纯是最璀璨的一个。

哪怕这三个月他没有去前线，光靠他三个月前在战场上的表现，那些修士就对他崇拜不已。

他的战绩更是广为流传，在五大军团中几乎无人不知！

同时，在蛮荒一方，一样因这场战争崛起了一个又一个强者，其中绝大多数都是炼魂师！

尤其是在一个月前，那些炼魂师竟不再灵魂出窍，而是亲自杀入战场，他们这一次出手，立即震动了战场。

因为他们所用的法宝虽算不上至宝，但偏偏每一个法宝上面都至少有七道炼灵银纹，还有一些法宝居然炼灵了十次！

而最惊人的则是三个炼魂师，他们的修为原本才达到元婴后期，可凭着法宝，这三个炼魂师不仅能击杀元婴修士，而且能撼动如白麟般的准天人。

这一切都是因为那三个炼魂师的法宝上有十三道银纹，说明炼灵了十三次！

这一幕让不少军团修士大吃一惊，尤其是白小纯，听说此事后，他觉得不可思议，等到去了边墙之上目睹后，他倒吸一口凉气。

“这怎么可能？”

第 503 章

晋升千夫长

白小纯简直不敢相信自己看到的一切，要知道在通天大陆，大多数法宝的炼灵次数都没有达到十次。

眼下，他居然在这里看到了炼灵之宝。

“不对劲，莫非……在蛮荒内，藏着有关炼灵的秘密？”白小纯想了想，下意识地感受了一下自己体内的那口龟纹锅。

看到炼魂师手中有如此炼灵法宝，白麟等人却丝毫没有感到意外，反倒眼神火热，出手更为凌厉，夺宝之心格外明显。

似乎这场战争对这些军主以及万夫长而言，除了获得战功外，还可以从炼魂师手中抢夺炼灵之宝。

这场战斗又持续了一个月才结束，蛮荒退兵……

那些残存的魂士、魂修、炼魂师远去的时候，边墙里面的人并没有追击。

毕竟这一战，对边墙来说，损失同样极大。

陈贺天与红尘女不分胜负，两人都有伤势，在两人停手之后，白小纯才看清红尘女的模样。

此女穿着赤红长袍，有着一头漆黑的长发，看起来竟很年轻，相貌秀美，仿若绝世仙女一般，甚至比陈曼瑶都靓丽几分。

而且她修为很高，气质高贵，让看到的人皆怦然心动。

而这一切，对白小纯而言都没有意义，此刻的他正发愁地看着李宏明。李宏明依旧是千夫长，不过这一战使李宏明拥有了极多的战功。

“小纯，你现在出名了，名气太大了！”

战争结束后的半个月，李宏明在这一天晌午直接来到工甲阁，看到白小纯后，连连惊呼。

“根据密报，蛮荒方面再次追加悬赏对你进行通缉，你知道悬赏的是什么吗？天兽魂啊！虽然只是一份不知什么属性的天兽魂，可价值依旧极高。要知道，若凑齐了金木水火土五行天兽魂，就可以达到元婴境界！这种悬赏，只有排名进入蛮荒必杀榜前十之人，才可拥有。恭喜你，小纯，你现在已经在必杀榜上位列第十了！你的前后，可都是元婴修士，你是前三十里，唯一的……结丹修士！白魔就是蛮荒对你的称呼！”

李宏明羡慕地看着白小纯。他知道这个消息后，赶紧来告知，白小纯却听得心惊胆战。

“一份天兽魂作为悬赏……”

白小纯心底咯噔一声，忍不住倒吸一口凉气，愁眉苦脸。他可以想象，蛮荒的那些魂士以及魂修以后若是看到自己，必定杀意更盛。

李宏明内心不禁有些感慨，他看着白小纯，回想起白小纯刚来边墙的一幕幕，那个时候，他怎么也想不到，白小纯居然能在边墙内外获得如此大的声名。

两人又寒暄一番，眼看白小纯有些失魂落魄，李宏明拍了拍白小纯的肩膀，这才离去。

直至李宏明走了，白小纯才坐在那里，长叹一声。

“罢了罢了，我就是一个在任何地方，都可以混得风生水起的人，唉……大不了以后不出边墙，在这里熬过十年，就可以回宗门了。”

白小纯安慰自己，这才平静了一些。

可他还是有些紧张，既担心蛮荒的魂修追杀自己，也担心五大军团的人对自己不利，毕竟现在自己的脑袋这么值钱……

好在白小纯没有担心多久，一段时间之后，这场大战的封赏就定了下来，有不少人因为此战从寻常军士升为十夫长乃至百夫长。

仅有两个人从百夫长升为千夫长，白小纯正是当中一个。

成为千夫长后，除开工甲阁，他还有身为千夫长的领区，在那里，驻扎着属于他的、除了赵龙等百人外的九百修士！

要知道，要想从百夫长升为千夫长，需要积累海量战功，想要通过一场大战就成功晋升，很难成功。

至于另一个从百夫长晋升为千夫长的家伙，此人在边墙上已镇守超过百年，修为也是刚突破到结丹大圆满，更是经过无数次拼命厮杀，积累战功至今，这才成功。

就算白小纯击杀了不少魂修还有一个大酋长，可如此得来的战功依旧不够，他之所以能晋升为千夫长，最主要的是依靠聚魂丹与百丈大小的丹炉！

这一切，使得他一举成为千夫长！

身为药师，白小纯独创了聚魂丹，创造了炸炉之宝，大大地影响了战局，且本身战力惊人。即便他不是真正的元婴修士，可他的肉身堪比元婴修士，毕竟击杀大酋长不是一个寻常结丹修士可以做到的！

除此之外，更有上万修士因他获救，甚至为他狂热。他的名字传遍了边墙，因为他晋升为千夫长，再加上蛮荒将他列为必杀榜上的第十名！

这一笔笔荣耀，在这一刻叠加在一起，形成巨大的冲击，让整个边城震动的同时，也让其他四大军团的军主更加重视白小纯。

无论谁拥有白小纯，就相当于拥有一名悍将，而且还能拥有聚魂丹和炸炉，甚至还会收获上万个忠心的修士。

如此一来，其他四大军团的军主岂能不动心？

于是，在白小纯被封为千夫长的这一天黄昏，他所在的工甲阁外，一道长虹呼啸而来。

长虹内是一个穿着黑色铠甲的老者，老者身上有阵阵黑气散出，其头顶有猛虎虚影，这猛虎双目皆为赤色，看起来使人心惊。

老者修为更是不俗，已然达到半步天人的境界，此刻老者飞来，仿佛可以撼动这一方天地。工甲阁内的所有修士心神一震，抬头看到老者后，齐齐拜见。

“拜见黑妖军军主！”

赵龙等人内心震动，赶紧拜见。白小纯正在打坐，感受到外面的威压后，他走出来，才看到天空中的黑妖军军主。

之前，白小纯与黑妖军军主没有单独见过，只是在战场上见过。此刻，白小纯内心有些诧异，不知道对方为何到来，只好抱拳一拜。

那老者哈哈一笑，迈步直接来到白小纯前方，目露赞赏之意。

“白大师，加入我黑妖军吧，不管你在这里待遇如何，只要加入我黑妖军，老夫立刻给你翻三倍！”

“这个……”

白小纯一愣，他在剥皮军内很自在，暂时没有离去的打算，可看黑妖军军主的眼神极为火热，似乎极度希望自己能同意。

白小纯迟疑了一下，正不知怎么开口，突然远处又有一道长虹呼啸而来，人还没到，声音已然回荡四方。

“别听他的，白大师，进入我七杀军吧，只要你加入我七杀军，我不仅给你十倍的报酬，而且能保证你在蛮荒的这些年，不会受到任何伤害，绝不会让你像之前那样陷入险境！”

话音刚落，一个穿着赤色长袍的中年男子就出现在了白小纯身边。

中年男子相貌俊美，微微一笑，看起来十分温和，似乎没有什么脾气与架子，可白小纯记得在战场上，除了白麟，这个中年男子的煞气之重，无人能比。

“保我平安？！”

白小纯内心一动，立刻看向七杀军的中年男子，他之前正为自己的安危发愁，此刻听对方这么一说，立刻就有些心动。

一看白小纯的神情，黑妖军军主着急了，正要开口，突然，一声冷哼从天空传来。

“黑妖军与七杀军也未免太小气了，白大师，这种吝啬的军团，加入何用？来我屠蛮军，不单给你二十倍的报酬，同时可以保证你的安全，且一应药草，只要你需要，立刻给你弄来，什么灵酿啊，丹药啊，一切修行所需，都给你！”

一声冷笑回荡在空中，第三道长虹从天而降，落在地面上，一个魁梧的大汉出现了。

第 504 章

五军抢人

大汉穿着重甲，整个人看起来如一座小山，粗壮无比，眼神更是十分凶狠，他狠狠地瞪了老者与中年男子一眼，才看向白小纯。

黑妖军的老者与七杀军的中年男子立刻怒视这大汉，三人之间隐隐有战意。

“啊？”

白小纯眨了眨眼，他算是看出来了，这三个军主都要抢自己，听到现在，他觉得屠蛮军是自己最好的选择。

但就在这时，又一声冷哼从远处传来，还有一股狂风掀起风暴，使得苍穹之中出现一道道闪电，一个白发修士从其中一道闪电内走出。

这个白发修士随闪电而来，轰的一声落在白小纯的院子里，随着他的来临，一片闪电从他脚下猛地扩散四方，使得这庭院成了雷池。

偏偏那些闪电没有伤害白小纯，另外三个军主面色变化，各自运转灵力，逼退四周的闪电。

“灭魂子，你要干什么！”屠蛮军的那位大汉怒吼一声。

“干什么？自然是要抢人。白大师，进入我灭魂军，本座保你十年内平安，给你五十倍报酬，更保你回到宗门后享有荣华富贵，再给你所需的一切资源。我这里还有一枚珍贵无比的元婴丹，你只要点头，这元婴丹就立刻给你！”

这白发修士淡淡开口，右手抬起，他的手中立刻出现了一枚水晶般的丹药！

这丹药刚出现，就散发出了惊人的药香，使得赵龙等人心神震颤……要知道元婴丹属于极为重要的修行资源，就算是星空道极宗内也不多，所有元婴丹都会被记录在案，其价值之大，仅次于天兽魂。

众人渴望元婴丹的程度甚至会超过天兽魂。虽然天兽魂结成的元婴更为强悍，但是想要成功太难了，需要凑足金木水火土五种属性的天兽魂，才可成功。

对于结丹大圆满的修士来说，一枚元婴丹就有一定的可能性让自己突破修为，踏入元婴。这虽对日后的发展有些影响，使其在实力上不如天兽元婴的修士，但毕竟也是元婴！

毕竟不是所有人，都有机会凑成金木水火土五行天兽魂！

白小纯来到边城至今都无法获得一枚元婴丹，可见此丹有多珍贵，而眼下，这丹药就放在白发修士手中，只要白小纯点头，他立刻就能获得！

白小纯岂能不心动？他目光热烈，看着那枚丹药。

尽管他没打算以此丹踏入元婴期，可是元婴丹还有另一个效果，在结丹大圆满前吞下，可直接让修为提升，踏入结丹大圆满期！

这将节省白小纯许多时间，让他突破结丹后期，踏入结丹大圆满期。

看到白发修士居然拿出了元婴丹，另外三军的军主都内心一震，元婴丹他们不是拿不出来，只不过此物对他们而言，价值太大，他们不由得迟疑起来。

望着白发修士手中的元婴丹，白小纯目露渴望，深吸一口气，眼看其他三位军主都没说话，他琢磨着再等下去未免吃相太难看，正要点头同意，就在这时，一声怒吼从天空蓦然传来。

“混账，通通给老子滚！该死的，你们几个居然敢来我剥皮军抢我的人？不就是元婴丹吗？小纯，别听他们的，我给你三个！”

声音如天雷轰鸣，白麟迈着大步冲了过来。他脸上有怒意，但是这怒意针对的不是白小纯，而是其他四人。

在他看来，那四个人在自己的地盘明目张胆地挖人，分明就是让自己难堪。于是，他刚来就释放出了滔天的煞气，然后袖子一甩，一股风暴顿时向着那四人袭去。

白小纯一看这架势，立刻后退，至于赵龙等人则早就远远地逃开了。

那四人脸色一变，没想到白麟居然真的出手，四人立刻开始运转灵力。

眼看五个军团的军主就要打起来，远处高塔巨目猛地射出一道光柱，直接落在五大军主的身上。

轰的一声，光柱之力震得白麟五人纷纷后退，与此同时，陈贺天那苍老的声音传入此地。

“都回去，身为军主，成何体统！”

白麟咬牙，怒视白发修士四人，那四人自知理亏，干咳一声后，满怀期待地看了看白小纯，这才转身远去。

白小纯眨巴着眼，看到四人离去后，又看向白麟。他有些心虚，忍不住开口解释：“那个……是他们来找我的……”

白麟黑着脸，走到白小纯身边，气得咬牙切齿。

“小纯，那四个家伙不怀好意，别听他们的。留在我这里，你放心，安全没问题，药草没问题，报酬一样没问题，元婴丹……也没问题！”

白麟说着，忍着心痛，直接从储物袋内拿出两枚元婴丹，万分不舍地递给了白小纯。

“我这里只有两枚，你给我一些时间，我想办法帮你再弄一枚。”

白麟心底也发愁，琢磨着自己该用什么办法弄到一枚元婴丹，此物虽可以换取，但实际上要等很久才有货源。

白小纯拿着两枚元婴丹，万分激动，他又看了看白麟，想到对方对自己还算不错，且以后毕竟要在对方手下干活，于是神色严肃起来，摇头开口：“军主当我白小纯是什么人？若我真想去其他军团，方才军主到来之前，我就可以答应，之所以拖延，军主难道不明白原因吗？那四位军主，我白小纯惹不起，不好拒绝，我就是在等军主你的到来！”白小纯袖子一甩，神色更为郑重。

“军主对我恩情极重，我白小纯岂能强人所难？两枚元婴丹已是珍贵无比，那第三枚，还请军主收回！”

白小纯抱拳，深深拜下，心底有点得意，觉得自己这番话讲得一本正经且滴水不漏，很厉害。

不管白麟信不信他这番话，此刻白麟都会有些动容，也要领这份情。

白麟望了白小纯半晌，越发觉得白小纯会做人。他轻吸口气，沉吟片刻后，忽然开口：“小纯，若有可能，你尽量在十年内获得足够战功，成为……万夫长！一旦你成了万夫长，那么你的身份地位，甚至连你们逆河宗，都将变得彻底不同。我五大军团的万夫长回到宗门后，可列为铁血堂长老，那是比其他任何堂口都要高贵的存在！

“你若能做到，那么……从此你就算是加入了星空道极宗最强大的势力！只要不叛宗，足以在宗门内称雄！”

白鳞没有说太多，只是隐晦地点到后，才转身离去。

白小纯若有所思，目送白鳞离去。他回到阁楼内，拿出身份令牌查看成为万夫长所需的战功，看了之后，他倒吸一口凉气。

“这么多……”

白小纯有些震惊，他不知道其他万夫长是如何晋升的，可从战功上看，这比成为千夫长所需的战功高上百倍，其量之大，至少要上百次如之前那样的战争。

“还是算了吧，千夫长也可以了。”

白小纯有些气馁，摇头后，收起身份令牌，看着一旁的元婴丹，眼神慢慢变得火热。

“结丹大圆满……”

白小纯调整了下呼吸，开启阁楼的禁制后，又安排下去，告知赵龙等人自己要闭关的事，准备稳妥后，已是深夜。

他小心地拿起一枚元婴丹，缓缓地放入口中！

丹药入口，白小纯全身一震，脑海更是嗡的一声，如有一道道天雷在他的神识内爆开，接着一股惊人的天地之力在他的体内横扫，之后就直接融入了金丹。

第 505 章

金丹大圆满

轰!

那股天地之力太过磅礴，好似怒浪一般，在白小纯的体内疯狂翻滚。天地之力所过之处，白小纯的经脉都在震动，扩散全身后，又向着金丹而去。

白小纯的金丹蕴含天道气息，其内更有九层灵海，此刻这磅礴的天地之力直接灌入其内，使得白小纯全身颤抖，他的气息也在变化。

在此之前，白小纯已经达到金丹后期，距离大圆满本就不是很远，体内的寒气已达到了七八成，只要达到十成后，就可突破后期，踏入大圆满期。

现在，随着天地之力的来临，阵阵寒气正在运转!

这不是普通的寒气，这是上寒之气!

而一旦能达到大圆满，白小纯的寒气一样会突破，从上寒变成至寒!

至寒之气，那是可以冰封一片通天河水的惊人寒气，再加上白小纯自身本就不凡，可以说，任何结丹修士，只要碰触到了这至寒之气，立刻就会被冰封，甚至形神俱灭。

就算是元婴修士，遇到至寒之气，也要受到很大的限制!

而一旦白小纯能突破，踏入大圆满期，那么他的天道金丹之力也将真正爆发出来，那是最强的金丹，那是可以撼动元婴的天道金丹!

之前，他可以凭着神墟丹击杀大酋长，若他踏入大圆满期，那么就算是遇到堪比元婴修士的魂修，他同样能与其一战!

“金丹大圆满……”

想到这里，白小纯内心满是期待，极为振奋，他等这一天已经很久了。此刻，他稳住心神，再次运转寒门养念诀，阵阵寒气猛然从其体内爆发出来。

寒气瞬间扩散至整个阁楼，眨眼间，阁楼内的一切都被冰封，从外面看去，整个阁楼眨眼间就变成了一个巨大的冰块！

咔咔声回荡，守护在外的赵龙等人面色变化，他们眼睁睁地看着阁楼成为冰块，一缕缕寒气飘了出来，广场上的不少丹炉瞬间被冰封。

好在他们之前接到了白小纯的通知，离得很远，否则的话，恐怕他们也难逃被冰封的厄运。

“大人在修炼什么功法？”

“这……这寒气之强，令人震惊！”

赵龙与刘丽等人相互看了看，倒吸一口凉气，后退一些，再次看去，发现从阁楼内散出的寒气竟覆盖了大半个工甲阁！

寒气所过之处，所有区域都成了寒冰的世界！

好在随着白小纯的崛起，工甲阁内的其他大师都搬了出去，不然的话，那些大师一样要被冰封在内。

半炷香后，整个工甲阁已全被冰封，远远一看，如同冰山。这一幕幕，不单只有赵龙等人看到，就连剥皮军的其他修士也注意到了。

那些元婴修为的万夫长也内心震动。至于白麟，他竟亲自赶来，站在半空中，凝望工甲阁，陷入沉思。

“如此寒气，几乎已到极致，若是他之前落入敌群时就有此寒气，想要归来，将更容易。”白麟越看目中赞赏越多，立刻下命令，让剥皮军修士守护四方，为白小纯护法。

最后，此事甚至惊动了天人境的陈贺天，巨目内陡然发出一道强光，落在白小纯所在的工甲阁，陈贺天似乎利用强光仔细扫描了一番，然后才慢慢收回。

“这种寒气似有新的变化……”陈贺天轻声低语，思忖半晌。

时间流逝，白小纯这一次闭关持续了数月，好在数月里，边墙外的战争虽还在继续，可都是小规模的，如半年前那样的大战很少发生。

而闭关的白小纯也到了最关键的时刻，那枚元婴丹的天地之力已全部涌入他的金丹，灌满九层灵海，不断滋生寒气，似要将金丹冰封！

仿佛，要将此丹化成冰丹！

此刻，他的金丹已被冰封了九成，寒冰散发出冷光，白小纯一动不动，如被封在冰中。

又过去了三天，在这一天的黄昏，白小纯体内的金丹突然彻底变成冰丹！

轰鸣之声在白小纯脑海里回荡，他蓦地睁开双眼，爆发出一股霸道的气息。

修为突破！

他的修为不再是金丹后期，而是金丹大圆满！

“成了！”

白小纯低喝一声，目露奇光，他察觉到体内的冰丹正在散出远超之前的寒气，这寒气在体内游走，不伤害自身丝毫。

白小纯缓缓抬起右手，一丝寒气立刻出现在指尖，在寒气出现的刹那，四周的冰层就像受到了挤压一样开始压缩，对冰层而言，这一丝寒气仿佛冰皇！

就连在工甲阁外面的冰层，在这一刻也猛然间扩散开来，使得外面那些守护在这里的修士纷纷躲避。

“至寒吗？”

白小纯面色如常，看着手指上的寒气，若有所思。他发现体内的冰丹似乎正在发生一些变化，就像在酝酿什么……

白小纯沉默半晌，尽管他不知道冰丹内在酝酿什么，可他能隐隐感受到，那是一种熟悉的变化，他有种强烈的预感，一旦成功了，必定石破天惊！

“像是驭力……”白小纯喃喃低语。

“我知道了，我修炼的是寒门养念诀，如今寒已大成，那么这冰丹内酝酿的，显然就是……念！”

对于所谓的“念”，白小纯有自己的猜测与理解。他沉思少顷，将这些猜测压在心底，一切答案，等念力成功出现之后就可揭晓。

“我的修为已是金丹大圆满，接下来，就是练习不死长生功了……”

白小纯感受了一下身体变化，那枚元婴丹的药力太强，除了支撑白小纯踏入大圆满期外，竟还剩下一些，融在他的血肉中，转化为生机。

“不愧是元婴丹啊……可惜我不知道药方，不过也能判断出炼制元婴丹的主药中，有一味药必定是生仙草！”

生仙草是一种近乎灭绝的药草，其最大的作用就是提供惊人的生机，传说这生机之力可让人成仙，此事当然不可能，但也能说明，生仙草的价值极高。

“如此来看，我就算现在吞下第二枚元婴丹，只要压制着，不让自己以此丹结婴，而是以不死长生功去吸收，那么就可以让不死长生功突飞猛进！

“不死卷的第三层——不死筋……我如今已修炼到了双腿、双臂，只差身躯与头了，而身躯所需生机必定极多……”

白小纯想着，抬起右手，取出了第二枚元婴丹，一咬牙，将其直接扔入口中，猛地咽下！

先后吞食两枚元婴丹，此事若放在外界，必定引起轰动，一方面是元婴丹价值太高，另一方面则是很少有人能承受如此猛的药效。

白小纯吞下第二枚元婴丹的瞬间，元婴丹内爆出了超强的天地之力，扩散至他全身经脉，眼看就要冲击他的冰丹，似要强行让冰丹破碎，凝聚出最低层次的元婴！

可就在天地之力要碰触冰丹的瞬间，白小纯骤然运转不死长生功，轰的一声，在这一刻，他的身躯仿佛成了一个巨大的旋涡，一股惊人的吸力发出，眨眼间，那些天地之力就被猛地吸过去，融入了旋涡中。

第 506 章

真正不死禁

只要有足够的生机，就可以近乎无限地加速修炼不死长生功，这一点白小纯当年就已知晓。

这一路走来，他更明白，为了修炼不死长生功，自己耗费了无数资源。要知道就算是逆河宗，也很难为他提供某些资源，怕是只有星空道极宗这样的源头宗门，才可以让白小纯得到自己想要的资源。

现在，他才修炼到不死卷的第三层，仅到不死筋的程度，后面还有不死骨以及不死血，可以想象，修炼后两层的时候，所需的生机有多庞大。

“管不了那么多了！”

白小纯眼神坚定，随着旋涡不断吸收生机，他的身体开始发热，偏偏这热度没有扩散出去，尚未影响外面的冰层，单单是他体内在不断升温。

他感觉自己的经脉正在一条条被重塑，阵阵黑气覆盖了他的身体，一股越发强大的力量在他身上出现，甚至形成了一个禁制！

时间流逝，不知过去了多久，白小纯猛地睁开双眼，他的整个身体除了头外，全都发出黑光。

白小纯冷静地接受这一变化，他呼吸平稳，眼神淡然。他感受到自己的肉身之力增强了很多。

而这还不是重点，重点是他在这一瞬，明显感受到自己的身体似乎轻了很多。他甚至有种错觉，觉得自己随便一动就可破空。

这感觉让白小纯觉得惊奇，他忍住要去尝试的冲动，再次感受自己的肉身，忽然倒吸一口凉气。

“这是……”

白小纯难以保持冷静，内心大喜，他竟有了一种要突破桎梏的感觉！

这感觉让白小纯精神一振，当他想一鼓作气将自身的头也炼一下时，那枚元婴丹的生机已然不够，慢慢消散开来。

“可惜了。”白小纯有些遗憾，可更多的还是激动。

“金丹大圆满，不死长生功近乎大成，现在有哪个结丹修士敢来招惹我？”

白小纯大笑，猛地站起身，顺应身体的感觉，仔细感受那种要破空的感觉，不去压制，向前走出一步。

就在他走出的瞬间，他的身体居然消失了！

四周的冰层立刻出现一道道裂缝，裂缝急速扩散，眨眼间就扩散到整个阁楼，然后扩散到外面，布满广场，这还没有结束。

那一道道裂缝如同冰龙，在短短的十几次呼吸内，竟扩散到了整个工甲阁！

咔咔之声传出，守护在四周的修士纷纷心惊，赵龙等人更是如此，再看被冻成冰山的工甲阁，已经布满无数裂缝，很快，轰隆一声，冰山倒塌！

连带所有草木、丹炉、屋舍，包括白小纯所在的阁楼，都在这一瞬四分五裂。

风暴形成，轰鸣八方。

无数人倒吸一口凉气，纷纷看去，却发现白小纯并不在坍塌的阁楼内。

“大师不见了？”

“这……这是怎么回事？”

赵龙等人一愣，与刘丽一起冲出，直奔坍塌的阁楼附近，可是他们依旧没有看到白小纯的身影。

就在他们寻找白小纯时，边墙外，此刻虽没有发生大战，但是这里的大地早已如同焦土，只有一些蛮荒中的小兽才会时而出没，从泥土内寻找一些食物。

此刻，在这片大地上，突然有一层波纹在荡漾，黑气扩散开来，远远一看，似乎是某种符文的样子。

不少小兽立刻察觉，急速逃开，不敢靠近。

与此同时，边墙上值守在那里的修士也察觉到了。他们神色凝重，纷纷看去，就连一旁的战车也已开启，散发出光芒，仿佛随时可以作战。

就在这时，那扭曲的波纹如水泡般，砰的一声爆开，一个人踉跄着从里面跑了出来。

那人一出现，边墙上的修士就眼露杀意，正要出手，眼尖之人却惊呼出声。

“白大师！”

“是白小纯！”

边墙上值守的那些修士一个个都松了口气，有些无法理解地看着突然出现在外面的白小纯！

白小纯刚出来，还有些茫然，可当他看清四周，意识到自己在什么地方后，顿时头皮一麻。

“怎么到了这里？”

白小纯立刻紧张起来，生怕四周突然冒出一群魂修，于是赶紧转身奔向边墙。

“让我进去！”

白小纯一边飞奔，一边大喊。眼看边墙上的修士有些迟疑，白小纯连忙取出身份令牌扔出，这才验证了身份，踏入阵法光幕内，回到边墙内。

“白大师，你……你是怎么出去的？”

“我们都没看到有人出去，况且要出边墙，需要军主手令！”

四周的修士看着白小纯，感到不解，不少人开口问了起来。

“那个……意外，意外……”

白小纯干咳一声，回到边墙之后，他紧张的心才平静下来。他原本在工甲阁的阁楼内，为了尝试破空的感觉，所以迈出了一步，却没想到，迈出一步之后，他整个人竟踏入了一片漆黑的虚无中。

在虚无中，他感觉自己的身体似乎要碎裂了，连忙挣扎，好不容易挣扎出来，就出现在了边墙外。

现在回想起来，他依旧心有余悸，与众人解释一番后，赶紧离开。

“太危险了，以后可不能这么冒险……”

白小纯越想越觉得后怕，可一琢磨，自己居然穿透了边墙与阵法光幕，出现在了外界，这种法术与瞬移有些相似。

“似乎又不是……毕竟，只有战时，有巨目之力的时候，五大军团修士才可以出入光幕，平常出去需要手令，进来需要令牌。可我……就那么出去了？”

白小纯眨了眨眼，隐隐觉得因不死筋才形成的奇异神通有些古怪。

“难道这才是不死禁？针对一切禁制？”

想到这里，白小纯琢磨着要不要再尝试一下，可一想到在那片虚无里身体似要碎裂的感觉，就立刻打消了念头。

“不行，太危险，就算要尝试，也要等我不死筋大成后，突破桎梏，再去尝试。”

白小纯使劲地摇了摇头，刚刚靠近工甲阁所在的区域，立刻看到赵龙等人正四下寻找自己。

看到白小纯后，赵龙一行人才松了口气。

“恭喜大师修为突破！”

“大师，你看这里……要不要我们重新修建一下？”

赵龙等人连忙拜见，看向白小纯时，越发觉得白小纯高深莫测，明明是在修炼，可居然能在众人的守护下诡异消失。

工甲阁已经无法居住了，白小纯身为剥皮军千夫长，也有属于自己的领区，他索性大手一挥。

“不住这里了，我们去自己的领区！”

第 507 章

我也要成为万夫长

边墙内有五大军团，每个军团都有自己的领地，分别位于主城内的东西南北以及中心区域。

而剥皮军所在的东城，同样被划分出了十个区域，驻扎着十大万夫长及部下。任何一个万夫长，修为都达到了元婴期，且大都是从尸山血海中杀出来的，比同境之人煞气重了许多，就连战力也远超同辈。

可以说，一般人如果没有惊天的功劳，又或者深厚的背景，根本就无法脱颖而出，成为万夫长！

而每一个万夫长所在的领区，也划分出了十大兵营，由万夫长麾下的十位千夫长统领，至于百夫长以及十夫长，则不再细分，隶属于所在的兵营。

白小纯的兵营就在剥皮军第三军万夫长周兴军的领区中，与李宏明的兵营挨着，从白小纯晋升为千夫长后，周兴军就已经把这个兵营安排好，并送来了上千修士。

周兴军明显对白小纯多加照顾，送来的上千修士，都是白小纯在战场中救下的人，且是最早救下的那一部分人，其中有的人来自其他军团，是白麟亲自去要过来的。

这部分修士对白小纯感激在心，更一路见证了白小纯的凶悍与疯狂，早已心服口服，对于能成为白小纯的手下，他们都很兴奋。

白小纯来临的途中，上千修士正待在兵营中，有的人在练法场内，面无表情地施展神通，还有一些人则在彼此切磋，看似出手狠辣，可实际上都有分寸。

更多的人在盘膝打坐，整个兵营鸦雀无声，似乎存在肃杀之意，极为压抑，使得外人不愿靠近。

在白小纯成为千夫长之后，这个兵营内都是这种样子，其他千夫长的手下看向他们时，都十分心惊。

就在这时，突然远处有一道长虹呼啸而来，刹那临近。

兵营内所有人都瞬间抬头，冰冷地看向来人。

“大人来了，就在路上！”来人是个中年男子，一样神色严肃，一样蕴含铁血之意，他声音低沉地开口。

话语传出的瞬间，兵营内所有修士全都身体一震。

“列队！”

身为百夫长的数人顿时大吼一声，很快整个兵营动了起来。

当白小纯到来时，看到的就是那一个个似曾相识的身影，他们正整齐地站在兵营外，凝望走来的白小纯。

上千修士齐齐向前踏出一步，气势如虹，所有人都发出了最大的声音。

“拜见大人！”

带着敬畏的声音如天雷一般，传遍整个第三军的领区，包括李宏明在内的其他千夫长，都听到了这声音，纷纷心惊。不少人从各自的领区内走出，看向白小纯所在的方向。

他们一眼就看到了这上千修士，感受到了他们身上的坚韧不屈之意，还有那仿佛藏在骨子里的战意，这战意针对的不是白小纯，而是除白小纯之外的所有人。只要白小纯一声令下，他们就会立刻出手！

“骄兵悍将！这些人，因对白小纯感恩，且见证了白小纯的铁血狠辣，所以对其敬佩，进而狂热……他们已成为白小纯的私军！”李宏明等人将一切看在眼里，心中大受震动。

这是白小纯首次来到自己的兵营，他看着那些似曾相识的身影，感受着那股悍不畏死的意志，自己体内的血液似乎在这一瞬急速流动，他停下脚步，脑海里浮现出半年前那场凶险万分的战争。

半晌之后，白小纯缓缓吐了口气，心中充溢着感动之情。他明白，自己确实救了他们，可同样的，他们也救了自己！

他能感受到这些人目中的崇敬，还有对自己的狂热，他内心触动，抬起右手，猛地一挥。

“跟着我，大家有酒一起喝，有肉一起吃，有战功一起夺！还有，逃命时，大家也一起逃！”白小纯大吼，他觉得自己这番话说得非常霸气，说完后，那上千修士目中都有了笑意，他们再次抱拳，齐齐咆哮。

“遵大人命！”

声音更为响亮，传遍四方。

李宏明等人面色都有些怪异，他们见过很多同僚鼓舞士兵，从没听过讲话像白小纯这么直接的。

远处，白麟站在那如一口巨大的棺材的建筑内，遥望白小纯所在的方向，摇头一笑。

他身边跟着十个穿着铠甲的人，大都是中年人，也有一些是老者。现在那十个人的神色都有些复杂，他们原本正在商议关于剥皮军的事情，却被远处的吼声吸引，这才利用神识查看一番。

“这白小纯，说话也太直了，居然说逃命还一起逃。”

白麟笑了笑，转头看向身后的一个白发老者。

“周兄，白小纯对我剥皮军用处极大，在你那里，你要多照顾一点。”

这十人正是剥皮军的十大万夫长，那白发老者便是白小纯的上级——第三军万夫长周兴军。周兴军闻言笑了笑，微微点头。

“军主放心就是，在老夫那里，白大师的安全必定无虞。”

白麟点了点头，收回目光，与身边的十个万夫长继续商议关于剥皮军的要事。

与此同时，白小纯也在上千修士的簇拥下进入兵营，将这里当成自己新的居所。

赵龙等人作为亲卫，立刻安排下去，很快这兵营里外都被守护起来，防卫极其严密，若没有手令，外人难以踏入兵营一步。

如今的白小纯，不仅仅是千夫长，更是蛮荒必杀榜上排名第十的人物，价值一个天兽魂，指不定会有哪些人动心，想用他去换天兽魂呢！

毕竟，诸如此类的事情，在别人身上发生过。

时间流逝，很快过去了半年。

白小纯来到边城已有近两年，可自从他成为千夫长后，就没有发生过大规模的战争。

而白小纯对边城也早已无比熟悉，他最喜欢做的事情，就是每隔一段日子，穿着千夫长的铠甲，带着大量修士，大摇大摆地走出兵营，在边墙内溜达。

白小纯十分享受每次外出路人看向他时，那种带着敬畏与羡慕的目光。不管多大年纪，白小纯都非常热衷于这种事情。

赵龙等人开始还很诧异，那上千修士也是如此，可随着次数慢慢变多，他们也知道了白小纯的性格，只能尴尬一笑，学着习惯。

只是白小纯外出的次数太多了，甚至有些不务正业，就连白麟也听说了，很头痛，于是便安排了一下。这一天，白小纯带着上千修士再一次出行，享受着路人那羡慕的眼光，竖着耳朵听其他人议论，心里美滋滋的。

忽然，远处竟有数千个修士穿着整齐的铠甲呼啸而来，那些人竟如清场一般，将四周的人推开了百丈。

而且那些人分明看到了白小纯，可还是踏步而来，直接将附近的人驱散。

“你们干什么？”白小纯立刻不干了。

“万夫长年知荣大人出行，尔等立刻退后！”

那修士硬邦邦地开口，袖子一甩，拿出一枚令牌，令牌一面写着“年”字，另一面则是剥皮军的图腾。

在五大军团，能拥有自身姓氏令牌的，只有万夫长！

拿出令牌后，这修士不容分说，直接挥手，他身后的数千修士立刻上前，将白小纯等人推到后面。白小纯很不高兴，却没有办法，他只能看着对方清场。

之后，远处华光闪耀，一个老者穿着赤色铠甲，一路走来，其身后跟着十个千夫长，每一个千夫长都恭敬无比，簇拥着老者，一路走远。

而被推远的不少人，在看到这一幕后，立刻爆发出阵阵欢呼声，那一道道狂热的目光比看到白小纯出行时热烈很多。嗡嗡的议论声传入白小纯耳中。

“万夫长！”

“天啊，很少看到万夫长出行……”

“任何一个万夫长，在边墙内，都是跺跺脚就可让八方震动的大人物！”

那种气势、那种排场、那种霸道，看得白小纯目瞪口呆，连连吸气，他内心酸酸的。

“有什么了不起的，不就是万夫长吗？”白小纯看着对方远去，狠狠地一咬牙。

“我也要成为万夫长！”

第 508 章

一定要成为万夫长

意气风发地出来，满怀郁闷地回去，白小纯回到兵营后，一想起万夫长出行的一幕幕，内心便酸意满满。

“万夫长……”

白小纯咬牙，想到年知荣身边那十个千夫长，不由得想到了自己。

“不行，我一定要成为万夫长！”

白小纯猛地抬头，心中有了决断。这半年来他几乎没怎么修炼，也没怎么炼丹，差不多都在享受千夫长的待遇，此刻，他猛然警醒，千夫长，不是自己的终极目标！

随着想要成为万夫长的念头出现，白小纯不由得想起白麟曾经说过，让自己努力成为万夫长。

“以万夫长的身份退役后，回到宗门，会成为铁血堂的长老……”白小纯喃喃低语，觉得自己知道的消息还不算全面，于是打算外出打探一番。

这种事情在五大军团内不算秘密，甚至广为流传，白小纯稍微问一下，就知道了一切。当他听到铁血堂的长老地位尊贵，远超其他寻常长老，甚至只比掌门低半分时，他不由得倒吸一口凉气，极为心动。

“这怎么可能……那可是星空道极宗的掌门啊，地位极高，铁血堂的长老竟只比掌门的地位低半分……”

白小纯觉得不可思议，随着他不断打探，最终彻底明白了。

“五大军团，就连掌门都无法掌控，天人只是来坐镇的，真正能掌控五大军团的，只有……星空道极宗的半神老祖！铁血堂之所以地位那么高，是因为铁血堂同样只听命于半神老祖。”白小纯口干舌燥，十分心动。

他琢磨着自己若能混成万夫长，那么等回到宗门后，他可以先换金木水火土属性的天兽魂，凑成完整的五行魂，成就天兽元婴，然后再成为铁血堂长老！

到那个时候，自己就是高高在上的铁血堂长老，与其他长老地位完全不同，逆河宗也必定会因此获得好处，而自己同样好处多多。

想到这里，白小纯心头火热，目中似蕴含了无数的小星星，一闪一闪的，对未来充满期待。

“我一定要成为万夫长！”

白小纯狠狠地一拍大腿。

可决定要成为万夫长之后，白小纯又开始犯愁了，他当年就算过，想要成为万夫长，需要进行上百次像当年一样大规模的战争。

如今过去了大半年，如当初一样的大规模战争始终没有出现，这让白小纯不由得着急起来。

于是在之后的日子里，他总是去边墙的城墙上，遥望外界的蛮荒，期盼能看到魂士大军。

“怎么还不来？该死的，我时间不多了啊，只剩下七八年了，怎么办……”白小纯站在城头，唉声叹气，眼巴巴地看着蛮荒，望眼欲穿……

“这些魂士与魂修也太胆小了，怎么不来打啊？”白小纯等了一个多月，郁闷无比。

别的修士这段日子经常看到白小纯，也听到了他的嘀咕，一个个面面相觑，目光怪异。

他们感觉，蛮荒魂士不来攻打，这是好事……白小纯的想法怎么跟其他人相反？真是够奇怪的。

当然也有一些人看着白小纯，内心感慨。

“为什么不来？还不是因为你，若不是你的那些手段太厉害，往年的时候，蛮荒的人每隔几天就出现一次，每个月都会有一次大规模进攻，还不是你把人搞怕了。”

又等了一段时间，白小纯实在没办法，他此刻一想到战功，眼珠子就会发红，咬牙之下，准备走捷径。

“没办法了，那些魂士不听话，我只能想别的办法赚战功了！我一定要成为万夫长！”

白小纯红着眼，离开边墙，直奔主城中心的高塔巨目。

他记得，之前在那里换取物品时，曾看到一个任务榜单，里面似乎有个必杀榜，与蛮荒的必杀榜一样，上面列了一些名字，完成任务后，会有惊人的战功赏赐。

“我现在身为千夫长，手下强者无数，就不信赚不到战功！”

白小纯呼啸而去，很快就到了中心区域的高塔下方。此地有不少修士，看到白小纯后，他们纷纷点头示意。

白小纯抬头望着高塔上的巨目，取出身份令牌，灵识融入后，立刻搜寻必杀榜，很快就找到了，他从第一名看下去。

一看之下，白小纯睁大眼，倒吸一口凉气。

“红尘女！”

排在必杀榜第一位的赫然就是红尘女，且很清晰地标注出了，此女修为达到天人境初期，手段残忍，性格冷酷，甚至还提醒众人，若修为不到天人境，遇到此女，最好立刻就逃。

此女出道至今，灭过无数修士，尤其是元婴修士，更是被她杀了不少。

更为惊人的是，此女修行的时间居然不到两百年。

不到两百年的时间，竟修炼到了天人境，这种事情，在白小纯看来，是几乎不可能的，尤其对方是蛮荒修士，在那资源贫乏的蛮荒，没有天地之力，只有魂力。在这样的情况下，还能达到如此程度，可见红尘女的资质必然逆天。

“我记得这个红尘女……”

白小纯在看向必杀榜时，脑海里瞬间浮现出一个女子的面孔。这女子相貌绝美，甚至比陈曼瑶还要秀美三分，穿着一身红色长袍，身姿曼妙，可偏偏眼神锐利，煞气滔天，单是这么一想，都让白小纯倒吸一口凉气。

他立刻就想起，当初自己在边墙上，与陈贺天交战的人正是这女子，他还想到，之前就是这女子要出手击杀自己……

红尘女的样子并非只在白小纯的脑海里出现，任何人看向这个名单时，脑海里都会出现这样的画面。

如此惊艳的人物，边城对她的悬赏自然十分惊人，但凡能击杀此人，立刻就会被提升成军团长！

若是没有其他军团长替换，甚至可以单独组成一个军团，这种奖励超出了白小纯的想象，让白小纯极度眼热，可一想到现实，他就撇了撇嘴。

“这不是废话吗？要是真能干掉这人，自己肯定也是天人了，谁还稀罕一个军团长的身份啊！”

白小纯摇摇头，觉得自己要是有这个本事，就不必在这里待着，早就回到逆河宗了，想来就算是星空道极宗，也不愿意轻易去得罪一个天人吧。

白小纯叹了口气，又看向第二名，这第二名也是一个天人，叫作惊蛰，后面一连串的战绩，直看得人胆战心惊。

白小纯心惊肉跳，继续看去，渐渐愁眉苦脸起来。他发现这排名前三十的居然都是元婴境的炼魂师，虽然排名更后面的开始出现了结丹境的人，但是战功明显减少了很多，白小纯粗略算了算，他发现自己若是从那些人下手，那么需要从三十多名一直杀到两百多名后，才能勉强获得成为万夫长所需的战功。

“这可怎么办……”

白小纯长叹一声，不得不放弃靠击杀榜单上的人来获得战功的念头，他觉得此事太危险了。可一想到万夫长的荣耀与辉煌以及种种好处，他又觉得不甘心，琢磨着自己有什么长处，可以获得更多战功。

“头痛啊！”

白小纯思来想去，发现自己除了炼丹外，似乎没什么长处。

“不对，我还有一个长处！”

白小纯脚步一停，猛然间想到自己在忽悠赵天骄时，自称情圣，不由得心中一动。

他转头看着必杀榜上的第一名，眨了眨眼，有些纠结。

“难道我白小纯为了成为万夫长，要牺牲色相，去勾引那个红尘女不成……”

白小纯觉得悲愤委屈，又想到对方年纪比自己大，看似漂亮，说不定有什么怪癖，他觉得自己若这么做，牺牲太大。

“不划算啊……”白小纯再次垂头丧气，打消了这个可怕的想法。

第 509 章

自己发布任务

“莫非上天也嫉妒我白小纯，注定不让我晋升万夫长吗？”

白小纯悲怆地抬头，背着手，看着天空，半晌之后，他长叹一声，耷拉着脸，准备离开高塔巨目之时，有修士在高塔外打开储物袋，将自己在外收集的冤魂放出。储物袋无法长久地容纳冤魂，所以这些冤魂都有些暗淡，此刻飞出后，高塔巨目猛地光芒一闪，发出一股吸力。

眨眼间，巨目就将这些冤魂吸了进去。

白小纯原本要走了，此刻却停住了脚步，回头睁大眼，看着那修士祭献冤魂之后，兴奋地远去，显然是战功增加了。

白小纯完整地看完这一切，接着猛地一拍大腿。

“对啊，我怎么忘了这个，可以祭献冤魂啊……只要有足够的冤魂祭献给巨目，就可以近乎无限地增加战功啊！也不行……”

刚刚激动起来，白小纯又有点发愁，祭献冤魂虽是一个获得战功的好办法，可如今蛮荒之人极少来犯，冤魂自然也减少了。白小纯觉得自己空有一身降魂的本事，却没有用武之地，不由得再次长叹一声，黯然离去。

直至回到兵营，白小纯还在烦恼，他知道想要获得足够的冤魂，只有一个办法，那就是离开边墙，去蛮荒中搜寻。

“不行啊，外面太危险了，我还是别自己作死了。”

白小纯唏嘘一声，放弃了这个想法，在兵营内沉寂下来。他也不愿外出溜达了，而是开始修炼不死长生功。

不死长生功第三层——不死筋，如今他只差头了，头部练好就可以彻底大成，眼下药草虽然足够，但是头不比四肢。他性格谨慎，修炼后发现的确存在危险，于是不敢大意，琢磨许久，尝试了一番后，决定更小心一些，以确保安全。

时间飞逝，很快，又过去了半年，只差几个月，白小纯来到边城就要满三年了。那次大战后，也发生了几次战争，每次白小纯都极为热衷，虽然没有亲自下场，但是指挥自己麾下的上千修士，收获了不少的冤魂与战功。

不过距离成为万夫长，还是有很大差距。

这一天，白小纯来边城已经两年十个月了，他正在军营内打坐，头上的不死筋已扩散了五成，越往后，速度就越慢，容不得他不谨慎。

他发现不死筋越扩散，危险系数越高，有几次，他都有了危机感。

眼下，他正在修炼，忽然他的储物袋内发出红光，他一愣，低头看着储物袋，有些诧异。

“怎么回事？”

白小纯好奇地打开储物袋，刺目的红光顿时射出，他一眼就看到，发出红光的正是他的身份令牌。

“发光了？”

白小纯内心惊奇，他拿出身份令牌，此物是当年从战舟上下来时发放的，宗门交代过，此令牌不可丢失，也不可损坏，否则的话，就无法通过边墙，也无法在试炼结束后回归宗门。

这一点白小纯始终铭记在心，他也暗中尝试了一下，却发现这令牌不知是怎么制成的，以他的修为，竟也无法将其损坏，这才放心。

没想到现在这令牌居然发出了刺目的红光，若仅仅如此也就罢了，白小纯很快就倒吸一口凉气，他紧张地发现，令牌似乎要碎裂。

“出了什么事？”

白小纯猛地站起，面色大变，不敢迟疑，立刻散出灵识去查看，在他将灵识融入令牌的瞬间，他的脑海里浮现了一段信息。

“距离完成第一个任务，还有两个月期限，两个月内，若没有外出边墙执行任务的记录，则令牌自裂！”

看完这段信息后，白小纯整个人傻眼了，似乎有些不确定，再次将灵识融入令牌，仔细查看一番之后，他的额头开始冒汗。

“该死，十年时间，完成三个任务，此事我知道，可之前没说第一个任务需要在三年内完成啊！”

白小纯着急，他明白若是令牌碎裂了，那么自己想要回星空道极宗就麻烦了。

“这根本就是逼人啊！”

白小纯生气了，实际上并非只有他的令牌是这样，当年和他一起来到这里的天骄，只要三年内没有在边墙外执行过一次任务，他们的令牌也都在这一瞬发出了红光。

显然，这正是星空道极宗针对来到边城后，不愿外出冒险的人而准备的任务。

紧张之余，白小纯赶紧飞出兵营，直奔白麟所在之地，很快就找到了白麟。

以白小纯的身份，而且他又着急，自然不需任何通报，直接闯入了白麟的大帐内。

“军主救命啊！”

白小纯刚走进大帐，就悲呼一声。

白麟正盘膝打坐，闻言无奈地睁开眼，看着闯入的白小纯，还没发问，白小纯就立刻将令牌发出红光的事情，说了出来。

说完后，他眼巴巴地望着白麟，一副“我是你的人，你要给我做主”的模样。

白麟也愣了一下，他身为五大军团的人，麾下修士除白小纯外，几乎都是铁血堂的修士，对于历次来这里试炼的天骄，他了解得不是特别清楚，若非白小纯当年的举动太过惊人，他也不会开口征用白小纯。

“少安毋躁！”

白麟缓缓开口道。他先找人问询了一番，半晌后，看了看白小纯。

白小纯此刻十分忐忑，赶紧开口：“军主，我是千夫长啊，这令牌……就算是碎了，我也没事吧？”

“你虽是剥皮军千夫长，但是毕竟只是由我征用，你若是成了万夫长还好说，可目前你还不是，而且这是宗门的规定。此事是我疏忽了，不过你放心，我帮你解决。”

白麟还是首次看到白小纯这么着急的样子，笑了笑后，开始利用自己的人脉，去处理此事。

白小纯看着白麟在那里用玉简不断传音，想起白麟的背景，这才稍微放心一些，可等了半晌，发现白麟渐渐皱起眉头，白小纯的心就悬了起来，再次惴惴不安。

半炷香后，白麟收起玉简，面色有些难看，他迟疑了一下后，才说：“哼，宗门那些人，太过腐朽，不懂变通。白小纯，三个任务，我帮你抹掉了两个，不过你怎么也得去意思一下，不就是一个任务吗，不算什么。”

白麟觉得有些尴尬，他的确是想帮白小纯，可这些年他向宗门要东西要得太狠了，负责这件事的宗门长老卡住不放，他也生气，可此事毕竟不是他负责的，于是只能安慰白小纯一番。

白小纯再次确定还是要完成任务后，都快哭了，也知道白麟的确没办法，毕竟白麟能帮自己抹掉两个任务，已是帮大忙了。

“军主，我是蛮荒必杀榜上第十人啊！外面那些人，一个个都恨死我了，都想杀我，我……怎么敢出去啊？”白小纯内心纠结，哭丧着脸。

“没事，这样，你乔装打扮一番，快去快回，没人知道的。”白麟赶紧劝说。

“况且虽宗门卡住此事不放，可白某也有别的方法，不就是任务吗？边墙的任务也是任务，你身为千夫长，我给你权力，你可以自己发布一个任务，自己去完成不就得了。不过按照要求，任务难度不能太低，毕竟所有任务都需高塔巨目内的真灵审核，才可通过。”白麟干咳一声，提醒白小纯。

“自己发布任务……自己完成……”

白小纯一听这话，顿时抬头，眼睛亮了一下，放松下来哈哈一笑，抱拳离去。

第 510 章

这是明抢啊

“柳暗花明又一村啊！”

白小纯兴冲冲地回到军营，思索一番后，立刻喊赵龙拿来边墙外的地图。

在军营内，白小纯研究了地图后，指着距离边墙不到十里地的一个小山谷。

“就这里了！”

一旁的赵龙愣了一下，好奇地打量了一下地图上的小山谷，那里很寻常，他不知道白小纯指着那里是什么意思。

“大人，这山谷怎么了？”赵龙问道。

“根据情报，在这小山谷内存在堪比元婴初期的魂角兽，需要有人去那里灭了此兽，拿兽角来换战功，你去发布这个任务。”白小纯一挥手，严肃地开口。

“啊？”

赵龙愣了一下，魂角兽是蛮荒内的一种特殊凶兽，其角不仅有药用价值，更是炼制魂角弓的主要材料，只不过这种魂角兽一般都在冤魂聚集的地方出没，而小山谷距离边墙有十里地，那里没有冤魂，根本不可能存在魂角兽。

况且，小山谷距离边墙这么近，边墙外又时常发生战争，就算真有魂角兽，也早就吓跑了，除非魂角兽傻了，才会在那里安家。

最重要的，堪比元婴初期的魂角兽，大都在蛮荒深处……

“这个……大人，那里真的有魂角兽吗？况且，只有万夫长才有资格发布任务，我们……”

赵龙迟疑了一下，看向白小纯，一脸茫然。

“我说有就有，快把任务报给军主。”白小纯一挥手。

“那个……战功赏赐多少？”赵龙苦笑，抱拳问道。

“此任务太危险了，这种凶险万分、九死一生的任务，只有重赏才有人接，这样吧，就赏一亿战功好了。”白小纯干咳一声，果断开口。

他一说出口，赵龙整个人都蒙了，倒吸一口凉气，然后突然明悟地看着白小纯。

“还有，别忘了提醒军主，任务发布前，告诉我一声，千万不能让别人抢走这个任务！”白小纯郑重地叮嘱。

赵龙苦笑，点头后离去。一路走在主城里，他内心都满是感慨：这种事情，也只有白小纯做得出来，真是羡慕……

很快，赵龙就到了白麟所在之地，层层上报后，将任务递交上去。

任务玉简落在白麟手中，白麟一看到一亿战功，顿时睁大了眼，玉简差点掉在地上。

“这是明抢啊！就算是想要战功，这也太明显了，不到十里的小山谷，有魂角兽也就罢了，还元婴初期！最后居然好意思给自己赏赐一亿战功！”

白麟哭笑不得，可一想毕竟是自己没有说服宗门免去白小纯的任务，所以考虑了一下，将奖励的战功从一亿降低到一百万……这才将任务玉简送入高塔巨目内。

一百万战功也不少了，这可是足以让人晋升百夫长的大战功。

“便宜这小兔崽子了。”

白麟有些肉痛，要知道这可是剥皮军发布的任务，战功要从剥皮军这里出……偏偏他在肉痛的同时，还要给白小纯传音。

很快，这一条任务就通过高塔巨目发布出去，任务传出的瞬间，不少人就看到了，发出阵阵惊呼声。

“一百万战功的任务，天啊……快接！”

“这……这是什么任务，十里外的小山谷？堪比元婴初期的魂角兽，这……这怎么可能？”

“这任务，我要了！”

所有看到这个任务的修士都睁大了眼，无比震惊，立马就要去抢任务。

可他们再快也没白小纯快，他早就等在那里了，有白麟给他提醒，任务传出的瞬间，他就接下了这个任务，任凭其他人内心充满遗憾，自己美滋滋地离去了。

“你们和我抢什么啊，这任务是我给自己弄的，你们就算抢到了，去那小山谷里也找不到魂角兽啊！”

白小纯得意地看了眼储物袋，之前炼制聚魂丹时，他就要了一些魂角兽的角，现在里面正有一根元婴初期魂角兽的角。

“现在我只要拿着令牌，去一趟小山谷再回来，就算是完成任务啦。”

想想完成任务后获得的战功，白小纯就觉得太刺激了。

不过他虽得意，但是对于外出还是极为谨慎，思来想去，他觉得自己还是不要冒险比较好。

“虽然只是外出十里，但还是在战场的范围内，不能掉以轻心……自己一个人去不行，要多带一些人才好。”

白小纯深以为然，琢磨着若是把手下的修士都带着，有些太扎眼了。

可若带少了，他又担心有危险，最终一咬牙。

“不管了，安全第一，我兵营内的人都去！”

下了决定之后，白小纯立刻安排下去，他手下的人对他唯命是从，在白小纯要求封锁消息后，这些修士立刻听命。

他们没有问白小纯此行到底要干什么，他们只知道，白小纯是他们的千夫长，对他们有救命之恩，他们要做的，就是听从白小纯的命令！

而白小纯也没有亏待这些人，不惜用战功给那些修士换取了铠甲与法宝，更将他的丹药发下去，使得那些修士比其他军团的装备强了很多。

终于，在准备数日后，这一天夜里，月色不明，白小纯一声令下，所有乔装打扮后的修士四散外出！

这些人常年在边墙上，很了解魂修，各自装扮后，还挺像魂修，他们身上还带着一些冤魂，使得他们全身上下都有冤魂引起的波动。

如此一来，除非遇到强者，又或者他们自己利用灵力施展大神通，否则的话，一般的蛮荒之人很难看出他们的真实身份。

毕竟修士与魂修没什么太大的区别，只不过，一个依靠的是通天河的灵气，一个依靠的是魂力而已。

这些修士并非一起出去，而是四散开来，分布在八方，看似是单独行动，可实际上，只要白小纯传信，他们就会用最短的时间急速赶到。

将手下的修士都安排出去后，白小纯才安定一些，他也乔装打扮了一番，这才下了决心，狠狠地一咬牙，走出边墙。

走出边墙后，白小纯摸了摸自己的脸，还是有些不放心，想了想后，他忽然一拍储物袋，从储物袋内取出一个大水桶。

这水桶内，装着满满一大桶通天河水，里面浸泡着一张半透明的面具，正是那张可以变换模样、改变一切气息甚至隐藏生命波动的人皮面具。

“此物虽有些问题，但只有它可以彻底改变我的样子与气息。我抓紧时间，去小山谷转一圈，立刻就回来，应该无碍。况且，区区十里地，只要不遇到蛮荒的大军，我也不会有太大的危险。”

白小纯看了面具一眼，果断将面具取出，戴在脸上，瞬间，他整个人的模样就改变了，不再是青年，而是一个面色蜡黄的中年魂修，散发出一股浓郁的魂力波动。

现在，白小纯看起来仿佛真的魂修!

做完这一切，白小纯总算放下心来，开始急速前行。

此刻是黑夜，天上的残月发出微弱的光芒，难以照亮大地。

白小纯只能借助黯淡的月光，看到无数巨石和骸骨以及各种模糊的暗影……

四周偶尔会有孤魂野鬼游荡，地面上还有些时而露头的小兽……

第 511 章

它们真的看不到我

深夜，残月被云雾遮盖，整个大地一片黑暗，小兽时而发出一声声尖锐的嘶鸣，和孤魂野鬼的凄厉之音一起，使得这片天地看起来无比荒凉又沧桑。

这不是白小纯第一次走出边墙，可之前的那一次，他在战场上，而如今，大战并未展开，他是独自飞奔。

一路前行，白小纯心脏怦怦怦地加速跳动，哪怕他已经达到金丹大圆满了，可骨子里对鬼魂还是有些恐惧。

只不过这恐惧比之前轻了不少，毕竟在边墙上的几年，无论是对蛮荒，还是对魂潮，他都看了许多，也适应了许多。

“我当初开始修炼，只不过就是为了好好活着。”

白小纯在黑夜里急速奔走，看着四周的荒凉之景，偶尔还能看见一个个魂士的骸骨，不由得在心中长叹。

“没想到，走着走着，居然走到了这里。”

白小纯摇着头，回想这一切，也觉得命运似乎在扯着一个个人走上不同的道路。

半晌之后，白小纯用力摇头，甩开那些乱七八糟的想法，带着警惕，脚步也渐渐慢了下来。此刻他距离边墙已有六七里，此处虽然还算是战场的一部分，但也快要到边缘了。

孤魂野鬼的数量慢慢多了一些，虽然无法与魂潮相比，但还是让白小纯有些在意。

这些野魂不具备人形，只是一团团模糊的雾气，散出阵阵寒气，时而凝聚出凶兽或者恶灵的狰狞面孔，扑向那些小兽。

还有一些野魂，则在一些死去的魂士附近飘动，似想要附体，可始终无法成功。

白小纯小心翼翼地前行，远远地看到这些野魂后，就立刻绕开。他不是不能出手，而是没有必要，这些魂数量太少，品质又一般，不值得，他也看不上。而且一旦出手，必定会引起波动，反倒会带来不必要的麻烦，他不想节外生枝。

越是前行，四周的魂就越多，当白小纯距离小山谷只剩一里时，他有些意外地看向前方。

“这里的魂不少啊！”

在他的前方，至少有上千个野魂正在四处飘荡，发出轻微的嘶鸣。

实际上，原本边墙外是不会有这么多野魂的，只不过之前几次大战，白小纯的聚魂丹吓跑了不少魂，这才使得小山谷附近的魂数量增多。

“有上千了，也算一笔战功。”

白小纯有些心动，于是慢慢靠近，右手抬起，手中拿着一枚聚魂丹，猛地扔出。

聚魂丹化作一道长虹，瞬间落入魂群内，砰的一声，立刻碎裂，发出一股吸力，眨眼间，这四周的魂就被聚魂丹吸走了。

白小纯速度极快，瞬间临近，一把抓住吸收那些魂之后形成的魂球，乐呵呵地将其放入储物袋内，又看了看四周，发现没有引起太大的动静后，快速前行，很快就到了小山谷外。

刚踏入这里，白小纯就看到山谷内居然也有几百个野魂正在四处飘荡，他看了后就乐了。

“没想到这一次出来，居然这么顺利。”

白小纯很高兴，他觉得自己运气很好，这一路走来，没有魂察觉到自己的存在，他不仅安全到达了目的地，而且能小有收获。

此刻，白小纯一扫山谷内，又取出一枚聚魂丹，正要扔出，忽然猛地侧身，眼神锐利，看向身后。

在他看去的瞬间，他的身后竟有一团红色的雾气呼啸而出，速度极快。

那团红色雾气就像看不到白小纯一样，直接从白小纯身边飞过，直奔山谷内。

那红色雾气也是一团魂，飞入山谷后，幻化出狰狞的鸟头，直接杀入魂群内，吞噬撕咬，一时间，山谷内的魂乱了起来。

“元婴魂！”

白小纯目光一闪，盯着那红色的魂，眼看此魂吞噬其他野魂后，颜色明显更红了，白小纯舔了舔嘴唇。

元婴魂的价值虽不如天兽魂，但也能换取一定的战功。尽管有些心动，可白小纯还是迟疑了一下。

“按理来说，那元婴魂方才的目标应该是我才对，可此魂似乎……看不到我？”

白小纯回想之前的一幕，觉得有些不对劲，他沉吟少顷，向前走出几步，慢慢靠近山谷，可任凭他如何靠近，山谷内那些魂似乎都没有察觉到他的存在。

还有一些野魂被元婴魂追赶着，路过白小纯身边，就像完全没看到白小纯一样，直接呼啸而过，白小纯睁大了眼。

“它们真的看不到我？”

这一次，白小纯真的吃惊了，胆子也大了一些，索性一晃而出，直接踏入山谷，在那些魂中游走。

渐渐地，白小纯的双眼睁得越来越大，目中带着不可思议，他甚至还伸手阻挡了一个魂前行。那个魂都没有察觉，直接撞在白小纯手中，被他捏住，直接收走了。

哪怕他收走了这野魂，其后追击而来的元婴魂还是没注意到他。在四周找了一圈之后，元婴魂又扑向其他野魂。

眼看山谷内野魂越来越少，很快，就只剩下了那个元婴魂后，白小纯也终于确定了，那些魂看不到自己。

他心脏加速跳动，又低头看了看自己的身体，伸手摸了摸自己的面具。

“之前在战场上，那些冤魂是能看到我的，现在这些魂却看不到，那么原因应该出自……我的面具！”白小纯右手摸着自己的面具，小心翼翼地将面具摘下。

就在他摘下面具的瞬间，原本向着山谷外飘去的元婴魂就像受到了刺激一样，刹那转头，直勾勾地盯着白小纯，口中似要发出嘶吼，看那样子，像是要不顾一切地冲向白小纯。

没等元婴魂叫出声，白小纯就将面具戴上了。

那元婴魂直接愣了一下，闭上了口，在四周找来找去，明显看不到白小纯的身影。

白小纯就站在元婴魂的不远处，看着这一切，他顿时激动起来。

“厉害了！这面具居然还有这种奇效，好在当初没扔。”

白小纯狂喜，一闪身直接出现在那茫然的元婴魂身边，右手抬起，猛地一挥，在元婴魂反应过来之前，闪电一般将其直接掐在手中，狠狠一捏，骤然收走。

“成了！这就是抓魂的至宝啊！配合我的聚魂丹，我成为万夫长所需的战功岂不是有希望了？”

白小纯越想越兴奋，在山谷内绕了一圈，算是完成了任务，看了看天色，发现距离天亮还有些时间。

白小纯想了想，琢磨着自己有面具，魂都看不到自己，且四周还藏着许多修士，在安全方面可以说是没什么问题的。

至于手下修士的安全，白小纯明白，他们潜藏起来了，一般不会出手，可灵活多变地执行任务，且相互之间也能配合，除非遇到魂士大军，否则修士们的安全无虞。

想到这里，白小纯立刻有了决断。

“这样的话，现在就回去有些可惜了，既然出来了，就在四周溜达溜达，多收一些魂，换取战功。”

第 512 章

来啊，谁敢动手

做决定后，白小纯向着远处一路飞奔，途中看到那些零散的孤魂野鬼，他毫不闪躲，直接靠近，然后袖子一甩，飞快地收走。

从始至终，那些魂都没有察觉，就被白小纯收了。

“哈哈，这就是捡战功啊！”

白小纯越发振奋，速度更快，搜寻四周，一个野魂都不放过，顺手收走。

很快，他收获的魂越来越多。若是遇到那些小的魂群，白小纯更是惊喜万分，直接挤入魂群内，拿出一个聚魂丹，一把捏碎，只听砰的一声，四周的魂瞬间被吸来，然后被他收入储物袋内。

“绝了，这面具就是驰骋蛮荒的利器啊！”

短短的两个时辰，白小纯如收割机一样，收走了上万个魂，而且他还没有遇到大的魂群，否则的话，收走的魂将难以估量。

因为白小纯收走了那些魂，那些暗中跟随他、分散在四周的修士也安全了一些。他们有些人亲眼看到了白小纯收魂，先是一怔，然后又觉得似乎理所当然一样，没有太多惊讶。

在他们看来，白小纯完完全全就是冤魂的克星……在他身上，发生任何事情，他们都不会感到意外。

时间流逝，眼看马上就要天亮了，白小纯这一路也走了数百里路，早就远离了边墙，算是进入了蛮荒地界。

在这里，怪石林立，地面的植物大都长得十分奇怪，还有凶兽时而出没，偶尔还有魂士出现。

白小纯甚至看到一位魂修在远处的山峦间一闪而过，似乎正在追击一只凶兽。

这魂修与他在战场上看到的不同，衣衫没有那么华丽，相貌也不俊美，很寻常，只不过其修为应该跟结丹修士差不多，且身上的气息很杂。

这样的魂修，若是换了几年前，白小纯不会了解，可如今他身为千夫长，一些只有千夫长才知晓的情报让他更加了解蛮荒。

他知道，在蛮荒内，魂修并非同一股势力，实际上与修士的宗门类似，魂修的来历也各不相同，甚至还有很多类似散修的存在。

白小纯记得自己看过一个笼统的标注，说是蛮荒的主要势力似乎分为王城与皇城，如同正规军一样，如战场上出现的那些魂修正属于这一类。

可这些毕竟是少数，还有更多魂修散落在外，他们来自大大小小不同的势力，刚刚白小纯看到的这魂力驳杂的魂修，显然就是这一种。

白小纯若有所思，眼看自己距离边墙有些远了，于是脚步一停，琢磨着该回边墙了，要结束自己的任务。

可就在他要离去之时，突然远处的山峦中，轰然传出一声巨响。

随着巨响传出，大量尘土扬起。

白小纯转头看去，发现一座山峰不知为何塌了，形成了一个盆地。

大量的魂出现，向着四周散开，似要逃遁，这一幕让白小纯一愣。

“怎么回事？”

这么大的动静，自然不止白小纯一人发现此地有异常，一些远处的魂士与魂修也察觉到了。看到那些散开的魂后，那些魂士与魂修顿时心动，竟急速飞出，直奔坍塌的山峰，欲抓捕那些魂。

魂，对于白小纯来说是战功，对于蛮荒的人来说，价值一样，不单单是进攻边墙的手段，更是他们修炼的资源，毕竟蛮荒没有天地之力，有的只是无穷之魂。

他们抓捕这些魂后，会去专门的贩卖处，甚至还可以卖给那些炼魂师，换取可供修行的魂药。

因战争往往伴随着死亡，所以战场附近的魂会多一些。有的时候，魂士与魂修会在深夜来到战场，暗中抓捕野魂。

眼看那些魂士与魂修出现，抢夺野魂，白小纯双眼一直。

“这里的魂至少也有数万啊……”

白小纯心动了，他扫了一眼那些人，发现没有一个是元婴修为，大都是筑基或者结丹修为，最强的三五人也只不过是结丹大圆满修为。

他直接飞出，冲向那些魂士与魂修，看见魂就一把抓去。

“我的，我的！”

白小纯越收越多，在魂士与魂修之间不断地穿梭。

那些魂士与魂修看不出白小纯的身份，以为他也是魂修，没有太在意，可渐渐地，他们就睁大了眼，因为白小纯抓的魂太多了，一个人就抓了一半以上的魂。

且白小纯速度太快，瞬间冲入魂群，没等那些魂察觉，挥手就收走大片的魂，使得那些魂士与魂修不断扑空。

那些筑基的魂士与魂修虽然心有不满，但只能隐忍。只不过，那几个结丹大圆满的魂修就不乐意了，他们目中已有杀意。

“这人是哪里来的，速度这么快！”

“该死的，他一个人抢的比我们所有人都多，他找死不成！”

其中一个结丹大圆满的老者冷冷地看了眼白小纯，他衣着寻常，目中却有紫光闪耀，另外两个结丹大圆满的人竟然好像以他马首是瞻。

蛮荒是没有规则的，适者生存、弱肉强食是蛮荒的常识，在这里，实力才是唯一。

眼看这些人起了杀意，白小纯眯起眼，脚步停下来，一样怒视过去，身上甚至还散出了煞气。

若这些人里有元婴强者，白小纯绝对不会这么强硬，可现在这些人中，最强的就是结丹大圆满，白小纯岂会害怕？

一想起自己的手下就在附近，只要自己一声令下，他们就会立刻赶来，白小纯更不怕了，甚至嚣张起来。他的眼神变得更为凶狠，看上去就像一言不合就要大打出手的样子。

“来啊，谁敢动手？”白小纯怒吼一声。

那些魂修与魂士终究还是没有出手，毕竟白小纯方才的速度让他们忌惮，且白小纯现在看起来如恶魔一般，还擅长斗狠。

于是老者冷哼一声，不再理会白小纯，而是看向塌陷的盆地，朝那里奔去。

结丹强者都放弃了招惹白小纯，那些筑基的魂修与魂士自然也惹不起白小纯，只能忍着，也赶去盆地，想要碰碰运气。

眼看众人飞向盆地，白小纯笑了一声，意气风发，然后得意地哼哼几声。

“算你们识相，知道你家白爷爷厉害！”

白小纯抬起下巴，大有一副天下无敌的样子。他不愿就这么走了，于是傲然地抬起头，背着手，飞向盆地。

刚靠近盆地，白小纯立刻发现这盆地内竟存在一些洞窟，正有大量的魂从洞窟内飞出，还有一些竟是赤色的元婴魂。

“这里怎么这么多魂？”

白小纯大喜，立刻冲进去，所过之处，一个个元婴魂瞬间被他收走。那些魂修与魂士再次扑空，看向白小纯时，杀意更盛，甚至开始慢慢向着白小纯围拢。

白小纯抿了抿嘴唇，心底隐隐有些期待他们出手，然后自己华丽转身，召唤上千修士出场，一想到这个画面，白小纯就激动了。

“快点对我出手啊！”

白小纯内心呼唤，抢夺魂的速度更快，这一次不再只针对元婴魂，而是什么魂都不放过。

此刻，那结丹大圆满的老者忽然笑了，笑容很瘆人。他体内突然散出黑雾，雾气翻涌，凝聚出一个巨大的骷髅头后，老者向着白小纯，迈出一步。

就在他迈出一步的瞬间，忽然一声巨响从盆地内传出。

轰！

第 513 章

此魂我要献给巨鬼王

那准备向白小纯出手的老者一愣，白小纯也怔了一下，更不用说四周的其他魂士与魂修了。他们一个个面色大变，还没等他们反应过来，一股惊天动地的气浪就从盆地内爆发出来。

众人瞬间就被气浪卷得倒飞出去，一些筑基魂士甚至没能抗住，直接崩溃了，身死魂灭。

这一幕幕让白小纯倒吸一口凉气，也让其他人惊疑不定。

“怎么回事？”

“之前山峰坍塌形成盆地，如今这盆地竟又塌陷了，这……”

“莫非有重宝出现？”

就在众人吃惊时，盆地内忽然猛地传出一股巨大的吸力，这吸力对众人无效，对四周的魂却很有效果，那些魂竟全部被吸入了盆地。

与此同时，阵阵咆哮嘶吼从盆地内传出。

一听到那些咆哮嘶吼，所有人的心神立刻就被撼动了，哪怕是白小纯也差点守不住自己的心神，面色大变。唯独那老者激动得身体都颤抖起来。

“这是……这是……”

老者呼吸变得急促，他话还没说完，突然巨响再次传出，一大团白色的雾气猛地冲天而起，隐隐可见雾气内有一道金色的身影。

眨眼间，金色的身影清晰起来，一只金色的鳄鱼出现在雾气内！

一股金属气息随之扩散开来，形成一股波动。

白小纯等人感受到这波动的刹那，所有人脑海里瞬间浮现出了三个字！

“天兽魂！”

不少魂士与魂修失声开口，一个个目露疯狂与贪婪之情。不过，那些筑基的魂士与魂修并没有贪心，而是心惊肉跳地急速后退，他们明白，这种事情，自己参与不得，一旦参与，就将陷入万劫不复之境。

而那些结丹的魂士与魂修则无比疯狂，身为蛮荒强者，在贫瘠的天地里，一切都要靠抢夺，他们早就习惯了。

若修为不够也就罢了，可是眼下他们有结丹修为，可以一争，又岂能罢休？

天兽魂太少见了，很多人甚至一辈子都无法遇到一个，既然遇到，那也算是一场机缘。

眼下，天兽魂居然出现在这里，实在太突然了，可越突然，就越让人疯狂。

瞬间，这些人就朝着金色的鳄鱼奔去！

这金色的鳄鱼出现在半空时，还有些茫然，似乎刚刚诞生不久，还没有太多的神志，越是这样，众人争夺起来越激烈。

轰鸣中，这数十个结丹魂修相互厮杀起来，很明显，其中一部分人来自同一个势力，他们彼此联手，竟让那些零散的魂修节节败退。

尤其是那三个结丹大圆满的人，此刻仿佛无敌一般，所过之处，阵阵轰鸣，他们距离那天兽魂越来越近。

就在这时，天兽魂开始后退，虽然它神志没有恢复，但还有本能，只要有人靠近它，它就会避开。

白小纯睁大眼，脑海嗡的一声，呼吸有些急促。他还是首次看到天兽魂，即便天兽魂的价值不如天人魂，但还是十分珍贵的，若是拿去换战功，足以抵得上三成万夫长所需的战功。

如今，这么一个天兽魂居然直接出现在自己面前，白小纯顿时激动起来。

“我的！”

白小纯大吼一声，直接加速，直奔刚刚出现的天兽魂而去，瞬间冲入那群魂修中，大袖一甩，一股狂风骤然而起，将四周几个结丹魂修直接卷走。

他使用的明明是灵力，可在面具的帮助下，竟散发出阵阵魂力波动，使人无法看出端倪。

眨眼间，惨叫声传出，那几个被卷走的魂修口吐鲜血，看向白小纯时，心中十分惊骇。

白小纯就如同一只暴龙，直接杀进去，一路横冲直撞，眼看就要靠近天兽魂。这天兽魂在别人靠近时，会立刻避开，可白小纯靠近时，它仿佛没有察觉一样，竟毫不闪躲。

白小纯立刻大喜，知道自己戴着面具，竟然连天兽魂都无法察觉，顿时哈哈大笑，正要一把抓去，就在这时，那魂修老者大声嘶吼起来。

“所有人听令，不惜一切代价，阻挡这人。此魂，我要献给巨鬼王！”

老者怒吼时，双手还在掐诀。那些与老者一起的魂修竟目露红光，如发狂一样，不畏生死，直直地朝白小纯扑去，誓要阻挡白小纯。

十多人一起出手，气势之强，足以令风云变色。

就算这样，他们依旧不是白小纯的对手，无法阻挡白小纯的脚步。

只是，随着他们靠近，那天兽魂开始发狂。

此魂虽看不到白小纯，但是能看到其他人，一惊之下，猛地避开，使得白小纯一抓落空。

轰鸣之声也在这一瞬传遍四方，十多人的神通法术全都轰在了白小纯身上。

白小纯全身一震，毫发无损。眼看天兽魂逃开，老者竟扔出了一个赤色的光球，那个光球显然是某种专门抓魂的宝物，刹那散开，形成一张大网，居然将天兽魂一把套住了。

白小纯立刻怒了，他全身寒气轰然爆发，至寒之气猛地扩散。他四周那十多个结丹魂修全都受到了寒气的影响，一个个眨眼间化作冰雕，形神俱灭，方圆万丈直接化成寒池！

那个老者吓得魂飞魄散，他怎么也没想到白小纯居然如此可怕，于是他一只手抓着大网，一只手抬起狠狠一拍额头，砰的一声，他的天灵盖内竟然飞出了一座残破的巨鬼雕像。

那个巨鬼雕像头有双角，双目赤红，皮肤为青色的，全身有无数冤魂面孔，整个身躯看起来狰狞无比，似有无穷的肉身之力蕴含其内，仿佛从幽冥中爬出，正是传说中在蛮鬼之上的巨鬼！

这雕像刚飞出，就散发出青色光芒，更有一股阴森煞气爆发，隐隐地，似乎这煞气内还存在一丝天人波动。

老者藏在煞气内，使得白小纯的寒气在扩散到他这里时，速度竟慢了一些，给了他机会拽着大网内的天兽魂急速逃出。

虽然勉强逃出，但是老者全身冰寒，口吐鲜血，吐出来的血液都是冰碴子，气得他肝胆欲裂，大吼一声："我是巨鬼王麾下兰侯座下第七弟子，来此执行秘密任务，你敢伤我！"

老者眼看自己有危险，白小纯那里又煞气弥漫，哆嗦了一下，顾不得太多，一指头顶飘浮的巨鬼雕像。

这雕像顿时嗡的一声，其内飞出五十多道身影，刹那化作五十多个魂士。这些魂士一个个都面无表情，目中露出红光，身体蓦然膨胀，变成数十丈大小，而且这些人的气息竟都是结丹境强者的气息。

更为惊人的是那些魂士的身上居然都穿着制式铠甲，那些铠甲上雕刻着巨鬼，使得那些魂士的战力更为强大。而且那些魂士出现后，竟组成了一个阵法，将老者保护在内！

那些魂士在对抗寒气的同时，守护着阵法内的老者急速后退。老者松了口气，看向白小纯时，目中再次露出杀意。

第 514 章

我是官兵

在这五十多个魂士出现后，白小纯也是一惊，之前那雕像十分不俗，本就让他惊讶，如今又看到这些魂士，他听到老者的话，知道自己遇到的不是寻常的魂修。

这些魂士明显与白小纯在战场上看到的那些魂士不一样，战场上出现的魂士，虽数量庞大，且一个个杀意很重，但是明显如散修一样，仿佛一盘散沙，而如今出现在白小纯面前的这五十多个魂士则完全不同。

这些魂士更加冷静，而藏在冷静表面下的疯狂也让白小纯有些忌惮，显然，这些魂士经过特殊训练，如同精锐一般。

就连那些魂士的铠甲也非同小可，竟能抵抗一番自己的至寒之气。

这些魂士配合阵法之力，保护那老者后退。阵法似将这些魂士的力量融在了一起，一旦彻底爆发，可以形成如逆河宗阵法巨人一样的化身，能力堪比元婴！

这一切让白小纯皱起眉头，当然最重要的还是那巨鬼的雕像，若是此物内没有那一丝天人之力，就算这些魂士再精锐，白小纯的至寒之气也足以将这些魂士彻底冰封，可偏偏这一丝天人之力使得这阵法有了魂。

“这才是蛮荒真正的实力吗？”

白小纯若有所思，前段日子在边墙上击杀蛮荒大军，在那一次次胜利下积累起来的一丝轻视也瞬间消失了。

“老夫已告诉了你身份，居然还敢出手，找死！”

此刻，魂士阵法内的老者目中杀意强烈，白小纯太过强悍，让他极为忌惮，知道今日若不灭了对方，光凭自己今天抢了此人的天兽魂，日后怕是都无法善了。

“仗着人多，算什么本事，你敢不敢与我单打独斗？”

白小纯冷笑一声，盯着那老者，一字一字地开口。

魂修老者闻言，似乎听到了什么天大的笑话，大笑起来，眼神却十分冰冷，杀意爆发，他冷冷地开口：“你傻了吧，我就是仗着人多欺负你人少，你又能如何？”

他刚说完，便抬起右手，要下达命令击杀白小纯。

白小纯听到老者的话后，笑了起来，傲然地抬起头，捏碎一枚玉简。

“好，人多欺负人少是吧，兄弟们，出来吧！”

白小纯话一说出口，那老者愣了一下，正诧异时，忽然有所察觉，看向远处。

远处突然出现了数十道身影，他们不再隐藏，蓦然爆发，呼啸而出，直奔此地。

“哼，就这点人……”

老者冷笑，可话还没说完，他的脸色就变了。

另一个方向，一个个人出现，冲向此地；更远处，还有数十道身影；眨眼间，四面八方都出现了人，而且那些人速度极快。

老者一看，少说也有数百人！

老者面色惨白，呼吸都滞住了，身体颤抖。可这一切没有结束，更远处还有人在赶过来。

那些人加起来足有上千个。在这一刻，老者面色苍白如纸，睁大了眼，连连吸气，感到难以置信。

“这……这不可能！”

他不知道这些人是如何躲藏的，自己居然没有察觉，必然是用了某种自己不了解的手段。而更让他惧怕的是，这上千人居然每一个都达到了结丹境！

而如自己这样的结丹大圆满强者，居然还有不少！

“兄弟们，给我灭了这老头！”

此刻，白小纯英姿勃发，无比激动，得意地大吼一声，抬起右手，向着老者一指。

“杀！”

上千修士气势如虹，如千军万马齐齐咆哮，使得天地变色，风云倒卷，尤其是这些人满身煞气，明显都是悍将，而且杀意满满。

老者脑海嗡鸣，不单他如此，他四周的五十多个魂士也吓到了，不禁呆住了，他们做梦都没想到这个家伙的四周会冒出这么多修士。

魂修老者尖叫一声，他知道一旦让这些修士聚集到一起，自己必死无疑，于是他立刻大吼一声：“逃！”

老者开口的刹那，那五十多个魂士立刻爆发出了阵法之力，带着老者向远处逃遁，试图在上千修士包围自己之前，冲杀出去。

“给我打！”

白小纯嘚瑟地大喊一声。

那些魂士速度虽快，但白小纯的人也不是吃素的，而且与白小纯经历过生死考验，从数十万敌军内杀回，一个个早就煞气滔天，此刻全都杀向那五十多个魂士。

“哼，敢抢我的天兽魂！最过分的是，你们居然仗着人多欺负我！”

白小纯看着自己的人杀向那五十多个魂士，这壮观的一幕让他热血沸腾，连连大喊。

巨响回荡，那五十多个魂士根本就坚持不了多久，很快就在上千修士的围攻下，发出了凄厉的惨叫。因为修士们配合得很好，所以这些魂士的阵法之力也无法完全发挥出来。

眼看情况越来越危急，那老者身体颤抖，无比悲愤，又听到了白小纯的话，顿时感觉特别憋屈。

“欺人太甚！你仗着人多，有本事，你和我单打独斗！”

老者嘶吼一声，披头散发，在剩下的魂士的保护下，挣扎着想要逃出。

“你傻了吧？我就是仗着人多欺负你人少，你又能如何？”白小纯得意地以言语报复回去，然后猛然杀出，直奔老者而去。

一时间，惨叫声此起彼伏。

很快，那些魂士就全部死亡了，只不过那些魂士都选择了自爆，而且每一次自爆威力都不小，好在白小纯早就留意了这一点，至寒之气随时散开，保护着自己的手下。那些魂士自爆后，竟没有击杀一个修士！

实际上，若是不惜代价，想要击杀这五十多个魂士很简单，可白小纯阻止了手下，他希望自己回边墙时，带出的人一个不少！

如此一来，行动就慢了一些。当那五十多个魂士都死亡后，老者绝望地带着巨鬼雕像，发狂一样冲出。

白小纯岂能让他冲出？

眼看就剩下老者一个人，白小纯一闪身，刹那临近，抬起右手，他的手掌竟化作了一座巨山，向着老者的巨鬼雕像狠狠地一拍。

轰的一声，老者喷出鲜血，巨鬼雕像直接被拍飞出去，落向地面。

“给我拿着，这雕像不俗，是个宝贝！”

白小纯赶紧开口，继续追向老者，自然有修士飞出，接住那巨鬼雕像。

大地上，之前气浪喷出，盆地也坍塌下去，露出一个深坑，深坑中雾气弥漫，在远处看不清雾气内的具体情况。

此刻，老者口吐鲜血，身体坠落在深坑旁。他惨笑一声，知道自己在承受对方那惊人的一击之后，已经受了很严重的内伤，就连生命之火也暗淡下来。

“我是巨鬼王麾下兰侯座下第七弟子，你敢杀我，不管你来自哪里，你都必死无疑！”老者已经彻底绝望，唯有拿话恐吓白小纯。

话音刚落，白小纯就到了老者面前，一把抓住老者的脖子，右手一挥，将老者抓的天兽魂夺了回来。

“什么巨鬼王，我是官兵！”

白小纯斜睨着开口，直接在老者身上下了禁制，将其封印后，扔给手下修士。

“带走！”

第 515 章

乖，拿着丹药

“官兵”二字传入老者耳中时，老者先是愣了一下，有些没反应过来，但很快，他就面色骤变，整个人都傻了，脑海更是嗡的一声，呼吸都停住了。他之前就对白小纯以及这上千修士的来历有所怀疑，可还是希望自己遇到的是其他势力的魂修。

这样的话，对方会忌惮他背后巨鬼王的势力，他想要活命也不是不可能。毕竟，巨鬼王身为四大天王之一，在整个蛮荒，属五大半神之一，敢招惹巨鬼王的人着实不多见。

一听到白小纯来自通天大陆，老者心中绝望，看向白小纯时，眼神充满怨毒。

白小纯一见，直接在他脑袋上拍了一下。

“愣什么愣，你这眼神什么意思？”白小纯看了老者一眼，对此人的眼神有些不满，他觉得自己已经很仁慈了，若是换了其他人，说不定直接就把老者给灭了，自己这么善良，没有杀他，只是打算把他绑回边墙，去换贡献点而已。没想到老者居然如此怨恨地看着他，这就让他不高兴了。

老者咬牙，心底暗恨，此刻也明白了自己已没有其他选择，若不想死在这里，只能隐忍，想着以自己在巨鬼城的背景，或许……边墙那边的人不会杀自己。

老者内心苦叹一声，咬牙低头。

“这才对嘛，老实点。”白小纯又拍了下老者的头，得意地呵斥一声，他觉得自己现在老威风了，正要一甩袖子下令回城，可就在这时，突然，那弥漫了雾气的深坑中，猛然传出一声声凄厉的嘶吼。

白小纯吓了一跳，他很熟悉这嘶吼，那是魂音，他立刻后退，神色警惕地看向充满雾气的深坑。

深坑也不知道到底多深，由于里面雾气太浓，肉眼看不清晰，就算散开灵识，依旧一片模糊。

方才那一声声凄厉的魂音，显然是大量冤魂一起发出的，从声音判断，至少也有上万冤魂。

“大人，此地不对劲，似有天然的禁制，我们还是尽快离去吧。”赵龙上前，在白小纯身边低声开口。在白小纯警惕时，四周那上千修士都面色凝重。

白小纯也觉得这里有些古怪，一连两次坍塌不说，还出了一个天兽魂。而从他们对战到现在，时间已不短，可偏偏……无论是边墙的人还是蛮荒的人，居然都没有来查看，仿佛根本就察觉不到这里的异变。

白小纯神情凝重起来，点了点头后，又看向弥漫着雾气的深坑，想起里面必定有大量的魂，若是这么离去，则有些不甘心。

“那可是一份份战功啊……”

忽然，白小纯眉心处的第三目睁开，体内修为运转，涌入通天法眼内，顿时有一道紫光从他眉心处的第三目散出。当他再次看向深坑时，那迷雾竟快速消散开来。

发现有效，白小纯立刻加大修为运转，大量修为涌入通天法眼内，使得紫光更为强烈，雾气消散的速度快了许多。

四周的人都发现了雾气在消散。

渐渐地，直径达万丈的深坑显露出来，虽还是看不到它具体有多深，但是能看到深坑内有无数的魂在徘徊！

仅仅在洞口，就至少有十万个魂，还有不少是元婴魂。洞口边缘就如此，无法想象里面到底有多少魂存在！

怕是……无法计量！

这一幕，不但让白小纯全身一震，就连四周那上千修士也是神情凝重，瞳孔收缩。

这里的魂太多了，尤其是那些魂的怨气，明显超过之前见过的其他魂，就算众人身上都有聚魂丹，若是深坑内的魂爆发，他们也必定凶险万分。

那老者睁大了眼，呆呆地看着深坑，也被这一切震撼了，不敢轻举妄动，他明白如此多的冤魂聚集在一起，会拥有多么可怕的力量。跟随众人回边墙，虽是战俘，但或许还能活命，若在这里引起魂乱，那么他绝对没有活命的可能。一旦引起那些冤魂的注意，他就会被深坑内的魂吞噬，肉身被夺。

身为蛮荒魂修，他太了解魂了。

好在这些魂看上去似乎都处于一种半休眠的状态，并没有飞出来，只要不去打扰这些魂，这些魂也不会主动攻击他们。

其他人纷纷骇然，白小纯虽也头皮发麻，但他看向这些魂时，心中的想法完全不一样，他看到的是无数战功！

“里面还有更多的魂，天啊，若我能把这些魂都抓走，可以换多少战功啊！万夫长……绝对不是梦！”白小纯抿紧嘴唇，十分心动，可他还是犹豫了一下，毕竟这里的魂太多了，就算有聚魂丹，也很危险。

“最好能引出一些魂……或者让这些魂分散开……”

白小纯琢磨着，虽然自己戴着面具，可还是不够稳妥。不怕一万，就怕万一……但是放弃的话，又太过遗憾。白小纯想了想，慢慢退后，示意四周修士也退后一些距离，不去刺激这些魂。

直至上千修士退出数百丈，到了一个相对安全的距离，白小纯才看向被擒住的那个老者。

此刻，老者刚刚松了一口气，猛然发现白小纯在看着自己，他愣了一下，看向白小纯时，察觉到白小纯的眼神不对劲。

老者内心咯噔一声，不知道眼前这个结丹强者要对自己做些什么，可他有种预感，绝不是什么好事。

还没等老者开口，白小纯便嘿嘿一笑，上前拍了拍他的肩膀。

“道友，你刚才抢我天兽魂的事，我就不计较了，这样吧，你帮我一个忙怎么样？也不是什么大忙，很简单的，我给你一枚丹药，你拿着它走进那个洞里面，在手里捏碎丹药，记得啊，一定要走进去后再捏碎。你看，多简单啊！”白小纯热切地望着老者，取出一枚聚魂丹，一脸期待。

闻言，老者脑海轰的一声，身体哆嗦，睁大眼看着白小纯，都快哭了。

“大人你放过我吧，我……我愿意做战俘，我知道很多巨鬼城的消息，我……我有价值！”

“我知道我知道，来来来，乖，拿着丹药。”白小纯轻咳一声，强行掰开老者的手，把一枚聚魂丹放在老者的手心。

“去吧。”白小纯继续说道。

老者挣扎，低吼起来。

“不去，去了等于送死，我绝不去！”

白小纯一看老者居然不愿意，顿时面色不悦，很生气，怒喝一声。

“你敢不去，我就让这些人再揍你一顿，然后把你扔进去。今天你去也得去，不去也得去！”白小纯此话一出，四周上千修士顿起杀意，盯着老者。

老者止不住地颤抖，内心悲愤，他明白，今天自己根本就没得选择，不去的话，眼前这个煞星也会把自己扔进去。

老者眼珠子都红了，无奈之下，他狠狠地一咬牙，拿着丹药，冲出几步，之后又小心翼翼起来，慢慢靠近深坑。

在老者冲出去的瞬间，白小纯猛地后退，四周的上千修士也快速退后，很快就退到了千丈开外，摆出一副随时可以逃遁的样子。

白小纯更是如此，在千丈外回头，目不转睛地盯着冲向深坑的老者。

第 516 章

我死也不去

老者一脸悲壮，内心不停地诅咒白小纯，极为恶毒。

“你不得好死！”

老者内心咒骂，咬着牙，忐忑地靠近深坑。等老者站定，回头一看，却发现白小纯等人已在千丈外，一副随时准备逃遁的样子，他心里更不是滋味。

可是老者实在没有别的办法。按照白小纯说的去做，他或许还有一丝活命的可能，若是他捣乱，他可以说必死无疑。

老者纠结半晌，白小纯在远处等得不耐烦了，高喊一声。

“你快点啊，大家都等着呢！”

“该死！”

老者内心大骂，咬牙后，向着深坑走出一步，踏入坑中。坑内的那些冤魂原本正在飘荡，一刹那，全部停顿，猛地转头，齐齐看向老者。

老者头皮都要炸开，脑海一片空白，大吼一声，慌忙将手中的丹药捏碎，没等那些魂反应过来，一股巨大的吸力就传来。

一刹那，上万冤魂身体扭曲，来不及挣扎，就被丹药吸来，形成一个魂球，被老者瞬间收起。与此同时，四周其他冤魂如被刺激了一样，全部发出凄厉的嘶吼，深坑的内部甚至传出了更惊人的咆哮，似有风暴要从深坑内卷起。

老者惨叫一声，转身就逃，在他冲出的瞬间，他的身后，一股雾气轰然爆发。雾气喷出，其内竟有上百万个魂，后面还有魂海，呼啸喷出。

“救命啊！”

老者惨叫，他不敢逃向其他区域，更是对白小纯等人怀恨在心，于是朝着白小纯所在的方向急速飞来。

老者速度快，白小纯的速度更快，几乎在老者捏碎聚魂丹的瞬间，他就猛地远去了，四周的上千修士也纷纷化作长虹逃出。

眼看白小纯等人逃得飞快，老者恨得咬牙切齿，万般无奈，可偏偏他修为被限制了一些，只能玩命一般向前逃，才勉强逃出，只是身后的魂海一直在死死地追击，尖锐的嘶吼声不断回荡。

在生死边缘徘徊，老者无比绝望，直接破口大骂起来。

“我就算做鬼，也不会放过你！”

老者悲吼。

这一幕幕让前方逃遁的修士心神震动，白小纯心头一颤。身后轰鸣声震天，白小纯边逃边回头看去，在那无边无际的魂海中一扫。

“百万……不是，千万……也不是……天啊，这里到底有多少魂啊！”

白小纯头皮都要炸开了，速度更快，至于那老者，白小纯也没法顾及了。他心底有一丝懊悔，觉得自己方才太贪心了。

忽然白小纯神色一动，面露诧异之色，猛地回头，看到老者身后的魂海竟只追出了数百丈，就不再追击了，而是在数百丈范围内环绕，形成风暴卷向天空，随后重回深坑，很快就消失了，慢慢平静下来。

白小纯一愣，四周逃遁的上千修士也呆了一下，尤其是那个魂修老者，更是劫后余生般，感到不可思议。

“我……我没死！”

老者颤抖着，眼泪流了下来，可还没等他从狂喜中恢复过来，白小纯就已临近，出现在他面前，狐疑地打量了他一番。

老者身体一僵，看向白小纯时，内心忐忑。四周都是白小纯的人，他明白自己逃不掉，又想起自己之前的咒骂，哆嗦了一下后，赶紧将手中的魂球递给白小纯。

“大人……我……”

老者正想解释一下，却被白小纯打断。白小纯绕着老者看了几圈，这里摸一摸，那里碰一碰，让老者更为紧张。

"那些魂海竟没有继续追击，莫非这老头身上有什么古怪？"白小纯绕着老者检查一番，也没看出有什么不同的地方，更为狐疑，于是开口。

"这样，既然那些魂不追你，那你再去试试……"说着，白小纯又取出一枚聚魂丹，就要递给老者。

老者一听这句话，整个人如要炸了一样，眼睛瞪大，再也压制不住怒火，轰然爆发。

"不去！该死！你就算让这些人把我千刀万剐了，我也不去！死也不去！"

老者怒吼，他真的要疯了，之前一直在鬼门关徘徊，他一想就后怕，好不容易捡回一条命，竟然让他再去，他整个人都要崩溃了，不住地颤抖，近乎歇斯底里。

四周的上千修士冷静地看向老者，他们知道，如果这老者连死都不怕了，想要让他去探路几乎就没可能了，于是有人走了出来，抱拳开口。

"大人，属下愿意去试探！"

"大人，我去！"

"大人，此事属下可以！"

眼看陆续有人走出，白小纯知道他们是想报恩，可他岂能同意？毕竟，若真考虑到安全问题，还是他自己去最稳妥。

于是白小纯又看了看那深坑，狠狠地一咬牙。

"都退下！还有你，吼什么吼，就你嗓门大啊！"

白小纯瞪了老者一眼，挥手间就将那老者绑了，扔给手下后，他看着深坑，迟疑了一下，猛地迈步向前走去。

赵龙等人一惊，正要劝阻，可白小纯速度飞快，人已靠近深坑，同时开口。

"你们后退一些，等着我。"

白小纯头也不回，在深坑外停下来，心里七上八下。他身后的上千修士也紧张起来，唯独那老者心底冷笑，暗中咬牙，不断诅咒白小纯。

"我是蛮荒魂修，或许是因为我身上还有一丝巨鬼城的气息，所以这些魂不追我……可这人是个修士，踏入必死！"

老者也不知道那些魂为何不追自己，只能自己瞎琢磨，此刻觉得自己这个想法或许有几分可能，虽不确定，但是他很希望白小纯踏进去后，被那些魂直接吞噬。

就在他心里冷笑、其他人紧张时，白小纯下定了决心。

“应该没问题，它们一定看不到我！”白小纯摸了摸脸上的面具，猛地向前走出一步，踏入深坑中。

他已做好心理准备，哪怕肉身会有撕裂之感，也要展开神通之法逃出。他小心谨慎地走进深坑，里面那些魂竟然完全没有看他，依旧在那里游荡。

这一幕让外面的上千修士一愣，老者更是呆了。

“怎么回事……”

白小纯立刻振奋，可依旧小心翼翼地向前走去，穿过那些魂，渐渐走到中间。这一路，没有一个魂对他的到来有反应，就像完全看不到他一样。

直至白小纯入了魂群，他才赶紧取出一枚聚魂丹，一把捏碎。

轰的一声，一股巨大的吸力传出，眨眼间，四周的上万冤魂被吸来，形成的魂球立刻就被白小纯收起。

与此同时，魂潮大乱，无数魂开始嘶吼，急速游走。白小纯立刻紧张，可等了一会儿，发现无论那些魂如何暴躁也无法找到自己后，他顿时安心了。

尤其是察觉到坑外的手下正一个个吃惊地看着自己，白小纯心底嘿嘿一声，索性背着手，抬起下巴，装出一副高深莫测的样子。

这一幕，在外人看去完全不同，坑内的魂正在不断地咆哮嘶吼，一个个发狂一般，似要毁灭一切。那些魂从白小纯四周呼啸而过，甚至还有一些赤色的元婴魂出现在白小纯的肩膀上，向着四周咆哮。

偏偏白小纯很平静，如同完全不在意这些魂一样，随意地一挥手，就将肩膀上的元婴魂直接收了。

风轻云淡，尽显绝世高手的风范！

第 517 章

他莫非是天人

外面众人看到这一幕，一个个睁大了眼，心神震动，看向白小纯时无比狂热。此刻，他们心底不平静，可一想到白小纯的身份，立刻就觉得这一切似乎不是那么让人难以置信。

那毕竟是白大师啊，是在蛮荒必杀榜上压过一群元婴修士，位列第十的超绝之人！

因白小纯而灭的冤魂根本就数不清，说他是冤魂克星也绝不夸张。

这些修士早就了解了白小纯，对白小纯有种盲目的崇拜，所以还能接受，那老者就不行了，此刻他无比骇然，脑子里一片空白。

“这……这怎么可能？那是……那是数百上千万的魂啊，这……这……”

老者都语无伦次了，尤其是他之前还去了深坑一趟，再看到白小纯这么风轻云淡，他根本无法接受。

可紧接着，让老者更恐惧甚至心神崩溃的一幕出现了。在无数魂嘶吼咆哮时，白小纯站在那里，抬起右手，又取出一枚聚魂丹，一把捏碎，霎时，四周的魂减少了很多。随后，他再次取出聚魂丹。

就这样，白小纯在深坑中信步前行，时而拿出聚魂丹捏碎，渐渐地，三万……五万……十万……二十万……五十万……

没过多久，足有百万的魂就这么被白小纯轻而易举地收走了……

看到深坑边缘的魂明显少了，老者目瞪口呆，彻底蒙了。

尤其是白小纯显得那么随意轻松、大摇大摆的，如同走在自家后花园一般，看得老者眼珠子都快瞪出来了，呼吸也变得无比粗重。

“元婴，该死的，此人一定是元婴老怪，否则的话，不可能出现这样的情况！他一定是元婴老怪，且身上还有重宝！”

老者颤抖着，内心在尖叫，想到这里后，他忽然觉得一切都讲得通了，为何对方那么厉害，击杀结丹强者如儿戏，正是因为此人是元婴修士！

“该死的通天修士，明明是元婴修为，偏偏喜欢装成结丹修士来欺负人！”老者内心苦涩。白小纯将深坑边缘的魂收走了大半，内心激动，想要继续收割，却发现自己的聚魂丹不够多了。

他赶紧飞出深坑，到了赵龙等人面前。赵龙等看向白小纯，如看神人，一个个都狂热无比。

“把你们的聚魂丹借我用用，回去后我加倍还给你们。”白小纯赶紧开口。他话一说出口，那上千修士立刻将自身的聚魂丹取出，递给白小纯。

有了如此多的聚魂丹，白小纯无比兴奋，转身直奔深坑，很快就将深坑边缘的魂全部收走了，然后向着更深处走去。

赵龙等人迟疑了一下，纷纷靠近一些，直至到了深坑外，才看清白小纯的身影。

这一看之下，所有人都一怔，他们看到了白色的地面，白小纯站在那里，似乎正在观察什么，表情无比震骇。

众人有些费解，可等他们仔细看了那白色的地面后，他们也变得无比震骇！

“那是……”

“天啊，地面上……那是……”

上千修士此刻纷纷色变，全部吸了一口气，脑海轰的一声，如要炸开，那老者更是尖叫一声。

“这怎么可能！这是骸骨？”

原来，这深坑入口居然只是一个通道而已，他们还可以看到深处有一座巨大的地宫！

这地宫之大，难以形容，他们看到那里竟然有一副惊天的骸骨！

那骸骨怕是有十万丈大小，而他们顺着通道看到的只是骸骨的一小块骨头而已！

此刻的白小纯比其他人震撼太多，他顺着入口进来后，看到白色的地面，而后看到了那十万丈的骸骨！

这不是人的骨头，而是鳄鱼状巨兽的骨头，骨如山峰，搁置在地宫中，让白小纯倒吸一口凉气，脑海嗡鸣。

同时，这地宫中还有数不清的冤魂，这些魂不具备固定的形体，是一团团不同颜色的雾气，时而凝聚出一副副面孔，也模糊不清。

这些魂游走在地宫中，从数量上看，怕是有上亿，就算是天人到来，看到后也会头皮一炸。要知道这上亿的魂若是发起冲击，没有克制之法的话，天人也要陨落！

“鳄鱼……我抓的那头天兽魂……莫非……这就是它的骸骨！”白小纯心神震动，不由自主地道。

“那么这些魂是它死后幻化的，还是……这些魂杀了它？”白小纯目光扫过骸骨，心神不宁，猜不出答案，他更希望是前者。

可不知为何，他总觉得这里面不大对劲，或许后者的可能性更大一些。

好半晌，白小纯才平静下来，对于这些事情，他只能埋在心底不去理会。

况且，白小纯很明白，此地怕是藏着更深的秘密。哪怕此地有禁制，使得外界无法察觉此地的异常之事，可是之后，恐怕边墙或是蛮荒的人也会发现此地的异常，到了那个时候，自己再想来这里，就不会那么容易了。

“这些魂都是战功！”

白小纯神采飞扬，呼吸微凝，猛地走出，抬起右手，一枚枚聚魂丹被他扔出，眨眼间，巨响回荡，聚魂丹一一爆开，那些魂挣扎着嘶吼着，陆续收缩成一个个魂球。

这里的魂实在太多了，引起的动静更是惊人，甚至连大地都震动起来，尤其是那些魂的尖叫声，让人几近崩溃。

外面的上千修士与那位老者听到那些魂的尖叫声，一个个神魂不稳，有的人甚至嘴角溢出了鲜血，纷纷骇然，齐齐后退，尤其是那老者，因被封印，在那些魂的尖叫声的刺激下，喷出大口鲜血，面色苍白。

“下面有多少魂？天啊，听这嘶吼声，莫非……莫非有上亿！”

老者觉得不可思议，要知道，就算是在战场上，聚集的魂潮也只不过有千万而已，他还从来没见过上亿的魂。

赵龙等人也心惊不已，他们担心白小纯，内心焦急，表面却还是很平静，只不过在退后时，目不转睛地望着深坑。

深坑内，白小纯面色苍白。他发现了面具的另一个功效，那就是可以减弱这些魂的嘶吼，使得他可以勉强承受。

“发达了，发达了！”

白小纯虽心惊胆战，可他面露狂喜之色，随着一个个魂球被他收走，他心底计算着战功，那种感觉让他觉得刺激无比，身体一晃，再次挥手，不断扔出大把大把的聚魂丹。

时间流逝，一天很快就过去了，深坑内不断传出嘶吼声，使得外面的人一个个紧张得不得了，而那老者更是颤抖起来，他的目中满是茫然，更有惊恐。

“天啊，这家伙到底什么修为啊？”

“这声音，任何结丹修士听了都会心神不稳，若是在那深坑之中，怕是立刻就会崩溃，就算是元婴修士也无法坚持这么长时间！能做到这一点的唯有……天人！他……他不会是……天人吧？！”

老者开始胡思乱想，越想越恐怖，越想越害怕，他以前还有一丝只要自己活着，就一定要报复的念头，可如今，这念头消散得一干二净。

“天啊，他若真的是天人，那么一切就想得通了，天人老怪都有怪癖，装扮成结丹……也不是不能理解……”

老者以为自己猜到了白小纯的真实修为，此时已惊恐到极致。

第 518 章

一切为了万夫长

在外面的人一个个心惊肉跳、无比紧张时，白小纯在地宫中双眼冒光，整个人眉飞色舞。

他的聚魂丹几乎都用完了，一整天的时间，耗费数千聚魂丹，使得他抓获了数千万冤魂。

在白小纯的储物袋内，有数千万冤魂凝聚成的数千个魂球，每一次他灵识扫过，都觉得自己看到了数不清的战功。

“万夫长，我一定要成为万夫长！”

白小纯嗷嗷大叫一声，眼中闪着兴奋的光芒，将最后几枚聚魂丹扔出后，随着声响回荡，紧接着又收回了数万冤魂。

白小纯一摸储物袋，不甘心地发现自己的聚魂丹没了。

“早知道我多准备一些。”

白小纯心痛地看着眼前数不清的冤魂，觉得好似自己去了一趟金山，却因准备不足，只能搬走一个小山尖。

那种不舍、那种纠结，让白小纯连连叹息。

“不管了，我自己还好说，还有那么多兄弟等在这里，要为他们的安危着想……还是尽快回去，炼制聚魂丹，然后我自己再来一趟！”

白小纯狠狠地一咬牙，他此刻有些不甘，眼睛都红了，这里的冤魂数量之多，支撑他成为万夫长都绰绰有余。那种万夫长触手可及的感觉，让白小纯整个人都亢奋起来。

尤其是一想到自己成为万夫长后的种种不同，他的心就怦怦直跳，此刻深吸一口气后，他蓦然转身，朝着深坑外飞去。

他速度很快，一刹那就飞到了外面。

白小纯刚飞出去，外面的上千修士立刻精神一振，齐齐看向白小纯，等待白小纯的命令。而那老者身体抖如筛糠，看向白小纯时，内心已掀起滔天大浪。

他看到白小纯居然毫发无损，虽眼睛红了，有些疲惫，可明显精神亢奋，这让老者再次坚定了自己的猜测。

"一定是天人……"

老者都快哭了，在他的意识里，如果不是天人，根本不可能单独一人深入那恐怖的深坑，坚持一天，而且一点伤势都没有。

"你说你一个天人，干吗要来欺负我……"

老者想到这里，悲从心来，眼巴巴地望着白小纯，内心已绝望。

白小纯在深坑四周做了一些简单的布置后，一甩袖子，目中带着血丝："回边墙！"

白小纯深吸一口气，然后低沉地开口，身体向着边墙的方向疾驰而去。那上千修士等了一整天，此刻听到白小纯的话语后，也都暗中松了一口气。

他们虽是骄兵悍将，但这里离边墙毕竟还有一段距离。虽然这里有禁制，使得外人难以快速察觉此地的一切异常情况，但是他们已经在这里耗费了一天，时间越久，他们就越危险。

一旦蛮荒有人来，危机必将降临。

此刻，白小纯一声令下，众人顿时四散开来，依照他们的经验，散向八方，直奔边墙而去。

白小纯一边离去，一边默记路线。走出没多久，白小纯回头看向身后，深坑所在之地山峦重叠，似重叠出了无数影子，以一种天然之力遮盖了一切痕迹。

就连声音也传不出太多，似乎被山峦阻隔了。

如今天色很晚，四周漆黑，一眼看去，那里仿佛有无数黑影，让人忍不住心底发寒。

"这里的禁制真的是天然存在的吗？"

白小纯迟疑了一下，他的脑海里浮现出鳄鱼的骸骨，然后沉默着转身，继续前行。

来的时候需探察路线，小心谨慎。归途虽一样需谨慎，但好在心态放松了许多，且很顺利。途中虽遇到了一些小群冤魂，但影响并不大，数个时辰后，白小纯一行人终于看到了边墙。

此刻，已是第三天的黎明，边墙的阵法之光使得边墙看起来如同一条卧龙，散发出惊人的气势，让所有人心神震动。

白小纯一行人还好，毕竟早已习惯，可对那老者来说，恐惧更多。很快，白小纯一行人就从一道小门全部回到了边墙。

老者从始至终都不知道白小纯真正的身份，进入边墙后，立刻就有人将他带走了，送往关押战俘的地方，在那里，将会有专门的修士负责审问以及确认。

至于这一次跟随自己外出的上千修士，白小纯也没有吝啬，直接拿出了一千个魂球，每个人都赏赐了一个。

其实，对于单个人而言，一万冤魂的战功不是特别多。可是这一次，白小纯拿出来的可是一千万冤魂。这种大手笔，在整个边墙内，就算是白麟等五大军团长也拿不出来，因此战士们一个个都很感动。

“兄弟们，跟着我，大家有酒喝，有肉吃。有什么好事，我白小纯绝对不会忘了大家！”

白小纯一挥手，很大方地开口，使得众人看向他时，更加狂热，也不需要白小纯提醒，他们就明白，这一次外出遇到的事情，若没有白小纯允许，他们一定要守口如瓶。

白小纯赏赐了所有人后，也没去休息，而是兴致勃勃地直奔自己的居所，全身心地沉浸在炼药中，争取用最快的时间，炼制出更多聚魂丹。

至于魂角的任务，自然有赵龙等人代为交接。不多时，任务完成，一百万战功被计算在白小纯身上，他的身份令牌上的红芒直接消失，令牌恢复如常。

时间一晃，又过去了三天，这三天内白小纯依旧没有休息，他红着眼，疯狂炼药。

一炉炉聚魂丹被白小纯炼出，再加上他之前留在居所的聚魂丹，总数超过了五千，他等不下去了。

“夜长梦多，拖的时间越久，那里暴露的可能性就越大……”

白小纯一咬牙，如今成为万夫长已不再是遥不可及的事情，如此一来，白小纯也就豁出去了。他准备妥当，在第三天夜里，没有告诉任何人，也没有带手下，施展不死筋，向前猛地走出一步。

一刹那，他的身影就消失了，那种身体如要崩溃的感觉再次出现，白小纯赫然出现在边墙外的战场上。他没有停顿，急速前行，刹那远去。

面具已被他戴上，他一路狂奔，魂的波动散开，整个人还透出一股煞气，使得途中遇到的一些土著与魂修在看到他后，都有种此人不好惹的感觉，纷纷避开。

终于，在将速度提升到极致之后，白小纯遥遥地看到了山峦重叠之地，内心一热，在查看四周确定无碍后，他加速前行。

可很快，白小纯就面色大变，他在附近找了好久，竟没有找到之前自己所去的深坑！

“我确定就是在这里……可为何没找到，莫非……是那禁制的缘故？”

白小纯很诧异，在附近又转悠了一圈后，目光闪动，若有所思。眉心处的第三目突然睁开，仔细地看了看四周后，依旧没看出什么端倪。

这要是换了其他人，除非确定要找的东西就在这里，否则的话，不会停留太久。白小纯不甘心，索性在四周不断寻找，不时利用通天法眼，又过去了数个时辰，当黎明破晓的那一刻，山峦之影重叠改变，似乎都融在了一起，白小纯利用通天法眼，立马就看到了不同。

“原来是这样！”

白小纯精神一振！

第 519 章

恶魂

这里的天然禁制看似复杂，实际上也有简单的地方，那就是山峦之影的重叠。它们在不同的时间，有不同的重叠之处。

而每一个时辰都有不同的重叠之处，进出的方法也不一样。白小纯当初踏入这里时，此地还没有形成禁制，离开时则是黎明破晓。所以他记住的路线，必须要在黎明破晓的一刻才会出现，其他时间段内，他是找不到那条路的。

且就算到了黎明破晓，也需一些特殊的手段才可以找到真正的路。白小纯如果没有通天法眼，想要找到深坑所在，也会很困难。

此刻，明白这些后，白小纯一晃之下再次飞出。

这一次，白小纯顺利地从一条小路踏入了山峦深处，在那里通过通天法眼，终于在一个时辰后，找到了数日前发现的深坑！

到了此地后，白小纯压下内心的激动，没有立刻踏入深坑，而是在四周转悠了一圈。他上次离开前，曾做了一些布置，若有人到来，他能从这些布置上看出些端倪。

检查之后，白小纯才松了一口气，知道这几天此地没有人前来，顿时放心，这才飞入深坑中，顺着通道来到地宫内。

刚踏入地宫，白小纯就惊喜地看到地宫中的魂又恢复到了上亿的数量，要知道他当初离开时，已将这里的魂收走了一小半。

“这里的魂莫非真的不计其数？”

白小纯喜出望外，立刻扔出聚魂丹，红着眼睛，嗷嗷大叫。

“十万战功！”

“百万战功！”

“哈哈，千万战功！”

白小纯情绪激动，他只恨自己的聚魂丹还是太少了。这一次他用了两天时间，将五千多枚聚魂丹全部扔出。之所以会耗费这么多时间，是因为他需要让每一个聚魂丹发挥出最好的效果，所以需要不断前行，来到魂群中间才捏碎它。

两天后，带着五千万个冤魂，白小纯神采飞扬地离开深坑。他在外面等了等，直至等到黎明破晓，他才顺着之前的路线急速而去，到了外面后，直奔边墙。

一路上他都万分紧张，有种身怀巨宝的感觉，生怕自己被人打劫，更怕因为一些意外，自己无法顺利回到边墙，从此万夫长的梦破碎。

幸好面具非常好用，使得白小纯看起来根本就是一个魂修，再加上他小心翼翼的，一路都没有遇到什么麻烦，终于回到了边墙外的战场上。在这里，他猛地走出一步，再次施展融空之法，直接回到了边墙内。

“已经有七千多万个冤魂了，折算成战功的话，也算不少……可距离万夫长，还是有不少的差距……我要更努力啊！”

白小纯十分兴奋，又担心深坑那里有变故，于是这一次回城后，他没有自己炼制聚魂丹，而是安排手下修士去五大军团借聚魂丹。

毕竟，白小纯这些年炼制的聚魂丹都被发给了五大军团的修士。

手下的人去借聚魂丹时，白小纯也没有闲着，而是在主城里，去了多家阵法商铺，一口气买下了不知多少套阵法。

他也不知道这一次手下能借来多少聚魂丹，他已做好了多次去深坑的准备。

数日后，当手下人将借来的九万多枚聚魂丹都给白小纯拿来时，白小纯目露狂喜之情。

“这么多，此次若能一次性成功……那么我就可以成为万夫长了，九万多枚聚魂丹，加上我之前攒的，我差不多能得到十亿个冤魂！”

白小纯仰天大笑，当天夜里，再次外出。

这一次，他来到山峦重影之地时，正好黎明破晓，没有耽搁时间，白小纯再次走到深坑外，将那些阵法布置在四周后，飞入深坑之中。

看着地宫内的冤魂数量再次恢复到约莫一亿时，白小纯大笑起来。

“这一次，我必定可以成为万夫长！”白小纯踌躇满志，身体一晃，在地宫前行时，一枚枚聚魂丹被他不断扔出。

砰砰之声回荡，每一枚聚魂丹碎开，都会有一万个冤魂被吸来形成魂球。

白小纯既兴奋，又执着，他用了三天时间，首次将地宫内的魂直接收空了！

可也就空了不到一炷香时间，很快，地面就有一丝丝雾气升空，雾气居然又化作了数不清的冤魂，这些魂出现后都在嘶吼，在地宫内不断搜寻，似要找到白小纯。

白小纯嘿嘿一笑，眼看冤魂再出，他索性等了一会儿，直至这里的魂的数量再次达到一亿后，才大摇大摆地开始扔出聚魂丹。

“我的！”

“都是我的啦！”

“哈哈，我就要成为万夫长啦！”

白小纯得意无比。他似乎掌握了一些窍门，就连收魂的速度也快了不少。两天后，他就将此地的魂再次收空了。

不多时，第三拨魂出现……

就这样，时间流逝，很快过去了七天，当白小纯再次将出现的冤魂收走后，他的聚魂丹还剩下几千枚。

既然有聚魂丹剩下，白小纯自然不会离开，他打定主意，一定要将所有聚魂丹扔出后才离开。可不知为何，这一次，他等了一炷香时间后，居然没有魂出现。

“嗯？没了？”

白小纯有些奇怪，在空旷的地宫飞来飞去，直至过去了半个时辰，也不见魂出现，他有些傻了眼。

“真的没了啊！”

白小纯挠了挠头，琢磨着虽然还有聚魂丹，但是自己收获的冤魂也接近十亿了，换取的战功应该可以让他晋升成万夫长。

想到这里，他这才摇头叹了口气。

“还以为找到了一个无限的战功洞，可没想到，居然才这么点。”

白小纯有些不满，又等了一会儿，确定再没有魂出现，才向着上方飞去。

可就在白小纯靠近出口的刹那，突然大地震动，整个地宫的地面居然出现了一道道巨大的裂缝。

仅仅是出现裂缝也就罢了，还有一声声如同天雷一般的轰鸣传出，随着爆发，整个地宫的地面好似要坍塌一样，那惊人的鳄鱼骸骨竟然也凹陷了下去！

这一幕让白小纯面色一变，可随即就露出了狂喜之色。

“难道还有下一层？”

白小纯内心惊喜，赶紧看去，突然一团无比浓厚，覆盖范围足有数万丈的黑雾从塌陷的地面冒出。

雾气翻滚中，竟有一只黑色的鬼手一把伸出，向白小纯猛地抓来，还有怒吼在雾气内回荡。

在看到这巨大鬼手的瞬间，白小纯面色猛地变化，他突然有了危机感，似乎他身体的每一寸血肉都在发出尖叫，告诉白小纯，这里非常非常危险！

“它能看到我？完蛋了，莫非是招惹了恶魂，它不满意，要灭我？”

白小纯尖叫一声，吓得直哆嗦，将储物袋内残余的数千聚魂丹全部扔出，大吼一声。那数千聚魂丹齐齐爆开，形成巨大的吸力，使得那鬼手有些扭曲，向白小纯抓来的速度慢了一些。见状，白小纯落荒而逃。

白小纯用最快的速度冲出深坑，可就在他走出的刹那，他的身后，一声比刚才还要愤怒的嘶吼传出，那巨大的鬼手竟一路追出，向着白小纯，狠狠一抓。

第 520 章

黑色光柱

这鬼手似乎可以扭曲虚无，在抓来时封锁了白小纯四方的天地，仿佛要化作牢笼，让白小纯插翅难飞！

眼看危机来临，白小纯异常紧张，目中瞬间充血，甚至脸上都鼓起了青筋。他猛地大吼一声，施展不死长生功，直接一步走出。

这一步迈出的时候，他的身体就开始变得模糊了，当这一步完全落下的瞬间，他的身体如同消散了一般，直接分解！

在分解的瞬间，那惊人的鬼手从白小纯消失的地方一把抓过，巨响回荡，连空间都要被抓碎了，形成了一道道裂缝。

鬼手似乎察觉到白小纯逃出去了，深坑内的怒吼惊天，这一次，怒吼甚至超出了阵法的范围，使得八方震动，更让无数人瞬间察觉！

与此同时，白小纯的身影在远处出现了。他喷出大口鲜血，整个人面色苍白，踉跄了几步后，鲜血再次喷出。

他的后背甚至也有鲜血溢出，那里赫然有五道抓痕，仿佛是被人一掌抓过而形成的伤势，要侵蚀他的五脏六腑，好在白小纯肉身强悍，才能强撑着。他心有余悸，完全不敢停顿，咬牙向前冲去。

突然他身后的山峦重影之地内，一道黑色的光柱冲天而起，直射苍穹，在苍穹中形成一道巨大的波纹，向着八方扩散开来。

大地上，以那深坑之地为中心，冲击波向着四周横扫。

由于受到了光柱的冲击，四周的天然禁制尽数崩溃，那冲击还没有消散，继续扩散。

而白小纯此刻已害怕到了极致，他玩命般一路落荒而逃，内心的恐惧已袭至全身。

“完了完了，莫非是我太贪了，引出了一个大的……”

白小纯沮丧不已，他觉得自己闯祸了，于是逃得更快了。

在白小纯急速逃命时，在深坑四周，有不少魂修都察觉了，他们一个个看向深坑所在的方向，内心好奇。

“怎么回事？”

“那里竟有这么剧烈的波动！”

在阵阵惊呼声中，一个个魂修直奔深坑的方向而去，试图一看究竟。

好在随着黑色光柱的升空，那巨大的鬼手再也没有出现。

四周那些魂修一个个靠近深坑，望着深坑，各有所思，很快就有人飞出查看。

就连边墙这方也有人察觉，在黑色光柱升空时，高塔巨目光芒闪耀，陈贺天一步走出，遥望那冲天而起、扩散波纹的黑色光柱，神情有些严肃。

“让人去查看一下那是什么！”

在陈贺天下命令时，白麟等人也注意到了这光柱，甚至感受到了地面在轻微震动。

蛮荒一方，在平原上，一顶大帐内，穿着一身红色长袍、有着绝美容颜的红尘女原本正在打坐，此刻她猛地睁开双眸，遥望苍穹。

“那是……”

红尘女迟疑了一下后，决定安排人去查看。

在边墙与蛮荒分别派人查看的时候，距离深坑约莫数十里地的山林中，有两道身影正急速前行，这是一男一女。虽然两人衣衫残破，看起来有些狼狈，但是两人的眼神都很逼人，若有人与之对望，必定会心神震动，仿佛看到了凶兽一般。

这两人看着不像修士，反倒有魂的波动，而且带着一身煞气。只见男的冷傲，女的秀美，两人身上的许多处伤势都已恢复过来，在衣服上留下一道道血迹。

他们正是赵天骄与陈月姗！

他们二人当年离开边墙，在蛮荒游历，经历大大小小无数战斗，身边不断聚集同样来自边墙的人，那些人慢慢死去，如今只剩下他们二人还活着。

经历了这一切，他们如浴血重生了一般。

他们不再稚嫩，反而变得十分沉稳！

“快要到边墙了……我已向师父传信了，回去后，我要加入五大军团。”

赵天骄咧嘴一笑，这一笑，可以看出他的右侧嘴角有一道疤痕，连接到了耳朵上，看起来有些狰狞。

陈月姗有些心痛，她站在赵天骄身边，点了点头，那一道疤痕是因她才有的。当初，赵天骄为了救她，被一个炼魂师打伤。

而那一战的惨烈，此刻陈月姗回想起来，还是心有余悸。好在这一次外出历练收获不小，他们找到了一个天兽魂！

就在二人急速奔行时，忽然看到远处天空中升起的那道惊人的黑色光柱。

在光柱升空的瞬间，赵天骄目光一凝，与陈月姗商议后，给他的师尊陈贺天传音请示，之后，二人没有回边墙，而是向着黑色光柱升起的地方奔去。

黑色光柱的出现惊动了多方势力，多方势力都安排了人手去查看。唯独白小纯正飞速逃遁，他面色惨白，一路狂奔，终于在不久之后，看到了边墙，咬牙之下，再次勉强展开不死禁的融空之法回到城内。

鲜血再次喷出，他踉跄着回到居所后，再也支撑不住，一头摔倒，昏迷过去。

这一昏迷，就是三天。

三天后，白小纯睁开眼，挣扎着坐起来，感受到了五脏六腑的疼痛，还有灵力的混乱。

“那一抓也太恐怖了，这还是没有抓到我，只扫了一下……”

白小纯回想之前的一幕幕，倒吸一口凉气，心有余悸。他也明白，自己这一次之所以受重伤，还有一个原因，就是数次施展不死禁融空之法。

无论是之前的天然禁制，还是边墙阵法，在展开融空穿梭的时候，对身体的伤害都极大。

好在他的不死长生功十分强悍，他这才可以坚持，否则的话，若换了别人，受到如此重创，短时间内想要恢复是不可能的。

白小纯恢复力惊人，这等伤势，配合丹药，他只用了七天的时间竟恢复了七八成。

在这些日子里，白小纯也不敢外出，他一想到那鬼手，想到黑色光柱，想到坍塌的地宫以及十万丈的鳄鱼骸骨，就觉得那里一定藏着什么惊天动地的大秘密！

而自己显然就是地宫坍塌的罪魁祸首，白小纯害怕，他觉得自己挺冤枉的。

“我不是故意的……”

白小纯唉声叹气，要知道他原本只是想多弄一些魂而已。

在疗伤的这段时间，他也听到了赵龙等人带来的消息，知道黑色光柱的事情已经引起边墙与蛮荒的人的高度重视，同时知晓深坑被很多人发现，甚至还有不少人踏进去寻找机遇。

至于那些人在深坑之内的发现，至今没有消息传回来。白小纯内心忐忑，又叹息起来。

时间流逝，又过去了半个月。

虽然每天都有新消息传回来，但白小纯只是千夫长，能了解的不多，于是他亲自去找了白麟，得知边墙一方已陆续安排了不少人进去，在深坑内发现了数个地宫，他心惊不已。

“看来，我只是打开了一个地宫而已。”

白小纯安慰自己，眼看外面的动静似乎小了一些，他摸了摸自己的储物袋，眼神火热。

“做了这么多事情，不就是要成为万夫长吗？现在就去！”

第 521 章

祭献冤魂

一想到成为万夫长后的地位以及风光，白小纯就激动无比，赶紧起身走出兵营。赵龙等人看到白小纯后，连忙拜见。

“叫上所有兄弟，我们去高塔，见证我白小纯成为……万夫长！”

白小纯一挥手，豪情满怀，傲然开口。

此话一出，赵龙一愣，赶紧通知下去，很快白小纯手下的上千修士都知道了这件事情，纷纷到来。

“兄弟们，等我成为万夫长后，咱们吃的肉就更多了，喝的酒也更多！”

白小纯高呼一声，一晃飞出，直奔高塔。

他身后的上千修士，一个个听得万分激动。他们完全没有怀疑白小纯的话，白小纯说今天可以成为万夫长，他们就相信白小纯一定可以做到。

此刻，他们急速飞出，簇拥着白小纯，直接飞向高塔。

上千修士化作上千道长虹，立刻就引起了边墙内修士的注意。可当看到带头的人是白小纯后，不少人都神色戏谑，他们以前经常看到这一幕，这些日子没看到白小纯出行，没想到今天居然又看到了。

那些人渐渐收回目光，没有太关注，很快白小纯一行人就飞到了高塔外，在这里，也有不少修士在兑换物品。

当白小纯等人来临后，这些人只是看了看，没有太过在意，依旧做着自己的事情。

白小纯没理会这些人，他站在高塔旁，深吸一口气，身体一跃而起，竟飞到了半空中，然后学着他当初看到的一位天骄祭献的样子，将袖子一甩，取出一个魂球，直接将它一把捏碎！

魂球碎裂的瞬间，上万冤魂扩散开来，这一幕立刻就引起了下方很多修士的注意。看到上万冤魂，他们中有些人目露羡慕，有些人则是扫了一眼，就收回了目光。

“是白小纯！”

高塔巨目一闪，这些魂就猛地被吸入了巨目内。

白小纯心底得意，依旧淡然地一拍储物袋，再次取出一个魂球，又一把捏碎，很快，上万冤魂出现。当那些冤魂被高塔巨目收走后，下方的人看到白小纯拿出第三个魂球，渐渐地，有人觉得惊奇了。

就在白小纯要捏碎第三个魂球的刹那，突然一道长虹从远处呼啸而来，这长虹内充满了血光，还有惊人的煞气扩散四方。

“那是……季风！”

“在白小纯崛起之前，季风千夫长可是最有可能成为万夫长的存在啊！不知他与白小纯，究竟谁可以先成为万夫长。”

血光消散，露出一个穿着血色铠甲的身影，那是一位长发披肩的青年。

此人正是季风！

季风站在半空中，与白小纯隔着高塔巨目，两人都可以看到对方。

季风扫了白小纯一眼，毫不掩饰目中的轻蔑。

“区区一个药师，就算修为不俗又有什么用处？我季风立下无数战功，凭什么要拿此人与我比较！”

他瞧不起白小纯，聚魂丹他更是不屑用，在他看来，白小纯分明只是一个药师而已，凭着一些小手段，才拥有了如今的地位，与自己相比，根本就微不足道！

今日，他原本不需要祭魂，可看到白小纯出现后，他故意到来，想要打压一下白小纯，灭一灭白小纯的气焰。

白小纯也注意到了季风，他与季风不熟，若真说见面，这只是第二次而已。第一次是他刚刚来边墙时，在此地查看自己的战功都能兑换哪些物品，正好碰到季风在祭魂。当时，季风出手就是一万个魂，毕竟那个时候没有聚魂丹，能抓获一万个魂，可见季风实力不差。

"我没得罪他吧。"

白小纯也看到了季风目中的轻蔑，他有些诧异，想了想后，眼睛一下子就瞪了过去。

季风冷冷地看着白小纯，二人对望，隐隐有竞争之意。

下方的修士看到这一幕后，顿时都来了兴致。

"他们两个对起来了！"

"我还是看好季风千夫长，他的战功可都是杀出来的！"

"白小纯千夫长难道就不是？不说聚魂丹的事情，就当年的那一战，他救出了多少人啊！"

在下方众人争论甚至打赌时，季风冷笑一声，然后将右手抬起，袖子一甩，只见从他的储物袋内立刻飞出了十万个魂。这些魂都很萎靡，一飞出来就被高塔巨目猛地吸走了。高塔巨目的光芒明显璀璨了一些。

"十万个魂……"

"季风千夫长不愧是我五大军团的天骄，他没有用聚魂丹，可出手就十万个魂！"

扔出去十万个魂后，季风冷冷地看了白小纯一眼，那意思很明显，你不是有魂吗？那么我们就来斗一斗，看谁祭的魂多！

白小纯看到这一幕，顿时就笑了，他正觉得自己这么扔魂有些无聊，没想到季风居然要跟自己比较。白小纯轻咳一声，他最喜欢碾压对手了，于是右手抬起一挥，轻飘飘地扔出二十个魂球。

轰的一声，二十个魂球全部爆开，二十万个魂扩散四方，密密麻麻，看起来十分惊人。二十万个魂出现的刹那，高塔巨目发出璀璨的光芒，然后猛地一吸，就将二十万个魂全部吸了过去。

眼看魂被吸走，白小纯挑衅地看了看季风。

季风面色阴沉，不屑地冷笑一声，然后将右手抬起一挥，数十万个魂竟从他的储物袋内直接飞出，接着，他又从怀里拿出了一个储物袋，打开后，又有数十万个魂飞出，这些魂都被高塔巨目吸走了。

这一幕让四周的修士倒吸一口凉气。

"天啊，季风千夫长到底有多少魂啊？"

“他是怎么抓住这些魂的……”

就在这些人吃惊时，白小纯有些不耐烦了，他看向季风，直接开口。

“你到底有多少魂，说个数，不然这一个个储物袋地拿，太麻烦，你说个数出来，我要拿不出来，就算我输了。”

白小纯的语气很狂妄，四周立刻安静下来，一个个都看向季风。

“狂妄自大！既然你要自取其辱，季某成全你！”

季风冷哼一声，右手抬起一挥，一个个储物袋立刻飞出，他的面前竟出现了九个储物袋！

“这里面一共有二百七十万个魂！”

季风抬起头，淡淡开口，语气看似平静，可藏在骨子里的冷傲还是显露了出来，白小纯自然听得出来。

四周修士一听到季风的话，顿时安静下来。过了一会儿，除了白小纯的那些手下外，其他人全部失声惊呼，感到不可思议。

“二百七十万，天啊！”

“季风大人，居然抓获了这么多魂，这要一次小规模的边墙之战才能有这么多魂吧！”

众人惊呼时，还有不少人传音给好友，让他们尽快赶来。

“快来，季风大人竟一次性祭献了二百七十万个魂，这是前所未有之事，了不起啊！”

“速来高塔！”

在众人讶异时，季风故作淡然地看着白小纯，轻笑一声，一副稳操胜券的样子。

“我的魂不多，也就二百多万，白小纯，你的呢？”

“的确不多，才二百多万个魂而已。”

白小纯看了眼那些储物袋，抬起下巴，他觉得自己仿佛是一个绝世高手，在与小孩子斗法。于是他嘿嘿笑一声，右手抬起一挥。

三百个魂球直接飞出……

这还没有结束，接着又是三百个魂球，再来四百个魂球……整整一千个魂球出现在半空中，出现在所有人眼前！

第 522 章

真灵护食

所有人在看到这一千个魂球后，都愣了一下。季风也吃了一惊，甚至有些不敢相信，所有人都安静下来。

一道道长虹正从远处急速而来，靠近后，看到那一千个魂球，一个个眼珠子都要瞪出来了。

“一……一千？”

“天啊，莫非……莫非这是一千万个魂，这怎么可能？”

“不可能每个魂球内都有一万个魂吧……”

在众人骇然时，季风也心下不安，呼吸开始急促，他看着那一千个魂球，分辨不清里面到底有多少魂，不由得有些紧张，正要开口说些什么，白小纯看了看四周，又看了看季风，他忽然觉得，这还不算碾压。

“以一千压二百，没意思，来把大的！”

白小纯舔了舔嘴唇，这种出风头的事情他每次经历时都特别兴奋，此刻他重重地咳了一声，嘚瑟地将右手猛地抡圆了一挥，顿时又飞出一千个魂球，没有结束……

一千，一千，一千……

眨眼间，算上之前的，白小纯直接就扔出了一万个魂球出来！

这一刻，众人屏住呼吸，一个个心神震动。他们死死地盯着那一万个魂球，脑海里浮现出一个猜测。可这个猜测比之前一千个魂球出现时的猜测还要不可思议，还要让人不敢相信，甚至就连他们自己都觉得这个猜测太过匪夷所思。

“不会吧……”

“一万个，这……这基本上可以确定了，每一个魂球内封印的魂应该不多？”众人惊疑不定。

季风也承受不住了，猛地大吼一声：“白小纯，别在那里装神弄鬼。我不信你每一个魂球都封了一万个魂，真是好笑，一万个魂球，一万个魂，你还真以为自己有上亿个魂？”

季风眼睛有些发红，他绝对不信白小纯真的有一亿个魂。

要知道千万个魂就已经很多了，一般要大规模战争才有那么多魂，而上亿的魂，若是释放出来，基本上就可以遮天盖地般，轰动天地。

“你不信，那你就看着好了！”

闻言，白小纯下巴微抬，右手掐诀，向着那些魂球一指。

“散！”

轰轰轰!

在这一刹那，惊天动地的轰鸣巨响传出，一万个魂球碎裂，其内的魂骤然扩散出来，眨眼间就占据了周围万丈的区域，接着那些魂不断扩散，最后占据百万丈的区域。

这当然是白小纯刻意弄出来的，否则的话，若是让那些魂挤一些，也不会如此。眼下，主城的天空一下子变得漆黑无比，被魂雾遮盖。

主城内五大军团的所有修士都无比骇然，抬头看着魂雾，心神震动。

“难道是蛮荒杀来了？”

“阵法破碎了不成？”

“发生了什么事情？”

无数人惊呼。

高塔四周的修士全部颤抖，一个个傻了一般，目瞪口呆……

这一幕太惊人了，就连五大军团的军主都被惊动了，白麟第一个飞出，骇异地看着天空，倒吸一口凉气。

其他区域的军主也出现了，他们抬头看着苍穹，每个人内心都掀起了风暴。

“这……这是多少魂？”

一道道长虹冲天而起，直奔高塔而来。很快，五大军团的修士全都争先恐后地到来，密密麻麻地将高塔包围，震惊地看向天空。

就连陈贺天也被惊动了，他从高塔巨目内走出，难以置信地看着这一切。在这一刹那，高塔巨目竟散发出了刺目的光芒，瞬间扩散，甚至让人感觉到了一种狂喜的情绪，似乎巨目有灵，此刻激动到要发狂。

高塔巨目猛地一吸，吸力之大，让苍穹色变，风云倒卷。一个惊天的旋涡蓦然出现，魂雾瞬间收缩，不断被吸收。直至半个时辰之后，这魂雾才消失得干干净净。

此刻，高塔巨目爆发出耀眼的光芒，光芒笼罩在白小纯身上，似乎对白小纯十分满意，而白小纯的战功也在这一刻猛然暴增。

随着魂雾消失，半空中，白小纯站在那里，微微抬起下巴，神色看似淡然，实际上心中早就乐得开花了，可他不断地告诉自己，这个时候，一定要表现得淡定。

此刻，四周的修士一个个都很木然，看向白小纯时，如看神人，又好似看到了可怕的怪物一般！

季风颤抖，他已完全被白小纯比了下去。此刻，他面色惨白，只觉得天旋地转，眼神茫然，脑海空白一片，他这一辈子怕是都忘不了这一幕。

四周的人看向季风时，都有些同情。要知道，这种对比实在太惨烈了，一亿个魂和二百多万个魂……

眼看自己成了焦点，不单白麟等人在关注自己，就连三眼天人也是如此，白小纯得意到了极点，他重重地咳了一声。

“大家都散一散啊，接下来，我要拿个更大的……”

此话一出，没等其他人反应过来，那高塔巨目就如有灵一样，猛地爆发出比之前还耀眼的光芒，似乎无比激动，甚至像是讨好白小纯一样，形成一股惊人的威压与推力，轰的一声，直接将四周的修士猛地推开！

哪怕是白麟等人也无法抵抗，瞬间被推出去很远，唯独陈贺天可以站在那里，目瞪口呆，他还从来没看到过巨目内的真灵有如此举动，似乎此刻只要白小纯一声令下，巨目内的真灵什么都会做一样。

“这……这……”陈贺天额头有些冒汗。

就在这时，白小纯猛地一拍储物袋，一个个魂球骤然飞出，一千、三千、五千……

眨眼间，又是一万！

阵阵吸气声响起，魂球还在飞出，一万五、两万、三万、四万……

整个主城内，所有修士都震惊了，尤其是看到魂球到了六万后，无数人骇然惊呼。

“不可能！”

“这白小纯莫非打劫了冥河？”

“这么多魂……天啊，这……这些还是魂吗？”

“闻所未闻啊！”

白麟等人也早就傻眼了，目中满是茫然的神情。陈贺天呆在那里，看着白小纯得意地扔出魂球，一时竟有些反应不过来。

修士们十分激动，可最激动的是高塔巨目。此刻，高塔巨目连续闪动几下，甚至更为明显地表现出了一股狂喜的意识，似乎在颤抖一般，闪动得更为频繁，甚至嗡嗡地震动起来。

当白小纯的魂球达到八万时，激动的高塔巨目甚至影响到了边墙的阵法，使得整个边墙的阵法光幕都扭曲起来，这一幕足以撼动所有人的心神。

就连蛮荒一方也观察到了阵法光幕的扭曲，红尘女也是十分费解，迟疑一会儿之后，立刻将神识散开，轰的一声，其神识直奔边墙而来，要去一看究竟！

就在这时，白小纯将九万个魂球全部拿出，这一刻，巨目内首次传出了尖锐的叫声，这叫声有些疯狂，影响了天地，扭曲了空间！

而红尘女的神识刚靠近，还没探出个端倪，就受到了尖叫声的影响，如被天雷轰击。她的神识一刹那直接崩溃。

蛮荒的一处大帐中，红尘女猛地睁开眼，喷出一大口鲜血，失声惊呼。

“不可能！那巨目内的真灵因与天尊有约，守护边墙可以理解，但怎么可能会为通天势力不惜发出真灵之音，也要将我重创，逼我离开？”

第 523 章

晋升万夫长

红尘女的神识被撕裂的同时，陈贺天有所察觉，看向蛮荒的方向后，又低头望着巨目，一样有些惊愕。

陈贺天自然看到了方才的一幕，巨目内的真灵竟发出了真灵之音……

所谓真灵之音，是真灵在遇到危机时，发出的本命之音，每一次发出都会对自身形成损耗，但其威力之大，就算是天人，在遭受真灵之音的攻击时，也无法全身而退。

方才真灵发出那一声真灵之音，虽没有用全力，但也有不小的消耗，才能击退红尘女的神识。

要知道这真灵高塔虽与星空道极宗有关联，但其真正的来历，只有陈贺天这样的小部分人才知道，此真灵是通天岛之物！

对于通天河四大脉的源头宗门而言，通天岛如同至尊一般，仿佛王臣与皇帝，四大源头宗门就是一方王侯，而通天岛则是皇帝！

至于通天岛上的天尊自然就是通天一脉的主宰。

可眼下，与通天岛有约定、镇守边墙的真灵竟做到了这一步……

这一幕让陈贺天不得不看向白小纯，目光深沉。

“这是护食啊！那红尘女倒霉，恰巧这个时候用神识来探察。这个白小纯是如何弄到这么多魂的？此子身上秘密不少呀！”

陈贺天这些年暗中注意了一下白小纯，无论是聚魂丹还是炸炉，都让他很在意。他甚至暗中让宗门的人去破解聚魂丹，此事他做得很谨慎，毕竟调查五大军团的人本身就很敏感。

陈贺天若有所思时，白小纯那边得意扬扬地一甩袖子。

“给我开！”

白小纯大吼一声，那九万个魂球全部震动，陆续碎裂开来。此处魂雾滔天而起，一刹那覆盖八方，弥漫了整个主城后，还在向着八方扩散开来。

万丈，十万丈，百万丈，千万丈……眨眼间，这片魂雾仿佛要覆盖天地，无边无际！

这一幕不但让五大军团的修士骇然，就连界城方向的人也注意到了，其内修士纷纷神色大变。

蛮荒内的一个个也瞠目结舌。

“怎么回事？”

“天啊，那……那是什么？”

在魂雾滔天，撼动四方的同时，高塔巨目爆发出了耀眼的光芒，这光芒扩散至四周，巨目内的真灵似乎觉得吸收得太慢了，着急之下，竟直接从巨目内飞了出来！

巨目发出的光芒如收缩了一般，凝聚成一个光点，那光点直接飞出巨目，在半空中化作了一只蝙蝠！

这蝙蝠全身半透明，目露红芒，在飞出后，仰天一吼，苍穹上顿时出现了一个巨大的虚幻之影。

此影也是蝙蝠，身体之大，似要遮盖苍穹。在出现后，它张开口猛地一吸，天地似乎在摇晃，无穷的魂雾竟在不断翻滚，如同潮水一般，朝着巨大的蝙蝠而来。

这一幕幕让五大军团的修士颤抖，骇然无比，他们从来都不知道巨目内居然有一只蝙蝠！

白麟等五大军主虽知道蝙蝠的存在，但是从来没亲眼看到过，此刻一样心惊，不由得倒吸一口凉气。

天地扭曲，随着无穷的魂雾被巨大的蝙蝠吸收，约莫一个时辰之后，雾气最终全部消散。

巨大的蝙蝠虚影心满意足，低头冷眼看向八方，唯独在看向白小纯时，目露赞赏之意，最后竟然还显得有一丝亲切。随后，这蝙蝠一晃，重新化作光点，回归巨目。

白小纯也傻眼了，他呆呆地看着那蝙蝠吸走魂雾，没想到自己只不过是祭魂而已，居然引起了这么大的动静。

此刻，他心脏怦怦加速跳动，四周很安静，所有人都是先看向巨目，然后就将目光落在了白小纯身上。

白小纯眨了眨眼，眼珠快速转动，正琢磨如何开口解释一下，猛然间，身份令牌在储物袋内疯狂振动，吓了白小纯一跳。他赶紧取出令牌，灵识扫过后，他猛地睁大了眼，失声惊呼。

“这么多？！”

他的身份令牌内，战功正在疯狂地攀升，没过多久，就攀升到了足够成为万夫长的程度，可是战功没有停止攀升，甚至换两个万夫长都足够了，之后才慢慢停下。

看着那些战功，白小纯眼珠子都要鼓出来，他的心脏再次加速跳动，他虽不知道自己那些魂具体能换多少战功，但是他粗略估算过，感觉勉强可以晋升成万夫长。眼下竟然多出了一倍……显然，这是巨目真灵对白小纯太满意了，故意多给了不少……

看着自己的战功，白小纯激动了，此刻他也顾不得去解释，立刻手持令牌，兴奋地大声开口。

“我要晋升成为万夫长！”

白小纯此话一出，四周所有修士都心神一震。

“他……他说什么？万夫长！”

“白小纯要晋升成为万夫长！”

“此事太过轰动，无论是之前滔天的魂雾、巨目的变化，还是他提出的晋升要求，这……这一切……天啊，白小纯必定会成为一个传奇！”

“凭着祭魂，祭出一个万夫长？”

四周传出种种声音，一片哗然。

与此同时，白小纯身份令牌内的战功骤然减少，眨眼的工夫，身份令牌内的战功就少了一半。

同时，他手中的身份令牌爆发出刺目的光芒，其内记录着白小纯的身份已经从千夫长直接成为……万夫长！

只不过这个万夫长的前面，还有一个“准”字！

毕竟万夫长太过重要，对于五大军团而言，已是修士可以达到的巅峰。任何一个万夫长都需要五大军主以及天人老祖的认可，然后使得巨目内的真灵知晓，才会通知五大军团所有人以及上报星空道极宗。

尤其是如今的五大军团，已没有了万夫长的空位，所以一旦确定白小纯成为新的万夫长后，还需送走一人。

这一切都很繁琐，需要按照流程走。眼下，白小纯大声宣布自己要成为万夫长，四周传出阵阵惊呼声，陈贺天与白麟等人纷纷头痛。

“你们说说，此事该怎么办。”

陈贺天叹了口气，向着白麟等人传音。可这几个军主此刻都不知如何开口，今天的事情也让他们开了眼界。

若白小纯用其他方式晋升万夫长，他们还不会考虑这么多，可眼下，以这种方式直接晋升，让所有人都措手不及，就连刺激白小纯晋升万夫长的白麟，也没想到白小纯居然这么快就成了万夫长。

要知道，从边墙建立以来，白小纯还是第一个……以这种祭魂的方式，生生将自己顶到了万夫长的位置上的人。

“这个……我觉得白小纯也是凭自己的本事……应该可以吧。”

眼看其他人都保持沉默，白麟硬着头皮开口。

“岂能如此儿戏？！”

陈贺天传音怒道，心底却发愁，万夫长太过重要，他偏偏不能不承认白小纯万夫长的身份，可若是承认的话，又太过荒诞。

陈贺天等人正苦恼时，白小纯有些不耐烦了，他不知道万夫长还需要陈贺天等人商议才能确定，可他看着身份令牌上的那个“准”字，怎么看都觉得不舒服。

“蝙蝠前辈，你这么做不厚道啊，我给你祭了那么多魂，那么多……足有十亿！你居然给我一个准万夫长！”

白小纯不干了，抬头看着高塔巨目，大声开口。

“你这样做，让我以后还怎么祭魂，让其他道友以后又怎么祭魂？！”

白小纯很生气，话音刚落，那巨目陡然一闪，也就是几个呼吸的时间，没等陈贺天等人商议出一个结果，边墙内五大军团所有修士的身份令牌上就接收到了白小纯晋升的消息！

“白小纯，晋升万夫长！”

这消息被五大军团所有修士知晓的同时，更被巨目真灵直接传回了星空道极宗，略过了陈贺天等人！

第 524 章

执掌第三军

“万夫长？！”

这一刻，星空道极宗内，太多的人因为这个消息愕然大惊。

张大胖已成功结成念丹，被降魔堂堂主收为弟子，正在修行时，他的师尊进来，说出了这个消息，张大胖立刻感觉非常骄傲。

“小纯好样的！”

在星空道极宗内的很多修士知道这一消息的同时，边墙内，五大军团立刻轰动了，他们之前只听到白小纯的要求，并未真正确认。

眼下，随着他们都收到了通告，所有人都明白，白小纯已真正晋升，成为万夫长！

白小纯激动无比，开心极了，他仔细地看着自己的身份令牌。在发现那个“准”字已消失后，他得意地大笑起来。

“从现在开始，我白小纯就是万夫长了！”

陈贺天一愣，白麟等人也呆了一下，相互看了看，白麟等人神色古怪，沉默不语，陈贺天苦笑着抬头看了看巨目内的真灵。

他明白，这是真灵对白小纯的回馈，毕竟那么多魂对真灵来说是大补。

此刻，陈贺天心底一叹，索性不再发愁，而是顺其自然。

“白麟，白小纯既是你剥皮军的，你安排一位万夫长退役好了……”

陈贺天摇头，转身离去。

时间流逝，很快过去了七天。

哪怕过去了七天，白小纯晋升万夫长的事情依旧是整个边墙谈论最多的话题。

无数修士也有了期望，白小纯的经历仿佛一个励志故事，让所有人对自己的未来充满想象与期待。

而白小纯已声名赫赫，虽不能说三大城池内无人不知，但起码所有高层都如雷贯耳。

同时，在这七天，白小纯所在的第三军的万夫长——那位老者与白麟商议后，选择了离开，回归星空道极宗。

对于此事，曾经的第三军万夫长不但没有沮丧，反而很感激白小纯。他虽然有些不舍，但是他知道，对自己而言，这才是最好的选择。身为万夫长，原本就很难轻易离开，借助这个机会，他能回到宗门，此事不知让其他万夫长如何羡慕了。

而且，他在边墙待得太久了，一旦回到宗门，不仅可以成为铁血堂的长老，而且可以凭着战功，享受超好的待遇。

临走时，这老者还找到白小纯，先是感谢一番，然后将自己在第三军的亲信都托付给了白小纯。

白小纯很动容，知道对方是真心实意的，感动之余也再三保证，自己绝不会亏待对方的亲信。

随着老者离去，数日后，白小纯的任命下来了，他被任命为剥皮第三军万夫长！

任命下来的这一天，白小纯精神抖擞，整个人如一只骄傲的小公鸡一样，穿着万夫长才可以穿戴的虎甲，全身上下看起来金光闪闪，尤其是铠甲阵法开启后，他整个人都变得模糊了一些，一股惊人的气势从他身上爆发出来。

随着长发飞舞，白小纯的面孔逐渐变得清晰。白小纯独自在居所内，拿出铜镜，不断地打量铜镜内的自己。

“小魔镜，你说我这一套衣服穿在身上，怎么样？”白小纯自我陶醉了半天，笑呵呵地开口问道。

铜镜内立刻浮现出假夜葬的魂，他藏住心底的长叹，装出一副吃惊的样子，如傻了一样看着白小纯，看得白小纯心花怒放，暗中得意，也就没打断假夜葬的表演。

好半晌，假夜葬似乎被惊醒，这才极为夸张地惊呼出声。

“天啊，您……您真的是高大英俊，绝世天骄般的白小纯大人？不可能，那如太阳般耀眼的白小纯大人之前分明是千夫长啊！”

“少拍马屁，我白小纯是那种喜欢听人吹捧的吗？我问你，这套衣服我穿得合不合身？”

白小纯刻意板着脸，笑意却抑制不住。

假夜葬在心底给了白小纯一万个白眼，他知道，若是自己真的信了白小纯的话，不继续拍马屁，那么白小纯一定会收拾自己。

假夜葬在心底鄙视一番，赶紧开口，直接奉承了一炷香的时间，才回到白小纯的问题上。

“这套衣服完全就是为您准备的啊！实在太合身了，不过我还是觉得，这衣服之所以看起来霸气，原因不在衣服本身，而是因为您！”

假夜葬换着法儿溜须拍马，听得白小纯心底乐开了花，觉得假夜葬真会说话，于是干咳一声，扔给假夜葬一些丹药，这才收起铜镜，神色肃然地走出居所。

在他的房间外，第三军上万修士全部站在那里，白小纯出来后，赵龙走出一步，大吼一声。

“大人到！”

“拜见万夫长！”

赵龙此话一出，四周上万修士立刻齐齐抱拳深拜，声音传出，如同天雷一般，滚滚回荡。

看着眼前的人，白小纯心中也有感慨，回忆自己在边墙内，从一开始的一个人，直至十夫长、百夫长、千夫长，到如今，走上巅峰，成为万夫长。

这一路走来，他很感慨，觉得自己为了成为万夫长，付出了太多太多。

“走，陪我出去溜达溜达。”

白小纯感慨之时，一挥手，之前在他手下的一千人，作为亲卫，立刻走出，在他四周排好位置，将他严密地保护起来。他麾下的那十个千夫长也赶紧上前，簇拥着白小纯，一个个小心翼翼的。

随着众人飞出，上万修士顿时四散开来，直接清场，一定范围内寻常人等不得靠近。

看到自己这么威风，白小纯心中激动，感想不由得更多，觉得自己这么努力，不就是为了这一天吗？于是他放慢速度，与身边几个千夫长笑谈一番。那些千夫长谨慎地对答，白小纯志得意满。

整个主城，不少人都看到了白小纯出行。这些人中，有不少人看过白小纯还是千夫长时出行的阵仗……如今，又看到了他作为万夫长出行的阵仗。

有关白小纯晋升成为剥皮第三军万夫长的事情，也刺激到了蛮荒的势力，自从当年那场大战之后，关于白小纯的一切消息都是蛮荒的重点情报，毕竟无论是炸炉还是聚魂丹，都对蛮荒极为不利。

当这个消息传入红尘女所在的大帐时，盘膝坐在那里的红尘女一把捏碎了手中的情报玉简。

“这么说，当天白小纯祭出了足够的魂，换来了晋升成万夫长的战功。”

红尘女慢慢开口，目光扫过前方。半跪在那里的一个穿着灰色长袍的炼魂师回道：“根据探子的回复，的确是这样，准确地说，这白小纯祭出的魂多达……十亿……”炼魂师说到最后两个字时，自己也觉得十分不可思议。

“十亿……”

红尘女眼神冰冷，沉吟片刻后一挥手。

“通告下去，将白小纯排在必杀榜第五位，追加悬赏为两份天兽魂，悬赏此人的性命！”

“遵大人命！”

那炼魂师立刻肃然点头，告退下去。

很快，有关白小纯上了蛮荒必杀榜第五位，且蛮荒以两份天兽魂作为悬赏的事情就传遍了边墙内外，白小纯得知后，也大吃一惊。

“太狠了……”

白小纯摸了摸自己的脑袋，他觉得蛮荒想要杀自己的想法实在太坚定了，居然舍得悬赏两份天兽魂。

第 525 章

得意的宋缺

“这么下去，会不会有一天……悬赏一份天人魂？”

白小纯忍不住认真地想了一下，之后也被自己这个想法吓到了，赶紧摇头将这个想法赶出脑子，打定主意，自己这辈子绝不再走出边墙半步。

“哼哼，只要我不离开主城，且每次外出都带着上万人，我就不信蛮荒的人能杀我！至于这边墙内或许有对方的探子，可这里毕竟是边墙！”

白小纯想到这里，略微放心了一些，可还是觉得有些不保险。

“不行啊，还是我修为太弱了，眼下已是金丹大圆满，想要突破就需要金木水火土五份天兽魂……”

白小纯叹了口气，他虽还剩下不少战功，但是天兽魂太少了，一般很难换到。

即便是拿出天人魂去宗门换取天兽魂，也要回到宗门后才会安全，若是在这里，危机太多。

“修为没办法提升，可我还有不死长生功！”

白小纯想到这里，立刻拿出玉简传令赵龙，给他列下了一个单子，让赵龙去准备。

成为万夫长后，白小纯已享受了不少特权，他可以发布一些简单的任务，甚至可以索要物资。

不过以白小纯现在的身份和拥有的战功，他也不愿意占小便宜，而是直接划给赵龙不少战功，让赵龙购买兑换。

不多时，白小纯所需的天材地宝就被赵龙换了回来。白小纯宣布自己要闭关后，就开始修炼不死长生功。

“这一次，我要一鼓作气，将不死长生功的第三卷修炼到大成圆满！”

白小纯深吸一口气，拿出一块地灵根直接扔到口中咬碎，地灵根化作生机扩散至全身。白小纯闭合双目，开始运转不死长生功。

随着不死长生功的运转，那些生机立刻被抽走，形成一丝丝热流，融入白小纯的头部，在那里慢慢凝聚出一条条细微的不死筋。

这种事情容不得分心，且也无法加快速度，只能慢慢进行，好在白小纯的战功很多，换来的天材地宝不少。他不断地吸收这些宝贝，继续闭关修炼，不再外出，渐渐地，时间过去了一年。

边墙内，他一年前祭魂的热度也慢慢淡了下来。

又过去了半年，当外面的人逐渐不再谈论白小纯祭魂的事情时，白小纯在密室内蓦然睁开双眼，他的目中仿佛有光一闪而过。

他呼吸沉稳平缓，此刻睁开双眼，双手掐诀，向着两边猛地一甩，只见摆放在他四周的天材地宝轰的一声，纷纷粉碎。

在粉碎的瞬间，这些天材地宝的碎末竟被凝聚在一起，白小纯张开口，竟如鲸吞水一般，将其全部吸来。

无穷的生机在白小纯体内轰然爆发，这些生机还没扩散，就被白小纯抽走了，融入了他的头部。

在那里，他的不死筋已完成了九成之多，如今只差一丝……而他仿佛遇到了一扇紧闭的门，需要以惊人的生机之力强行轰开。

就在白小纯沉浸在冲击不死长生功第三卷的大成圆满中时，边墙外，一道黑色光柱傲立于苍穹之下。

晌午时分，阳光也不是很强烈，外面的一切看着很惨烈。边墙上的五大军团修士习惯了黑色光柱的存在，一年多来，他们已陆续派出不少人过去探察，也传回了不少消息，可惜始终没有找到重要的线索。只知道那里有多个地宫，气势磅礴，且存在不少兽骨，除此之外，就再没什么了。

即便如此，无论是蛮荒一方还是边墙这一方，都没有放弃，经常会派人再去探察，试图找到一些新的线索。星空道极宗也下了命令，通告之前来到这里的星空道极榜上的天骄，至少要去地宫那里探察一次。

于是这一年多，有不少人出入边墙，而无论是进来还是出去，都需经过层层审查。

至于白小纯，因晋升成了万夫长，星空道极宗内，能对他发号施令的就只有铁血堂了，而一向护短的铁血堂自然不会让白小纯做这种小事。

此刻，边墙外，有三个修士皆经过乔装打扮，看起来如魂修一般，呼啸而来。这三人为两男一女，那女子看起来很秀美。至于两个男子，一人是中年，修为达到了结丹中期，神色有些憔悴，另一人则是一个青年。这青年的双眼看上去深邃、冷淡，如同一把随时可以出鞘的利剑。青年很精壮，腰杆挺拔，一身煞气十分浓郁，看起来难以接近。青年的身上还有不少疤痕，这些疤痕不但无损他的气质，反倒让他多了一些豪气，让人不由得信任且服从他。

若是白小纯在这里，一眼就可认出，此人正是宋缺!

“终于回来了！”

眼看边墙在望，三人放缓脚步，宋缺身边那位容颜娇媚的女子似乎松了一口长气。

“没想到，这一走就是三年……要不是宋兄弟，怕是我们都要葬身蛮荒了。”

随着女子开口，中年修士的情绪也变得激动起来，这三年内发生的事情，他这一生都不会忘记。

他们这一行人，走的时候有十多个，可在执行第一个任务的时候，他们就被困在了一处绝地中，无法传消息出去，也难以得到外界的线索。

那里竟也困着不少魂修，他们进入之后，双方很快就因矛盾激化，彼此厮杀起来。

如今三人归来，那种劫后余生、大难不死的感觉，让中年修士生出无尽的感慨，他看了眼身边的宋缺，目露感激与尊敬。

在绝地里，宋缺凭着个人实力与魅力，一边压制，一边劝说，软硬兼施，临时收服了绝地内的魂修，凭着众人之力，终于找到出路，这才逃出。

“是啊，宋大哥，以你这一次的收获，必定可以一飞冲天，甚至成为星空道极榜前十。其实我觉得凭宋大哥的战力，哪怕是现在，都足以与星空道极榜前十人一战了。”那女子看向宋缺时，满眼都是倾慕之情。

宋缺淡淡一笑，没有自谦，就连他也认为，在蛮荒这三年，用“脱胎换骨”来形容自己毫不夸张。

他的修为直接从接近结丹中期，突破到了如今的结丹后期，战力爆发的时候，他甚至通过施展血溪宗的秘法，斩杀了一位结丹大圆满的魂修。

这种战绩足以让他自傲，他可以想象，当自己回到边墙内，回到界城时，他将成为超群绝伦之辈。

“就算其他人再有机缘，也不如我！”

宋缺看了眼自己的储物袋，内心很自傲。三年的时间，他在蛮荒里完成的可不是三个任务，而是七个任务，这些任务都是在绝地内完成的，且他还收服了绝地内的人，给自己在蛮荒留下了不少人脉关系。

他收获的魂里，虽没有天兽魂，但有三百多个元婴魂，要知道那些元婴魂的价值极高，任何一个都可以卖出不菲的价钱。

最重要的是，他已暗中掌握一个天兽魂的线索，此事只有他知道，连身边的两个同伴都不知晓。

而他给自己定的计划是前五年全力完成任务，提高修为的同时熟悉蛮荒，至于后五年，他要冲击大圆满，更要寻找天兽魂。

“以我的战绩和我的任务量，能超越我的，凤毛麟角。至于白小纯，哼，当年我走的时候，听说他被困在边墙内，只是一个药师而已。”

第 526 章

换了万夫长

宋缺冷笑，他觉得自己这一次真的成功了，在回来的路上，他甚至都想好怎么收拾白小纯了。

他一定要将白小纯狠狠地踩在脚下，让白小纯跪地求饶！

宋缺心中发狠，一想到白小纯凄惨的样子，就浑身舒爽到极点。

宋缺完全不知晓白小纯的消息，毕竟被困的三年中，他与世隔绝，逃出来后又急速回归，还不知道边墙内的变化。

在宋缺内心傲然时，他们终于到了边墙，看到那覆盖千丈的阵法光幕，还没等他们进入，就有一道道杀机从边墙上降临，瞬间锁定三人。

一个冰冷的声音从边墙上传出来，回荡四方："来者何人？"

宋缺面色一变，收起内心的骄傲，脚步猛地一顿，不管他在外如何威风，可在边墙这里，也不敢造次。

毕竟边墙上的五大军团不是他们可以招惹的，他身后那一男一女也面色苍白，赶紧停下。

"大人，在下宋缺，这两位是我的同门好友，我们三人外出执行完任务，想要回边墙内。"宋缺恭敬地抱拳，沉声开口。

城墙上，说话之人正是赵龙。这段时间负责在边墙上执勤的是第三军。白小纯闭关之时，赵龙身为白小纯的亲卫，很多事情由他负责。

此刻，赵龙目光扫过城下，在宋缺三人身上扫过后，眼神不再那么冰冷。他知道白小纯的来历，明白这三人或许认识白小纯，于是一挥手，身边立刻有第三军修士飞出，直奔三人而去。到了三人近前，派出的修士要走身份令牌以及通关玉简后，将它们送到了赵龙面前。

赵龙拿着看了一眼，以特殊手法查看，确定三人的身份令牌没有问题后，又看向通关玉简，此物是每一个外出的修士都需拥有的，进出边墙时，由执勤的军团烙印，归来时，若是其他军团执勤，则需送给出城时执勤的军团复查。

赵龙扫了眼通关玉简，立刻看出其内的印记是剥皮军第三军留下的，只不过那印记是前任万夫长在的时候用的，按照五大军团的规定，新的万夫长上任后，军团印记要有所改变，以防万一。

“令牌正确，可我要提醒你们三人，你们的令牌已被阵法锁定，一会儿你们三人自行走来，踏入阵法，一旦你们身份不对，出现冒名顶替或者被夺舍等情况，阵法会瞬间让尔等形神俱灭！”

赵龙抬头，缓缓开口。

宋缺三人闻言心惊，相互看了看，都点了点头后，这才向前走去。这还是他们第一次回来，说不紧张是不可能的，毕竟此刻边墙上，不知多少人锁定了他们。

很快，他们就走入了阵法光幕，在进入的瞬间，阵法光幕泛起阵阵涟漪，似在检查他们的一切，半晌后涟漪消散，三人已走入光幕内，出现在边墙下。

宋缺松了一口气，抬头看着城墙上那一个个身影，心中萌生了一股冲动，觉得加入五大军团或许也是自己的一个选择。

且以自己这一次外出的经历，进入五大军团，想来也不是那么难。

眼看三人无碍，赵龙微微一笑，直接放行，很快三人就通过了侧门，进入边墙，看到了在那里等待他们的赵龙。

“三位道友，之前是必要的检查，还望三位莫要介意。”

赵龙微微一笑，抱拳开口，目光落在宋缺身上，他之前就看出此人不俗，有心拉拢。

宋缺闻言一笑，看出了赵龙对自己的重视，他内心很舒坦，一样抱拳笑起来。他知道对方绝非寻常士兵，一样有心结交，很快就说了自己的名字。

“宋兄可有兴趣加入我剥皮军？”彼此熟悉后，赵龙笑着开口。

“这个……”宋缺心底更舒服，表面上却迟疑了一下。

“无妨，此事宋兄也不必立刻答复，等你考虑好了，再告诉赵某就是，不过眼下你们三位的通关印记还需替换一下。你们的通关玉简内，有我第三军当年的印记，不过我第三军已换万夫长，所以你们要跟我走一趟，去我第三军驻地，把通关玉简内的印记替换一下。”

赵龙神色温和，他觉得宋缺是个人才，有心为白小纯拉拢宋缺，于是笑着开口。

“换了万夫长？”宋缺闻言一怔，他身后那一男一女也十分吃惊，他们对边墙虽然不是很了解，但也明白万夫长都是高高在上、尊贵无比的人物，一般不会轻易更换！

宋缺不敢造次，现在他敢和赵龙笑谈，若是在万夫长面前，他可不敢过于放松，他知道守护边墙的五大军团修士大都很可怕，尤其是万夫长，任何一个都是大人物。

他就算是天骄，在万夫长眼中，也如蝼蚁一般，想到这里，宋缺心底轻叹。

“不知我宋缺，这一生能否有机会，坐上万夫长这样的巅峰之位。”

宋缺心生向往时，也有些气馁，暗中鼓励自己，告诉自己，他此番归来，虽距离万夫长很远，但在同辈中，必定会引起轰动。他甚至很期待遇到白小纯，想着自己遇到白小纯后，一定要一脚将白小纯踩在脚下，让白小纯知道，谁才是真正的天骄。

想到这里，宋缺激动不已，他太期待离开这里，去寻找白小纯了。他发誓，这一次一定要让白小纯知道自己的厉害！

于是他赶紧点头，与身边两个同伴跟随赵龙去了第三军的驻扎地。

一路上，宋缺有心问询，迟疑之后，他示意身边的那个女子开口。女子与宋缺配合许久，知道宋缺的意思，便问起了关于万夫长的事情。

“你们不知道？那赵某就不多说了，说不定……我家大人还认识你们。”

赵龙笑了笑，结束了这个话题，带着宋缺三人回到了驻地。

在宋缺三人替换印记时，修炼的白小纯也到了关键时刻。密室内，四周的所有天材地宝都化作生机融入了白小纯体内。

白小纯一咬牙，使得那些生机在他体内翻滚起来。

生机如同海浪，渐渐成为滔天怒浪，从他全身多处经脉内涌出，最终在他的天灵盖处汇聚成一条惊天的水龙，向着最后一处经脉冲击过去。

轰轰轰！

外人听不到巨响之声，可在白小纯大脑之中，巨响足以撼动天地。

白小纯全身猛地一震，呼吸顿住，接着他似乎听到了阵阵咔咔之声。

他的头部仿佛有一扇门，在体内生机的疯狂撞击下，这扇门直接碎裂开来。

白小纯低吼一声，双手掐诀，再次一挥，更多天材地宝立刻飞出，被他一口气吸来，化作的生机又一次发起了撞击。

这一次更为惊人，轰鸣声中，白小纯大脑内的最后一处堵塞的经脉直接崩溃，经脉大通，生机流转全身。白小纯身体一震，他立刻感受到似乎有一个封印在自己的体内，如一座大山压着，让他很不舒服。

他之前没有被压制的感觉，眼下，随着生机流转全身，被压制的感觉就清晰起来。这种被压制的感觉他不陌生，当年他体会过。

“人体，第三层桎梏！”

白小纯呼吸略微急促，他明白，这代表自己触摸到了第三层桎梏！

第 527 章

万夫长居然是你

“下一步，就是要想办法突破这桎梏！”

白小纯深吸一口气，收回四散在经脉内的生机，他的身上顿时亮起黑芒。

那黑芒覆盖他全身时，一股强悍的肉身之力猛地爆发出来，越来越强，甚至在他握拳时，都可以听到砰砰声。

更为惊人的是他的速度。

他袖子一甩，开启密室后，向前走出一步。

这一步落下，白小纯的身体就消失了，不是瞬移，而是以一种极致的速度，走出居所，来到半空中。

他飞在第三军驻扎地的半空之中，看着面前缓慢扇动翅膀的一只飞鸟，他愣了，又看向整个天地，最终发现四周的一切都变得极为缓慢，唯独他一切正常。

白小纯心神震动，他立刻就感受到此刻自己的速度与瞬移相差不远了，所以才会出现这种诡异的变化。

“原来快到了极致……就是慢吗？”

白小纯喃喃低语，之后，四周的一切眨眼间恢复如常。

正是在这个时候，宋缺三人在赵龙的带领下，进入驻地的大门。

他们几人一抬头，就看到了远处半空中，一个身材修长，散发出惊人的气势，如神魔般的身影……

在宋缺三人看到白小纯时，白小纯低头，也看到了宋缺。

在这一瞬，二人的目光撞在了一起……

宋缺睁大眼，呆了一下，呼吸顿了顿，赶紧低头，在心底告诉自己，一定是自己看错了……他身体颤抖，不断告诉自己，一定是自己最近老想着要压过白小纯，所以出现了错觉。

“一定是这样……”

宋缺身体轻微抖动，压抑着呼吸，可就在他试图欺骗自己时，白小纯的声音热情地传来。

“缺儿！”

白小纯大喜，立刻精神抖擞起来，仿佛一只要去战斗的小公鸡。

宋缺甚至可以看到白小纯的眼睛瞬间亮了起来。

宋缺一听到“缺儿”二字，脑海轰的一声，瞬间一片空白，仿佛整个世界都消失了，唯独半空中的身影存在于整个天地。

他努力控制着自己的身体，却显得有些僵硬，面色急速变化，整个人傻站在那儿，如有无数天雷轰在自己身上，噼里啪啦的，让他觉得天旋地转。

白小纯大笑起来，落到地面上，迈着大步，向着宋缺三人走来。

在白小纯向前走去时，驻地内的第三军修士也察觉到万夫长出关了，立刻有一道道长虹猛地从四周飞出，首先出现的，就是一直在附近的白小纯的亲卫。

当首之人正是刘丽，她英姿飒爽，与数十个亲卫瞬间而至，出现在白小纯四周，目中带着尊崇，纷纷抱拳拜见。

“恭喜大人出关！”

宋缺身边的赵龙也神色严肃，快走几步，在白小纯身前抱拳深深一拜。

“恭喜大人出关！”

数十个亲卫接连拜见，白小纯笑声依旧，直奔宋缺而来。

与此同时，在驻地内，更多亲卫察觉到了白小纯出关，急速而来。其中有十个修士全身上下散发出结丹大圆满的气息，甚至每一个都十分威严，似乎他们每一个人跺跺脚，都可以让四方轰动。

这十人正是第三军的千夫长，李宏明也在其中。他们一刹那就到了白小纯身边，齐齐抱拳拜见。

“拜见万夫长！”

众人不断到来，纷纷拜见，白小纯都没有管，他迈着大步，来到宋缺的面前。

所有人都能感受到白小纯这一刻的兴奋。

“真的是你吗？缺儿，真的是你！缺儿……你怎么弄得这么凄惨，我以为我就够惨了，没想到你居然比我还惨。我来的时候，你小姑把你托付给我，我身为长辈，就要对你负责。虽然当初你无情地把我抛弃了，可姑父还是很大度的，这样吧，你别出去做任务了，你跟我混吧，我是万夫长，你来给我做亲卫！”

白小纯十分激动，他的确兴奋，那是看到故人的惊喜，尤其是想到之前骄傲的宋缺再次离自己而去，而眼下自己已经成了万夫长，加上暂时不能回逆河宗，重逢故人，他顿时有种荣归故里的感觉。

白小纯激动得快要爆炸了，他觉得人生能有如此经历，实在是值得啊！

宋缺身边的那一男一女也愣住了。他们目光呆滞，看着白小纯，白小纯衣着简单，看起来却充满威严。这一刻，那种上位者才有的气势在白小纯身上非常明显，明明修为不是元婴，可给他们的感觉似乎比元婴还要恐怖，尤其是四周修士的举动，还有那一声声万夫长，更让他们脑海嗡的一声，立刻意识到眼前之人是第三军的万夫长，但他们依旧有些难以置信。

他们立刻就认出了白小纯，毕竟大家都是星空道极榜的天骄，白小纯在星空道极榜内名气不小。可就算名气再大，他们也无法相信眼前所看的这一幕。二人怔在那里，只能连连吸气，甚至紧张起来。他们也是头一次知道，宋缺居然有如此来头，他的姑父竟是万夫长！

二人颤抖，良久后，下意识地低头抱拳，哆嗦着一拜。

“拜见……拜见……万夫长大人。”

在这二人拜见时，宋缺依旧茫然，这一切太突然了，他根本没有任何准备。前一刻，他还觉得自己必定会一鸣惊人，风头足以压过白小纯，可下一瞬，白小纯就出现在了他面前……

“白小纯……这怎么可能，你……你居然能成为万夫长！”

宋缺面色苍白，话说得断断续续，声调都变得怪异了，他不愿相信这一切是真的，他甚至觉得此事太滑稽了。

可就在他的话传出的刹那，赵龙等人纷纷皱起眉头，刘丽更是冷哼一声，随着她哼声传出，四周数百亲卫顿时也跟着不乐意了，谁都听出了宋缺的质疑之意。这些骄兵悍将纷纷散出煞气，眨眼间，煞气滔天而起，形成一股惊人的气势，猛地压向宋缺三人。

“好大的胆子，万夫长的名字岂是你随便叫的！”

赵龙低喝一声，他虽赏识宋缺，但是对方竟敢质疑自家大人，他立刻就翻脸，目中掠过杀意，煞气爆发！

李宏明等千夫长也皱起眉头，看向宋缺三人时，那种无形的杀意让这整个兵营仿佛化作了一头巨兽，随时可以吞噬三人！

那些人不善的目光让宋缺身后的一男一女心脏都差点爆开，两人面色苍白，尤其是那个女子，竟扑通一下跪拜下来，他身边那个中年男子也哆嗦着跪拜下来。这些人的煞气太强了，让他们有种感觉，若是自己不跪拜，怕是立刻就要形神俱灭！

宋缺颤抖着，面色惨白，这煞气对他而言，一样强大无比，可这一瞬，他已经不害怕了，他呆呆地看着这一切，怔怔地看着白小纯。在这一瞬，他内心的悲愤已无法控制。

“不可能……这一切不可能……”

第 528 章

他还是个孩子

他想到了以前，从认识白小纯的那一天开始，对方就一直压在自己头上，如同厄运笼罩在自己四周，怎么都无法挥散。

陨剑深渊的天道之气被夺，接着白小纯又在血溪宗成为血子，之后在逆河宗白小纯又是一人之下万人之上的少祖，而他宋缺，一次次挣扎，一次次试图逆袭，都失败了。

星空道极宗下的空城内，那是他鼓起勇气后的又一次挣扎，可……他还是被白小纯压着，到了星空道极宗后，他再次努力，依旧被压。

直至下了战舟，踏上了这片陌生的土地后，他才憋足劲，爆发自己的全部潜力，为的就是从此崛起，超过白小纯!

宋缺甚至还幻想过自己指着白小纯的鼻子告诉他，从此看到自己后，立刻就要离去!

可他无论如何都想不到，哪怕在边墙，自己竟还是被压着，且不是被压着一星半点，如今白小纯更是以万夫长的身份，出现在自己面前。

想到这一切，宋缺的眼泪止不住地流下。

眼看宋缺都掉眼泪了，白小纯也吓了一跳，赶紧走出几步，呵斥手下。

“你们干什么！收起你们的煞气，这是我侄儿，你们莫要吓到他，他还是个孩子。”

白小纯向四周修士开口，转头温和地望着宋缺，长叹一声，抬手摸了摸宋缺的头。

听到白小纯说自己是个孩子，宋缺额头青筋鼓起，悲愤中大吼一声。

“白小纯！”

他一口鲜血喷出，向后一仰，直接晕了过去。

这是他第二次晕了，第一次是在星空道极宗下的空城……

第二天一早，当宋缺醒来时，他阴沉地看着四周，狠狠地一咬牙，要离开这里，可刚刚走出房间，三个修士立刻就出现在他前方，其中一人正是赵龙。

赵龙面无表情地看了宋缺一眼，心底有些恼怒，冷哼一声。

“大人继续闭关去了，不过闭关前有令，你已入军，从此之后，你就是大人的亲卫之一，不得拒绝！”

宋缺猛地抬头，呼吸急促，神色有些狰狞。

“宋缺，记住你的身份，以你昨天的放肆程度，换了其他军士，被凌迟处死也有可能。大人念旧，不但没有处罚你，而且还对你另眼相待……可我赵龙身为大人的亲卫统领，绝不允许任何人对大人不敬！”

“你若继续桀骜不驯，为了大人，我只能送你上路了。”

赵龙深深地看了宋缺一眼，这些事情他没有请示白小纯，他也看出了白小纯与宋缺之间有问题，如他所说，他身为亲卫统领，有些事情必须遏制在萌芽状态，若宋缺真的不识好歹，就算白小纯日后怪罪，他也会出手，将其斩杀！

几年下来，赵龙跟着白小纯，早已将追随白小纯当成无上的荣耀，容不得别人半点不敬！

赵龙目中没有杀意，可宋缺清晰地感受到了赵龙的恫吓之意。

宋缺身体一震，他明白，对方说的是真的……

时间流逝，又过去了半个月，当宋缺咬牙忍着，开始接受成为白小纯亲卫的事实时，白小纯再次出关了。

这半个月，白小纯一直在修炼不死长生功，让自己无论是肉身还是修为都保持在巅峰状态。更重要的是，他在这半个月中，不断地将速度提升到极致，然后感受整个世界仿佛一下子慢了下来的感觉。

直至对世界慢下来不再陌生后，白小纯才出关，坐在书房里，看着千夫长一个个走进来，然后对他述职。

白小纯觉得自己是万夫长了，要听得很认真，直至一个个千夫长都述完职，赵龙才走进来，在白小纯面前一拜，汇报这段时间，发生在边墙内外以及第三军的事情。

刘丽此时正站在白小纯身后。相貌秀美的她，作为亲卫跟随白小纯多年，平日里对谁都是冷冰冰的，就算在白小纯面前，也是如此。不过，每当白小纯疲惫时，她都会走到白小纯身后，为其揉捏肩膀，放松身体。

“深坑内，至今为止，已发现了上百个巨大的洞窟，每一个洞窟里面都有一具惊人的骸骨，甚至出现了两个天兽魂……其中一个天兽魂被我方抢来，另一个天兽魂被蛮荒夺走。

“且半个月前已有消息传回，似乎在那上百个洞窟的下方，还存在一处更惊人的区域，如今已有不少人在寻找入口。”赵龙低声开口，接着状似随意地又说了一句。

“还有那个新进来的亲卫宋缺，这几天表现尚可，不过此人有反骨，曾多次出言不逊，卑职打算将他送去蛮荒的地宫内历练一番。”

白小纯看了看赵龙，摇头一笑。

“行啦，就不要害他了，我毕竟是他姑父，小孩子嘛，总是有些任性的。这样好了，你去准备一番，过几天我们去界城一趟，我成为万夫长后，也应该为我们第三军征召一些天骄过来。”

白小纯轻咳一声，这个计划在他心里已经酝酿很久了，这一次看到宋缺后，白小纯觉得有必要让更多人知道自己成了万夫长。

赵龙一听此话，顿时紧张起来，正要劝说，可看白小纯心意已定，沉吟片刻后只能称是，开始准备。

赵龙始终将白小纯的安危放在第一位，所以这一次外出，一口气调动了五千修士，还安排了五大千夫长随行。

数日后，白小纯打算外出边墙，去界城征兵的玉简就被送到了白麟那里，万夫长出行不是小事，需军主同意才可。

白麟拿着玉简看了后，立刻就明白了，白小纯一定是打算外出威风一番，让当年那些同伴知道他现在多厉害，这种事情，其他人也做过。

想到白小纯的性格，白麟叹了口气，没有阻止，而是传音给白小纯，叮嘱一番，还教了他一些行事的方法，听得白小纯目瞪口呆，没想到白麟居然还有这种经验。

“我们在前线杀敌，他们岂能没有表示，不过你也不可太过……”

白麟又嘱咐几句，这才同意白小纯外出之事。

又过去了两天，一切流程都结束后，边墙朝着通天海方向的大门缓缓开启。

随着城门开启，数千名穿着黑色铠甲的修士杀气腾腾地呼啸而出。

白小纯在这些修士中间，他穿着金色的铠甲，看起来非常威武，整个人踌躇满志，右手抬起一挥，大军立刻前行。

赵龙与刘丽守护在四周，宋缺也被带了出来，心不甘情不愿地跟随在一旁。五千修士在千夫长的安排下，在半空中分散开，如排兵布阵一般，前后左右地守护着白小纯，更有斥候提前去远方探察。

大军带着撼天的气势，向前压去。

哪怕距离很远，路人都可以感受到众人身上的煞气！

宋缺此刻心惊肉跳，他看着四周这一切，对于边墙修士的了解更多了一些。他对比了一下，绝望地发现，若是自己遇到了这样的大军，怕是眨眼间就会被轰杀得形神俱灭。

让他心里更不是滋味的是只要白小纯一声令下，这些人就会随白小纯奋力拼杀。

五千修士之中，有筑基修士，也有结丹修士，甚至还有元婴修士。这样一支大军出行，所过之处，无论是凶兽，还是恶植，全部开始颤抖，不敢靠近。

就算是奇异的云兽，也不会出现在五千修士面前，这等于找死。

他们几乎一路横扫，没有任何阻碍，距离界城越来越近。

第 529 章

锦衣界城

当年白小纯从界城去边墙时，虽然一行人少，但是需要避开一处处凶险的地方，因此速度无法快起来。

可如今，大军前行，更有阵法加速，他们只用了不到一个月的时间，就看到了远处的大地上屹立着一座城池。

这城池给人的感觉十分灰暗，正是界城！

在界城内驻扎着五大军团的修士，一旦边墙失守，那么这些修士将会以界城为依仗，展开反击。

白小纯身为万夫长，他的到来，界城军营内的五大军团修士是最先知道的。他们纷纷外出，等候在界城十里外。

除了他们，界城的城主以及城内几大势力的头领也提前外出，在界城十里外等候，毕竟来的是一个万夫长，这样的身份足以让任何人在意。哪怕城主是星空道极宗指派的人，也不愿意与军方交恶。

虽说在界城的军营中，也有万夫长，且还不止一位，而是四位，但这四位万夫长也十分客气。即便他们与白小纯身份一样，可一个在前线，一个在后方，战功不一样，地位也有很大差别。而他们之所以会留在界城，也是经过一番运作的，相比于残酷的前线，他们更喜欢界城。

此刻，界城十里外，等待白小纯的人足有上千，里面有一半来自五大军团，还有一半则是城主与其他势力的人。

大多数人都在交头接耳，相互议论要来征兵的万夫长。

“来者不善啊……”

“没错，以往都是千夫长到来，今天是前线的万夫长……而且还是新晋升的，这种人物，除非有任务，否则很少出现。”

“听说是征兵……你们信吗？”

城主是一个中年修士，虽然修为达到了元婴，但是身体圆圆的，一笑时看起来慈眉善目的。此刻，城主也在发愁。他虽修为高，但也知晓与五大军团的人相比，自己这点修为实在不算什么，自己之所以能在这里当城主，也是在宗门内打点后的结果。

他正在猜测即将到来的万夫长到底有什么事情，也在观察不远处界城的四个万夫长，看出这四人似乎也有些拘谨后，不由得更加惊疑。

就在众人议论时，忽然，远处有九道长虹急速而来，众人看去时，那九道长虹突然停顿，化作九个修士。

这九人一个个面无表情，身上有着惊人的煞气，虽然修为都是结丹，但是给人感觉不可小看。

“万夫长大人即将到来，有劳各位远迎！”

这九人先淡淡开口，然后在四周检查起来。

城主以及各方势力的头领，还有那四个万夫长，神色肃然，默默等待。

又过去了一个时辰，一声声奔腾之音惊天动地般蓦然从远方传来，众人神色变化，抬头看到一片气浪，这片气浪仿佛将整个苍穹都影响了，掀起无数涟漪，轰鸣八方。

很快，第三军的前锋军出现，一千前锋军，气势如虹，如同刀锋一样，所过之处，云雾都要退避！等待在此地的众人，都吸了一口气。

尤其是那四个万夫长，都十分心惊，将出现的那些人与自己手下的人对比之后，苦笑起来，真是有不小的差距啊！

前锋军出现后，后方的双翼大军渐渐出现了，仿佛两张拉开的弓，即将射出的利箭煞气滔天，让人心惊。白小纯的亲卫军以及后方守军陆续出现。穿着金色铠甲、闪闪发光的白小纯在这一刻，成为所有人的焦点。

随着大军慢慢临近，众人纷纷紧张起来。

白小纯激动无比，他看到了不远处等待自己的众人，内心充满感慨。

“想当初我第一次来到这里，进城后无人知道我是谁，可眼下我回来……所有重要人物都要来迎接。”

这一刻，白小纯觉得自己之前做的一切都值得了。

白小纯内心感慨。终于临近，他轻喝一声，大军齐齐停在了半空中。四周散开的那些斥候都急速回归，各自上报后，冷眼看向地面上的那些界城修士。

被那样一支铁血大军凝望着，包括城主在内的所有人，都有些紧张。

界城的四大万夫长深吸一口气，各自飞出，在半空中抱拳一拜。

“白道友，我等已恭候多时。”

白小纯闻言抬头，哈哈一笑，挥手分开前锋，使得这四个万夫长踏入军中。彼此见过后，介绍了各自的身份，因为大家都属于五大军团，再加上对方十分客气，甚至还送出了礼物，所以白小纯眉开眼笑，与对方笑谈起来。

地面上，界城城主发现各个势力的头领都在眼巴巴地看着自己，于是叹了口气，也立刻飞出，带着众头领拜见白小纯。彼此寒暄一番后，城主及头领也送出礼物，白小纯热情起来，在众人的邀请下，带着大军直奔界城。

“白老弟真是天纵奇才，小小年纪竟已成为万夫长，未来不可限量啊！”

“是啊，白大人当年在星空道极宗的壮举，我早就听说了。”

“大人真乃英雄，不知此番到来，有何贵干？只要我等能帮得上，一定义不容辞。”

一路上，听到众人说着诸如此类的话，白小纯心花怒放，对于自己来此的目的，却只字不谈，这一切都是白麟教他的。

从开始到来时的冰冷，到眼下绝口不说任务，都是白麟告诉他的，他越是如此，这里的城主还有各方势力就越忌惮。

事实的确是这样。白小纯到了界城后，走过被封锁的街道，看到四周的界城修士望着自己时，目中带着敬畏与渴望，他心中感慨更多。

来到界城后，白小纯几乎每天都会接受各方势力的拜访。

至于征兵之事，白小纯也没有放下，赵龙等人早就安排下去，寻找那些之前与白小纯在一艘船上的星空道极榜天骄，只要看到一个，就记录下来，将名字送到白小纯面前，只要白小纯点头，就立刻征用。

看着那些熟悉的名字，白小纯找了一圈，也没找到公孙婉儿与神算子，至于陈曼瑶，白小纯也能猜到，此女应该是回蛮荒了。

可公孙婉儿与神算子却不知去了何处，就算白小纯拿出玉简传音，也没有回应。

“公孙婉儿一向神秘，不管她了。不过，神算子去哪儿了？”白小纯十分诧异。

时间流逝，又过去了七天。

这一天黄昏，白小纯正琢磨要不要安排人去寻找神算子，忽然身材圆圆的界城城主就来拜访了。

“白老弟，你真是一个福星啊！”刚进来，界城城主就笑道。

“啊？”白小纯一愣，不知城主何出此言。

第 530 章

学会一招

“老弟，你一来，就靠威慑力立了大功。有人中饱私囊，居然扣留了去年的军用物资，现在因恐惧主动交代了，愿意将其全部交出来，甚至还交出他自己的家产，来换一命。我今天去查封，你不知道这家伙的家产有多少！其中有一根人参，都有九千多年的岁月了，你没看到，那一根根须子都晶莹剔透，每一个结节，都仿佛灵珠一样。可以说单是此物，就价值连城了。”

界城城主似乎十分震惊，说话时啧啧不已。

“九千多年的人参！这个真没见过……”白小纯睁大眼，吃惊地说道。

这种人参，若是拿来炼药，将释放出无限生机，对他修炼不死长生功效用太好了。

“老弟放心……”界城城主露出一副你知我知的表情，低声开口。

“那根人参，我已暗中送到了赵龙那里。想必一会儿我走后，赵龙就会呈上来，你可以好好地观赏。至于功劳，我也为老弟你准备好了，老弟回到边墙后必定会受到几位军主的赞赏。”界城城主微微一笑。

白小纯眯着眼，看着界城城主，在这一刻，他的内心掀起了波澜，仿佛醍醐灌顶一般，立刻就明白了一切，大有一种眼前之人是个人才之感。

这种手段让白小纯见识到了，只觉得仿佛打开了人生一扇新的大门。

“这是因他们身家不干净，又拿不准我来此地的真实目的是什么，害怕我暗中来查军用物资的事情……所以索性自斩一刀，给我送功劳的同时，又送我一份大礼，且全部过程完全不让人反感，天衣无缝，免去了日后可能出现的麻烦，高……

实在是高啊！”

白小纯缓缓吸了一口气，看了眼前这城主几眼，正要说些什么时，忽然他面色一变。

这一刻，他的储物袋内，身份令牌散发出刺目的光芒。白小纯立刻取出身份令牌，用灵识一扫后，他的脑海里顿时就响起了白麟的声音。

“万夫长白小纯，蛮荒大规模来袭，速速回归！”

听到白麟的声音后，白小纯神色大变，界城城主都看在眼里，迟疑了一下，正要问询，白小纯蓦然开口。

“赵龙！”

声音如天雷般传出，时刻守护在门口的赵龙急速而来，在白小纯面前一拜。

“通知下去，休整结束，半炷香后，全军出城，回归边墙！”

赵龙全身一震，立刻称是，赶紧通告下去。

“白老弟，这是……”界城城主有些心惊，赶紧问道。

“没什么大事，蛮荒又来战了。老哥，我就先走了，以后有缘再见。”白小纯哈哈一笑，抱拳之后不再理会城主，向着外面走去。

听闻白小纯要离开，界城城主内心狂喜，立刻恭送。

白小纯的要求是半炷香，半炷香后，五千修士集合完毕，白小纯挥手间，大军呼啸而出，直接从界城升空，向着边墙的方向急速而去。

可是就在白小纯带着五千修士飞出界城的同时，远处的天空中，两道长虹一前一后飞速前来，很明显，这是一场追杀。

前方长虹内的修士披头散发，虽没有伤势，但是因灵气枯竭，明显有些坚持不住，若非某种信念支撑，怕是早就求饶了。

“神算子，你竟敢抢我的魂，你找死！今天，谁也救不了你！”

神算子身后的追杀者是一个青年，这青年神色冷酷，整个人仿佛一块寒冰，目中充满怒意，他不惜消耗灵力，也要追杀神算子。

这二人，正是神算子与左道。

“左道，你别欺人太甚，明明是我先看到的，你却来抢！”

闻言，神算子咬牙低吼，不惜消耗体内的灵力，拿出一面小旗，狠狠一挥，速度顿时加快了不少，嗖的一声，直接远去。

隐隐地，神算子看到了远处的界城，还有界城半空中那群人的身影。

看到那群人后，神算子目露狂喜之情，这就是支撑他的信念所在。这些年他过得很凄惨，甚至因一次意外，他的储物袋碎裂，里面的一切物品，法宝也好，令牌也罢，还有传音玉简也都碎了。之后，他九死一生，好在不是完全没有收获，那可以加速的小旗，就是他那一次的最大收获，是一件重宝。

为了求生，他只能耗费灵力推算一番，竟算出自己的人生转折点在界城，这才一路赶来。途中他打探消息，得知白小纯在界城，而且现在是万夫长。

此事让他震撼了好久，他内心激动，双目冒光，打定主意要来投奔白小纯。

谁知，路上他却意外发现了一个元婴魂，惊喜中正要抓捕，左道出现，立刻就要抢夺。他也分不清到底这元婴魂是谁先发现的了，反正他拿到手里后，就开始玩命狂奔，好在有那面小旗，否则的话，左道早就追上他了。

眼下，远远地看到界城上的五千修士，神算子立刻就扯着嗓子，发出尖锐的嘶吼。

“少祖救命！左道要杀我！”

闻言，左道大吃一惊，他也看到了界城上空的大量修士，内心惊疑不定，看出这些人应该来自边墙，可他性格孤僻，不与人接触，对于白小纯成为万夫长的事情，还不是很清楚。

此刻，他有种不祥之感，脚步一顿后，目中杀意闪动，觉得不能让神算子跑到对方那里。他一咬牙，右手掐诀，面色竟瞬间红润起来，隐隐有一个巨大的掌印在他身前凝聚出来。

“谁也救不了你！”

轰鸣中，一股气势在掌印内爆发，向着神算子轰击而去。这是左道的撒手锏，在这灵力枯竭的区域施展，对他而言也是不小的负荷。他不愿轻易施展，因此才拖延到了现在。

神算子面色剧变，瞬间有了一股强烈的危机感，他面色惨白，意识到就算是自己用了小旗，也无法逃出，不由得有些绝望。

与此同时，白小纯也看到了这一幕，听到了神算子扯着嗓子的嘶吼，更看到了那巨大的掌印。

白小纯眯起双眼，来不及思考太多，向前走出一步，这一步落下，速度提升到极致，四周的一切都变得缓慢了，唯独他的身影化作一道长虹，直接到了神算子身边，出现在那巨大的掌印前方。

白小纯抬起右手，向着掌印一挥，轰轰之声震天，眼中的世界恢复如常，冲击波扩散出去，引起了不小的波动。

这一切发生得太快了，白小纯身边的那五千修士，没有多少人察觉，至于左道与神算子，就更无法察觉了，左道甚至连影子都没看到，就发现自己的掌印自行崩溃了。

之后，他才看到了不知何时出现在神算子前方，抬着手的白小纯！

左道倒吸一口凉气，脑海嗡的一声，感到难以置信。他一下就认出了白小纯，回想方才的一切，立刻明白白小纯是以瞬移般的速度，出现在了掌印前，接下了自己的撒手锏。

偏偏白小纯在接下自己的撒手锏后，看起来还毫发无伤。

左道心神狂震，五千修士看向白小纯时也很震惊，他们没想到，白小纯居然有这么快的速度。

以这种速度，若是白小纯去刺杀元婴修士，怕是完全没有困难！

神算子本以为自己这一次在劫难逃，整个人都在颤抖，结果却发现自己没死。看到白小纯的身影后，他整个人激动地跳了起来。

“少祖救命，左道要杀我！”

第 531 章

仿佛看到了自己

“你……为何要杀我的人？”

白小纯抬头，望着左道，慢慢开口。他此刻穿着金色铠甲，看起来十分威严。

左道死死地盯着白小纯，此刻他内心已然掀起大浪，不说白小纯身后的五千修士正急速而来，仅仅是白小纯方才爆发出的速度以及接下自己撒手锏的实力，便让他心惊。

他觉得不可思议，要知道，他可是星空道极榜第二，而眼前这个白小纯是第十，这才几年时间，对方竟蜕变到了这种程度，如何让他不惊？

“他抢我的元婴魂！”左道沉默几秒，咬牙开口。

“胡说，分明是你抢我的。少祖，是我先看到、打算孝敬给您的。”

神算子赶紧开口，从那面小旗内取出一个魂影，忍着心痛，递给白小纯。

“你！”左道眼神冰冷。

白小纯也头痛，他也分不清这二人到底谁抢谁，尤其是看到二人竟为了一个元婴魂大打出手，他不由得叹了口气。

“就为了一个元婴魂，你们至于吗？”

白小纯摇头，直接一拍储物袋，一刹那，就扔出了一百多个元婴魂……

这一百多个元婴魂一出，神算子和左道全部身体狂震，呼吸变得无比粗重，神色骇然，如傻了一样。

“这……这些……”

“天啊……”

眼看二人如此，白小纯有些得意，轻笑一声，劝说起来。

“大家都是同门，有什么好打的，不就是元婴魂吗？这一百多个，你们分了吧。”

此话一出，神算子就尖叫一声，立刻冲出，之前一个元婴魂都可以让他那么疯狂，更不用说眼下这么多了，他直接将那些魂收走了一半。他有心多拿，却不敢，拿完后，立刻就到了白小纯身边。

“少祖，我终于找到你了。你不知道，你不在的时候，我有多么凄惨……”神算子哀声道，眼巴巴地看着白小纯，一副你赶我走我都不走的样子。

此刻，白小纯手下的修士也都临近了。

“行了，当初你甩袖走的时候，也不见你如此表情。不过，我为人宽宏大量，你就跟着我吧。”白小纯扫了神算子一眼，撇了撇嘴，转身就要走。

神算子赶紧跟在白小纯身边，内心的感触已无法形容，对白小纯无比佩服。之前，白小纯在空城崛起还算是碰巧，可在边墙呢？当知道白小纯成为万夫长后，他的内心十分震撼。他在心底发誓，这一辈子绝对不再离开白小纯。

尤其是看到人群内的宋缺时，神算子立刻警惕起来。当年在空城，神算子是第一个跟随白小纯的人，受到了重用，如今却成了第二个，顿时视宋缺为竞争对手。

眼看白小纯等人离去，对方从始至终都没太注意自己，左道身体颤抖，看着那些魂，忽然有些悲愤，自尊心受到打击，他握住拳头，艰难地转头，竟没有要元婴魂，而是看向白小纯离去的背影。

“白小纯！”左道猛地大喊一声。

声音传出的刹那，所有修士齐齐回头，那一道道冰冷的目光让左道身体骤然僵住。

左道咬牙坚持，望向慢慢转身的白小纯。

“我想要加入边墙的军团！”左道眼神坚定。

白小纯看着左道的双眼，身体微震，依稀间，仿佛看到了当年的自己。那时的他，在边墙侧门旁，迈出脚，就听到了白麟那带着无上威严的声音。

那一刻的自己，想必也是这么执着，渴望为宗门抛头颅洒热血，这一切让白小纯感慨万千。

“看来，左道与我是一类人啊，都是那种为了大义，不在乎个人得失之人。”

白小纯看着左道，内心变得柔和，目光却越发冷厉起来。

他脑海中浮现出白麟当年的样子，于是抬起下巴，背着手，这一刻，那一套金光闪闪的铠甲衬托出了他非凡的气势。他目光炯炯，凝望左道。

“我问你，你真的想要加入我剥皮军吗？”

白小纯沉声开口，无论是语气还是言辞，都与当年的白麟很相似，充满威严，似带着某种言出法随之力，让人听了后，心神震动。

“我……”

左道大声开口，任何人都可以看出他目中的坚定，只是他话还没说完，白小纯就开始盯着他。

“想清楚，再回答。”白小纯平淡地说道，声音如天雷，震得左道呼吸急促。

左道咬牙开口：“真的！”

“你很像当年的我，也罢，我身为边墙五大军团剥皮军第三军万夫长，有权力征用任何人，加入军团，从现在开始，你就是我麾下军士！”白小纯袖子一甩，淡淡开口。

“征用五年，每年待遇是你在星空道极宗的两倍！至于其他奖励，你拿战功去换！白某还可以给你一个承诺，你若立下大功、成为万夫长，你可以征用任何你看中的人成为剥皮军的一员！”

说完，白小纯深深地看了眼左道，心中慨叹，越发觉得，这一刻的左道与当年的自己实在太像了。

“当年的我应该就是他现在这个样子，那么有朝气和冲劲儿，那么与众不同。”白小纯干咳一声，心底美滋滋的，转身一晃，带着所有修士直奔远方。

归去时，白小纯等人快了许多，毕竟白麟下了命令，让白小纯带人用最快的速度赶回。当白小纯带着大军远远地看到边墙时，他也看到了边墙外，那遮天蔽日的血色雾气以及雾气内，以法术形成的女子的面孔。

那女子面容绝美，却充满威严，似高高在上，视众生为蝼蚁，更仿佛与苍穹融合在了一起，散发出让所有修士都心神震颤的天人之威。

这女子正是边墙必杀榜上，排在第一位的红尘女。

此刻与红尘女交战的正是三眼老者陈贺天，二人在半空中交手，传出轰鸣巨响。顺着二人交战的方向看去，可以看到在更远的天地间，有大量巨人、魂修，还有不少炼魂师。

哪怕有阵法光幕阻隔，依旧能听到轰鸣之声从边墙外闷闷地传来，还有众多厮杀的声音，也在空中回荡。

光幕波动，五大军团齐齐出动，在光幕内组成阵法，不断反击。一道道强光从边墙上的战车上射出，每一次落下都引起四方震动。

还有高塔巨目也是如此，威力更大。这一次，蛮荒一方组织了比上次更为庞大的兵力，依旧无法一鼓作气地攻上边墙。

而更远处，天地间存在三个巨大的旋涡，此刻正有数不清的巨人带着滔天杀意，从其内疯狂地冲出。

唯独没有冤魂！

很显然，蛮荒一方一时之间还无法破解聚魂丹，这一次，索性没有凝聚冤魂，而是依靠巨人来发起进攻。

这一切落入白小纯目中后，白小纯吸了一口气，可如今他身为万夫长，知道自己不可畏惧，于是一咬牙。

“第三军，速回边墙！”

白小纯大吼一声，带着第三军直奔边墙而去。神算子与左道在旁边，目睹这一切后，都心神狂震。

神算子面色大变，眼珠子都差点瞪出来了，双腿颤抖，心底悲呼。他发现这里太危险了，可自己之前已发誓要跟着白小纯，若是反悔，怕是白小纯第一个就不放过他，于是心底哀叹更多。

至于左道，他的呼吸立刻急促起来，很快，眼神就变得狂热起来，似乎被大战刺激了，全身热血沸腾。

很快，白小纯就带着麾下修士，顺着边墙的侧门，踏入了主城内。他一声令下，集合了第三军全部修士后，奔向前线。

这一次战争，由于蛮荒没有出动冤魂，因此聚魂丹没有了用武之地，至于丹炉自爆，因为数量少，所以在如此大规模的战争中，也很难发挥出很大的作用。

不过，好在有大丹炉存在。毕竟这是白小纯的立身根本，他这段日子虽忙着抓魂，但也没有耽误炼制丹炉。如今大战展开，被封印的大丹炉自然会出现。

随着一声声轰鸣响起，大丹炉很快就消耗得差不多了，毕竟大丹炉数量有限。

且蛮荒一方这一次准备得很充分，那三个巨大的旋涡内，不断有魂修冲杀出来，显然这一次来的不止上百部落。

整个战场上，巨人怕是不下百万，轰鸣之声回荡。巨人一个个面色狰狞，甚至不惜自爆，也要让阵法光幕扭曲。

第 532 章

我委屈啊

可诡异的是，任凭蛮荒如何强势进攻，白麟等五位军主都没有下令让麾下修士如上一次般厮杀，而是下令禁止所有人踏出光幕半步。

光幕退，所有人同时退！

唯独对穿透光幕而来的炼魂师，进行围杀！

于是在战场上，形势仿佛一边倒，无数巨人嘶吼而来，不断地轰击光幕，使得光幕不断收缩。

而光幕内的五大军团修士也在飞速后退，慢慢地，竟退到了边墙下，到了这个时候，五大军团的修士大都紧张起来，白麟等人却似乎在等待着什么，依旧不允许麾下修士冲出去。

“差不多了……”

白麟神情略带紧张，眼中充满期待。

就在五大军团退无可退的时候，高塔巨目突然猛地闪烁起来，接着巨目之上出现了一只虚幻的蝙蝠！

在蝙蝠出现的刹那，阵阵刺耳的笑声从蝙蝠口中传出，与此同时，这蝙蝠猛地张开口，冤魂从其口中猛然飞出！

一缕、十缕、千缕、万缕……冤魂之多，无法计算，仿佛那蝙蝠的大口是无底洞一般。眨眼间，就有上亿冤魂疯狂地冲出来，飞越边墙，穿过阵法光幕，向着百万巨人嘶吼而去！

一切还没有结束，更多冤魂从蝙蝠口中疯狂而出，一亿、两亿、三亿……眨眼间，就达到了五亿！

这一幕立刻让五大军团修士纷纷睁大了眼，感到不可思议。

蛮荒一方更加难以置信，巨人也好，魂修也罢，还有那些炼魂师，在看到这一切后，几乎全都目瞪口呆，骇然失声。

“这……这……”

“不可能！”

“天啊，居然有这么多的冤魂，冤魂不是我们的吗？边墙怎么可能有如此多的冤魂？”

“就算边墙那边不断积累，也难以找到这么多啊！”

轰鸣之声顿时滔天，蛮荒骇然震动，这在所有蛮荒修士看来实在太不可思议了，甚至认知都被颠覆了，毕竟以往都是己方驱使冤魂进攻边墙。

可眼下，一切都反了过来，居然是边墙一方驱使冤魂，来攻击蛮荒一方！

最重要的是，五亿冤魂，这数量甚至超过了上一次大战中蛮荒聚集的冤魂的数量，看着无边无际的冤魂，蛮荒一方的人全部身体颤抖，齐齐傻眼，很快就目露恐惧。

眨眼间，随着五亿冤魂冲出，那些靠近光幕的巨人首当其冲，无数的魂直接钻入他们体内，巨人发出凄厉的惨叫，身体轰的一声直接爆开。

也就是几个呼吸的时间，就有数万巨人的身体爆开。

而那些魂依旧在向前冲击，使得战场上原本占据了有利局势的蛮荒大军，顿时就被冲散了，一时之间，战场彻底大乱起来，任凭那些魂修如何怒吼，也于事无补。

就算那些炼魂师一个个眼珠子都红了，拼了命要反操控冤魂，也没办法。冤魂的数量太多了，他们根本就无法撼动。

最重要的是高塔巨目上的蝙蝠口中还有无数冤魂，疯狂地冲杀出来，加入战场，仿佛形成了弥天的魂潮大浪，势如破竹，无坚不摧！

“是白小纯当日祭献的魂！”

“我想起来了，是白大人的魂！”

“哈哈，真是前所未有之事，这还是我边墙大军首次驱使冤魂反攻蛮荒！”

五大军团的修士全部无比振奋，热血沸腾。

就在五大军团修士内心激动时，白麟等五位军主一个个仰天大笑，他们等的就是这一刻！

“剥皮军全体，随白某杀！”

白麟狂笑不止，话语还在回荡，人已冲杀出去。其身后的剥皮军齐齐冲出。

五大军团如同五把利刃，在这一刻出鞘杀去，趁着蛮荒军团大乱之时，以冤魂为掩护，杀出光幕，杀入敌方之中。

而阵法光幕也猛地光芒闪耀，不再收缩，向外扩张开来，大有横扫一切的气势。

“白小纯！”

一声凄厉的嘶吼从红尘女口中传出，那声音带着仇恨，更有滔天杀意。

不单红尘女明白了这一切，蛮荒其他人听到五大军团的声音之后，也明白过来，这一切显然与白小纯有关，顿时开始怒吼。

“白魔不死，蛮荒耻辱！”

“白魔，我与你不死不休！”

“白小纯，你若落在我手，必让你哀号千年！”

这些声音传出的时候，白小纯正好带着麾下五千人踏上边墙，就听到了外面震天的谩骂，不由得愣了一下。

“我又怎么了？”

白小纯诧异地看向边墙外那数不清的冤魂以及溃散大乱的蛮荒大军，他使劲地揉了揉眼，情不自禁地吸了一口气，被这一幕震撼了。

他身后那五千修士，看着边墙外的一幕幕，呆了呆后又看了看白小纯，一个个神色古怪。

神算子明显既震撼又讶异，他不知道这一切是什么原因，却听到了外面无数敌人的嘶吼，看向白小纯时，只觉得头皮发麻，浑身颤抖，目中充满崇拜之情。

“少祖果然非同凡响，不单成了万夫长，还能让蛮荒的人恨到如此程度！”

左道也傻眼了，这一切对他的冲击实在太大了。

白小纯心惊肉跳，觉得有些出乎意料，回头时注意到了高塔巨目上的蝙蝠，又看到了四周众人看向自己时的目光。

白小纯眼睛一亮，立刻意识到，这是一个绝好的出风头的机会，他顿时就精神百倍，挺起胸膛，下巴微扬，傲视下方。

“区区蛮荒之人，我白小纯哪怕不在这里，一样能让他们灰飞烟灭。”

白小纯背着手，淡淡开口，听着蛮荒之人的怒骂，听着来自五大军团的欢呼，觉得这一刻的自己已经超越了天地……

就在这时，天空中，正在与陈贺天交手的红尘女死死地盯着边墙上的白小纯，恨得咬牙切齿，上一次大战就是因白小纯而失败。

这一次，蛮荒大军溃散同样是白小纯造成的，又回想这几年的战争，都是如此，她真是恨不得把白小纯生吞活剥。

可是她明白，有陈贺天拦着，自己根本就无法击杀白小纯。

“蛮荒听令，以我红尘之名，将必杀榜首位——白小纯的悬赏加倍！悬赏为完整的金木水火土五行天兽魂！全世界通缉白小纯，无论是我圣族修士，还是边墙修士，不论是谁，不问来历，不论身份，只要击杀白小纯，都可获得悬赏，且我红尘以自身修为发誓，绝不食言，绝不透漏对方的信息，若违此誓，让我红尘修为倒退，形神俱灭！”

红尘女仰天发出尖厉之声，接着天雷轰鸣，似乎在见证她的誓言。能引动天雷，说明此誓是红尘女的道誓！一旦发出，绝不会食言！

她的声音回荡在天地，扩散至整个战场。瞬间战场上的厮杀声都变小了，随即无数人的呼吸声急促传出，刹那间所有目光纷纷凝聚于白小纯身上。

一道道目光齐齐地看向白小纯，有来自蛮荒的，也有来自五大军团的！

这悬赏实在太重了！完整的五行天兽魂，那可堪比一份天人魂……无论谁得到，都可以用来结婴。

且有誓言存在，击杀白小纯后，保密之事也有一定的保障，这就让不少人内心狂跳，呼吸都不稳了。

眼看那一道道目光聚集在自己身上，感受到这些目光里的贪婪以及隐晦的杀意，白小纯面色陡然变化，身体有些颤抖，下意识地一拍储物袋，一套套战甲顿时飞出，穿在了他身上。

此刻，他再也没有了半点出风头的想法，整个人都不好了。

“这一次真的不怨我啊，谁知道那大蝙蝠居然还会吐魂……”

白小纯委屈极了，紧张得不得了，内心懊悔万分，这真是无妄之灾啊！他觉得背后凉飕飕的，有种小命随时不保的感觉。

“我冤枉啊！”

第 533 章

出大事了

整个战场，形势逆转，随着五大军团杀出，随着无尽的魂潮势如破竹地冲去，蛮荒一方不断败退，厮杀声、惨叫声，种种声音在天地间回响。

大地被鲜血染了颜色，苍穹更是昏暗无边，那一道道在死亡前看向白小纯的目光，带着仇恨，带着疯狂，让白小纯的面色越发难看。

他是真心觉得委屈，之前聚魂丹也好，炸炉也好，他都认了，可这一次，他真的觉得与自己关系不大，他也查看了自己的令牌，发现战功根本就没增加。

"没有增加战功，黑锅却背在了自己身上，这不对劲啊！"

白小纯提心吊胆，越想越觉得自己似乎被坑了。

就在他内心纠结时，远处那三个巨大的旋涡内，突然光芒骤闪，有天雷之声从其内传开。

紧接着，左侧的旋涡内猛然间伸出了一只漆黑的大手，此手有九指，庞大无比，仅仅一只手就足有千丈长。

那只手伸出之后，一把抓住一个巨人，如捏一只小鸡一样，向着五大军团这里狠狠地一扔。

这巨人惨叫一声，化作了一道长虹，在临近五大军团时，轰的一声爆开，形成冲击。

紧接着，那惊人的大手竟不断地抓着巨人扔过来。

右侧的旋涡内一样伸出了一只大手，同样是九指，同样漆黑无比。这两只大手伸出后，中间的旋涡内居然钻出了一个硕大的头颅！

这头颅顶上有一根黑色的角，没有眼睛，只有一张血色大口，如同恶鬼一般！

这头颅钻出后，发出了让天地颤抖的惊人咆哮。

嗷——

这声音化作音浪，压过了天雷，更压过了战场上所有的厮杀声，掀起了无形的波纹，所过之处，巨人竟无法后退，更让五大军团的修士面色骤变，身体摇晃，如被狂风横扫。

远远一看，那三个旋涡仿佛窗口，伸出的头颅与双臂给人一种窗口后面还存在一个世界的感觉。

尤其是那些魂潮，在音浪的冲击下，竟然被生生冲出了一个凹形！

这一幕让白麟等人以及陈贺天面色一变，若仅仅如此，显然还不足以让蛮荒挽回败局，而这一次的战争，是蛮荒发起的，因此蛮荒一方必定早就做好了准备。

哪怕因魂潮出现，蛮荒大军险些崩溃，蛮荒一方也必然还有后手。事实的确如此，在那头颅出现之后，战场上竟直接出现了上百个这样如窗口一样的旋涡。

随着窗口旋涡的出现，一只只手臂、一个个头颅竟陆续钻出，吼声震天，轰动战场的同时，也让那些陷入混乱的巨人目露疯狂。巨人仿佛被勾起了内心的欲望，如发狂般，一个个不再逃遁，而是转头咆哮着，不畏生死地向着五大军团杀来。

白小纯神色严峻，这一次蛮荒的准备比之前完善太多，这一切让白小纯有种不妙之感，他来不及多想，抬起右手，蓦然一指。

“第三军，操控边墙法器，齐力击杀那旋涡恶鬼！”他身后的五千修士立刻散开，领命而去。

整个战场，在这一刻，风云再起！

怒吼声此起彼伏，阵法光幕也不断扭曲，双方直接对抗起来。

虽然边墙一方在人数上不如蛮荒，可边墙一方有魂潮配合，又有光幕守护，渐渐占据了优势，可代价极大。

蛮荒一方陷入了疯狂之中，那种不惜自爆也要杀人的战法，让边墙一方损失不小，形成胶着状态。

整个战场每时每刻都有修士战死。

战斗极为惨烈！

此刻已是黄昏，陈贺天与红尘女也战得眼红了，二人无法关注战场的变化，已然进入你死我活的阶段。

白小纯身体颤抖，他麾下的军团，一半在战场上，一半在城墙上，都在奋战，随着一道道光线射出，他知道，自己应该出战了。

就在白小纯准备带着不少修士冲出的瞬间，突然整个大地猛地一震，远远看去，在极远的天地间，那里原本只有一道黑色光柱。

可就在这时，随着大地震动，一声天崩地裂的巨响从远方传来。这声音太大，仿佛天地掀起了风暴，云层崩溃，山峰碎裂，无数植被被摧毁……

即便是边墙，哪怕距离不是很近，可这声音传来时，依旧超越了惊雷，超越了恶鬼的咆哮，仿佛成了世界的唯一！

轰！

声音扫过，所有巨人都喷出鲜血，五大军团所有修士，一样喷出鲜血，被这声音震得双耳欲聋！

白小纯嘴角溢出鲜血，骇然抬头看去，立刻发现在极远的天地间，黑色光柱的旁边竟出现了第二道光柱！

第二道光柱冲天而起，直接轰向苍穹，形成无数波纹，扩散至整个天幕。

战场上的双方，此刻都惊疑不定。

“多了一道光柱！”

“这……这是怎么回事？”

“发生了什么事情？”

就在交战双方一个个色变的同时，白小纯也面色变化，那种心惊肉跳的感觉更强烈，可还没等他反应过来，大地就再次震动起来。

巨响接着传出，使得蛮荒与边墙的修士再次被震得喷出鲜血，第三道光柱轰鸣而起！

这一刻，所有人都蒙了！

甚至连苍穹上的陈贺天与红尘女也面色变化，无心交战，齐齐后退，骇然地看向远处。

“发生了什么事情……”

“竟多出了两道光柱！”

可这一切并没有结束，在双方目瞪口呆时，第三声巨响、第四声巨响、第五声……陆续传出。

一连八声，一次比一次强烈！

大地震动得仿佛要翻转过来，苍穹似乎也要四分五裂，更不用说地面上的山峰了，它们瞬间如被一只大手抹去，一触即溃，灰飞烟灭！

天地剧变让所有人都站不稳身体，不少人七窍流血、委顿于地，甚至还有一些巨人与边墙修士，因受伤而被生生震毙！

就连阵法光幕也都在这八声轰鸣下，仿佛要崩溃开来。最让白小纯骇然的是他看到坚固的边墙，在这一刻，竟出现了数道裂缝！

“这……这……”

白小纯神色变化，远处的天地中，随着声响回荡，一道道光柱不断冲天而起。

第四道、第五道、第六道……眨眼间，天地中赫然出现了八道黑色光柱，与之前的那一道加在一起一共九道！

九道光柱冲入苍穹，仿佛形成了某种阵法，要将苍穹分离，撼动众生。

陈贺天呼吸急促，红尘女双眸收缩，战场上，蛮荒一方也好，边墙修士也罢，一个个仿佛忘记了开战，全都七窍流血，蒙在原地。

白小纯一样鲜血喷出，他看着那九道黑色光柱，心神狂震，隐隐有种不好的预感。

“要出大事！”

第 534 章

天人魂的消息

就在九道黑色光柱惊天而起的同时，陈贺天与红尘女先后从身上取出传音玉简，显然是有人向他们传音。

之后，陈贺天与红尘女面色大变，呼吸都急促起来，猛地抬头，彼此凝望对方，很快，竟相互传音。

也就是几个呼吸的时间，二人仿佛达成了共识。陈贺天猛地一挥手，向着下方威严地说道："五大军团退兵！"

在他开口的同时，红尘女也目光一变，看向蛮荒大军，一样冷静地开口："圣族退兵！"

以他们二人的身份，宣布退兵后，这场大战自然无法继续下去。

蛮荒一方纷纷退后，尽管他们都有些费解，可每当他们看向那九道黑色光柱时，都忍不住心惊。

边墙一方也是如此，五大军团修士内心升起无限猜测，可显然，能让两大天人达成共识，放弃开战，一定是出了大事！

而这大事十有八九与九道黑色光柱有关联！

在蛮荒一方退兵时，白麟等人也传令下去，五大军团缓缓后退，直至回到边墙时，远远看去，黄昏已散，黑夜降临，蛮荒大军已在夜色中彻底远去。

陈贺天消失了，再次出现时，已是数个时辰之后。他似乎是从外面归来的，即便已经是深夜，依旧立刻召唤了白麟等五大军主，在高塔内议事。

在陈贺天消失的数个时辰里，五大军团回到了各自的驻地。

白小纯带着麾下第三军回到驻地后，抬头看向远处天地间的九道黑色光柱，他内心升起不安与忐忑。

“到底发生了什么事情……”

白小纯看向那九道光柱，有了一些紧张感。

“那第一道光柱，其他人不知道怎么回事，我可是知道的，那是因为我……拿了太多的魂，引出了一个大的才造成的。难道……有其他人招惹了那个恶魂？或者说，地宫中有了什么剧变？”

白小纯越想越觉得自己的猜测是对的，毕竟这段日子，不管是边墙一方还是蛮荒一方，都派了太多的人去那里查看。

“又或者……那个恶魂跑出来了？要来抓我！”

白小纯意识到这一点后，紧张得嘴唇都有些发干，赶紧四下打量，心头发颤，一想到恶魂的恐怖之处，白小纯就觉得自己严重缺乏安全感。

“怎么办……希望不是啊！”

白小纯哭丧着脸，心底连连叹息。

陈贺天与白麟等人的谈话持续了一个时辰，一个时辰后，当白麟等人从高塔内飞出时，他们一个个都目中冒光，心中似乎十分激动。

“剥皮军万夫长，速来本座议阁！”

回到军营后，距离天亮还有一些时间，白麟做的第一件事情，就是立刻召集其麾下的万夫长。

白小纯接到命令后，迟疑了一下，琢磨着要去打探一下，于是带着紧张与不安，深吸一口气，立刻飞出，直奔白麟所在的建筑而去。

很快，他就看到了其他九位万夫长，很明显，他们内心都很疑惑，相互之间抱拳后，彼此没有交谈，继续飞向白麟的府邸。

当到了白麟的府邸后，白小纯与其他九位万夫长向白麟抱拳一拜。

“出了大事！”

白麟抬头，目光如电。看到白小纯等人后，他说的第一句话就让众人心头一凛。

尤其是白小纯，更是内心一颤，生怕白麟下一句会说有个恶魂跑出来了。

“发现了……天人魂！”

不等众人询问，白麟难掩激动，立刻开口。

此话一出，除了白小纯外，其他万夫长纷纷心神一震。

“天人魂！”

“这里……居然真的有天人魂！”

“老夫在边墙多年，只当天人魂是个传说，从来没亲眼见过！”

哪怕这些人已结婴，天人魂的价值依旧让他们心动。

白小纯则心头一松，他有天人魂，知道天人魂什么样子，当日那个恶魂虽强悍，但不是天人魂，白小纯琢磨着只要不是那个恶魂跑出来，自己就没事。至于天人魂，来到边墙之后，他就知道了，天人魂可以说是无价的！

一份天人魂可以换取完整的金木水火土五份天兽魂，凑成五行，可若反过来，用五行天兽魂换取天人魂，这天下几乎无人会换。

天人魂实在是太少太少了。

无论是谁拥有了，都会秘而不宣，想尽办法再去获取另外四份，只是此事太难太难，至今为止，只有通天岛的天尊做到过，其他人从来没有做到。

甚至有传言，天尊不喜欢有人在他之后，以天人魂结婴！不过这毕竟是传言，若天尊真的不愿有人以天人魂结婴，想要绝了此路也很简单，就不会给人希望。

这种似是而非的说法让人捉摸不透。

白小纯没有考虑太多，他更在意的是自己的小命，此刻，他偷眼看了看其他几个万夫长的神情，内心多少有些得意。

“不就是天人魂吗？有什么，我口袋里就有两份。”

白小纯内心这么想，表面却装得与其他人一样，无比狂热。

白麟很满意众人的反应，他之前听到陈贺天说出此事时，也很吃惊，不过他吃惊的，不是天人魂本身的价值，而是陈贺天说出了一件与天人魂有关的事情！

白麟其实不想说出来，可又琢磨着，此事自己不说，其他几个军主也会说出来，毕竟这一次的天人魂，他志在必得，而他最大的竞争者就是其他四位军主，想要获得天人魂，他需要有人相助，于是他神情肃然，声音低沉地开口。

“天人魂，凑成五份后，不仅可以让修士结天道元婴，而且可以增加元婴修士冲击天人境时成功的概率！

“哪怕一份天人魂，也能增加成功的概率，若是能弄到五份，凑成五行天人魂，冲击天人，成功的概率极大！”

白麟此话一出，白小纯还是觉得没什么，可其他几个万夫长的眼珠子都快瞪出来了，纷纷吸气。这一刻，他们不是简单的心动，而是脑海嗡的一声，身体都颤抖了一下。

“在冲击天人时，增加成功的概率……”

“天人魂竟有这种奇效！”

白麟目光扫过众人，没有继续说话，而是观察众人的神色。除了白小纯外，其他九位万夫长里，有三人面色如常，两人神色微变，还有四人则神色剧变。

同时，他也看到了白小纯的淡定，他立刻明白，此事对元婴修士而言，吸引力极大，可对白小纯来说，反倒不如结婴来得重要。

殊不知，白小纯之所以淡定，是因为他已经有了两个天人魂。

白小纯眨了眨眼，看了看白麟，又看了看四周其他几个万夫长，若有所思，干咳一声，向着白麟抱拳一拜。

“军主，这可是一个好机会啊，若军主能获得天人魂，岂不是天人有望？”

白小纯此话一出，那几位内心激荡的万夫长也强行让自身平静下来，天人魂虽好，但他们都明白，自身的修为距离冲击天人还很远，就算获得了天人魂，消息也一定会传开，最后还是保不住。

而最有可能保住天人魂，甚至成功突破的，只有眼前的军主白麟。于是其他万夫长纷纷明白了白麟之意，知道白小纯在提醒自己。

实际上他们也是被天人魂的作用震撼，一时乱了心神，此刻看到白麟目中的冰冷，暗中对白小纯很感激。

就连那几位神色变化不大的万夫长，也多看了白小纯几眼，其中一人，沉吟片刻后，向着白麟抱拳问道。

“军主，不知天人魂在何处？”

第 535 章

名单

白麟先是似笑非笑地看了看白小纯，对于白小纯的提醒，他很赞赏，有些话，他自己说出来未免不大好，随后看向发问的万夫长，点了点头。

“你们也看到了那几道黑色光柱，想必都猜到是地宫出现了变化。如今那里应该已全部坍塌，露出了一个真正的入口。入口内存在一处迷宫！迷宫外有石碑，上面清晰地写着，若能通过迷宫，又通过考验，可获天人魂！”白麟缓缓开口。

众人沉默，白小纯则内心一震，之前原本松了的弦，此刻又绷起来了，此事与他之前的猜测有些吻合，是他最不想听到的答案。

一想到天人魂所在之处，正是自己搜集冤魂的地方，这一次的事情或许真是他引起的，他就觉得心里发慌。

白麟继续开口：“陈贺天前辈有令，当下一个黄昏到来时，他会选三万人随他出发，前往迷宫！至于具体前往人员的名单，现在还未公布。因为边墙安全不可忽视，所以会由陈前辈安排人选，之后才会公布。

“本座虽然也会去，但是不进迷宫，而是与其他军主带领大军压阵，防止蛮荒突袭，且高塔真灵也会出现，以防万一。

“你们回去后交代一番，总之，我剥皮军去的人，谁能给本座带回天人魂，本座必定会厚报他所在军团的万夫长！”

白麟说完，白小纯心里猛地咯噔一下，他不在乎天人魂，只在意自己的小命。

此刻一听这么多人去迷宫，白小纯就紧张起来，一想到那恶魂的可怕，又想到蛮荒如今对自己的悬赏，他的心都提到嗓子眼儿了，生怕自己被安排进去。

“这么大的事，我修为低弱，应该不会让我去吧……”白小纯赶紧安慰自己，可还是觉得不放心，看向白麟。

“军主，这事怎么听起来不对劲呀，又是迷宫，又是石碑，竟还清晰地写着天人魂，我觉得，十有八九有诈，这不会是蛮荒弄出的陷阱吧！”白小纯故作谨慎地开口道。

“卑职之前也在考虑这个问题，而且就算我们中有人得到了天人魂，陈前辈若是索要……还有，军主，不知这消息是否可靠？”白小纯说完，身边的一位万夫长也问了一句。

“此事我等之前与陈前辈商议时，也提过，陈前辈曾暗中去过那里，早已确认那里并不是陷阱，至于具体情况，他也没有多说，不过我们五位军主与陈前辈有约定……”白麟微微一笑。

“我们同意他老人家选出三万人前往，而他老人家也同意，最先得到天人魂的一方将得到他的保护与认可！至于消息是否可靠，这就与我们五位军主与他老人家的约定有关了……因为这消息是从陈前辈的弟子赵天骄以及女儿陈月姗那里传回来的，这二人之前去蛮荒试炼，归来时正好遇到第一道光柱出现，在陈前辈的命令下前去查看。如今，他们二人生死未卜，应该是被困在了迷宫中，故而中断了联系。而且，据说那迷宫极大，仅凭个人之力，怕是很难搜寻全部的地方，所以，随陈前辈去迷宫的三万人，除了要获得天人魂外，还有一个任务，就是找到赵天骄与陈月姗，保护他们的安全。”

白麟缓缓开口，白小纯听闻此话，内心起了一些波澜。

“赵师兄……”

白小纯眼前立刻浮现出赵天骄的身影，一想到那恶魂的恐怖之处，他的呼吸不由得急促了一下，神色有些担忧。

交代完事情后，白麟让众人离去。白小纯一路纠结，一方面担心赵天骄的安全，另一方面也在紧张名单内是否有自己。

“有那么多人去找赵师兄与陈师姐，只要他们还活着，应该不会有大问题……千万别选我啊！”

白小纯忧心忡忡，长叹一声，回到军营后，坐在房间里，患得患失起来。

“一定别选我，若我去了迷宫，蛮荒的人看到我，一定会发狂的……尤其是远离边墙后，保不准五大军团的修士会起贪心啊！”

白小纯一想到之前战场上，红尘女宣布悬赏后，五大军团修士的目光，他就心底发寒，忧虑重重，可一想到赵天骄，他又有点担忧和自责。他觉得，赵天骄与陈月姗的处境或许与自己有一定的关联。

随着天色渐亮，白小纯独自在屋舍内，没心情做任何事情，他在等名单出来，心底纠结，不断地祈祷。

与此同时，高塔内，陈贺天面色阴沉地盘膝打坐。他心中焦急，更有些后悔，毕竟当初若不是让弟子与女儿去查看地宫，就不会出今天的事情。

一想到女儿与弟子在蛮荒九死一生，原本可以安全归来，却因为自己的一个命令，如今生死未卜，陈贺天心底有些刺痛。虽然女儿的命简没碎，又有他给的至宝，但他依旧不放心。

当初他同意二人去蛮荒试炼，也经过了一番斟酌，最后才咬牙同意，可心中始终十分担忧，当他知道女儿与弟子顺利回来时，才松了一口气。

可没想到，如今又变成了这个样子。

且他告诉白麟等人的并不是全部的真相，事实上赵天骄与陈月姗是在被蛮荒魂修追杀时，无意间引动了某种禁制，那八道黑色光柱才出现，山崩地裂的同时，迷宫入口显露。

就在迷宫入口显露的一刻，一股吸力传出，将所有人都吸了进去，赵天骄最后一次传信，明显十分恐惧与惊慌。他说出了一句话：“这里是……迷宫鬼地……黄昏开启，日出关闭……”

“迷宫……鬼地……”

陈贺天喃喃低语，蛮荒大军撤退时，他消失的那数个时辰，就是亲自去了一趟迷宫所在之地。

他甚至还尝试踏入迷宫，结果立马就察觉到自己的神识被飞速压制，怕是用不了多久，神识就会被压制到极限。他明白仅凭一人之力，难以找到弟子与女儿。

同时，他在迷宫内，还看到了一些可怕的东西……就算是他，也十分心惊。好在他没有走出多远，便匆匆归来了。

可一想到女儿与弟子还在里面，随时都有可能死亡，陈贺天就无比焦急。无奈之下，他才与白麟等人有了约定。像他这样的修为，天人魂他已不是特别在意，他更在意的是女儿与弟子的安全，所以他需要有人帮他在迷宫内寻找。

若这里不是边墙，而是星空道极宗，以他的身份，别说派三万人，就算是三百万人，也不是特别困难。但此地的五大军团属于铁血堂，属于半神老祖，他们的主要任务是镇守边墙。三万人不是小数目，他也不好强行命令，又着急去救援，于是索性进行一场交易。

此刻，他的面前有一枚玉简，这玉简内记录了五大军团内所有修士的信息，甚至连各个修士的擅长之处都有介绍。

陈贺天飞速查看着所有人的信息，从五大军团内选出一个又一个修士。

这些修士修为大都是结丹，且都在灵识方面有专长，便于探察，还有的则在速度上有超人之处。

至于元婴修士，自然也有，可陈贺天无法选择太多元婴修士，所以只找了一些重点的。

很快，一个个名字就被他挑了出来，三万人就快选完了，就在这时，陈贺天的神识锁定在了一个名字上。

“白小纯……”

陈贺天沉吟片刻，看了看白小纯的介绍，白小纯毕竟是半路加入的剥皮军，所以他的信息不多，大都是当初被吸入战场上那一战的表现。而在速度上，也有明显标注。

第 536 章

逼人太甚

陈贺天在白小纯的名字上停顿了一下，这几年，白小纯对边墙的重要程度，陈贺天心知肚明。他也明白，白小纯与他的弟子赵天骄私交不错。

可他更清楚，当黄昏到来时，出现在迷宫外的，不仅仅是自己带领的三万修士，还会出现更多的魂修……

天人魂，对蛮荒一方而言，一样是至宝。尤其是蛮荒之人修炼特殊秘法，天人魂对其将有更大的用处，这是其一。其二，也是陈贺天最担心的，一旦出现那么多蛮荒魂修，那么被困在迷宫之中的弟子与女儿恐怕会更加危险。

如此一来，他需要一个人吸引所有蛮荒魂修的注意，使得蛮荒之人无心与其他人厮杀，而是急切地寻找那个人……

再没有比白小纯更适合的人了。蛮荒之人对白小纯的恨已然入骨，到时候一见白小纯肯定恨不得立马冲上去，尤其是白小纯如今的悬赏已变成了五行天兽魂，这对蛮荒之人而言，刺激更大。

可以说，只要是进入迷宫的蛮荒魂修都会选择追杀白小纯，除非是那种带着使命的，否则的话，追杀白小纯才是最划算的选择。

一旦白小纯出现，必定可以吸引几乎所有蛮荒之人的注意，这不仅可以让其他人少一些危险，而且对获得天人魂也有极大的好处。

“白小纯……”

陈贺天目光一闪，星空道极宗早就在暗中破解白小纯的聚魂丹了，此事白麟都不知道。

毕竟，如此重要的资源岂能掌握在个人手中？之前暗中进行是不愿让白小纯有所察觉。

破解工作已进行得差不多，且对于炸炉之事，星空道极宗也琢磨出了一些方法，对于陈贺天或者星空道极宗来说，白小纯的价值已经没那么大了。

若没有如今这件事也就罢了，毕竟白小纯有功，眼下，为了给自己的女儿与弟子增加一些活下来的可能性，牺牲白小纯，对陈贺天来说，也是值得的。

想到这里，陈贺天没有迟疑，将白小纯的名字划入出行之列！

当初阳高升时，三万人的名单已被陈贺天选定，他虽心急，但也知道迷宫白天不开，黄昏才启。

于是陈贺天将这份名单送入巨目内，以他的身份，向这三万人发布了今天黄昏出行的命令。很快，五大军团中陆续有人通过身份令牌接到陈贺天的命令。

“有我！”

“此番出去，十分凶险，可富贵险中求！”

“迷宫……天人魂，嘿嘿，一定还有不少魂修，他们的法器大都炼灵多次，这一次若能获得一些，就算得不到天人魂，也值了！”

五大军团内，接到命令的修士，神色不同，心情也不一样，其中有不少人异常兴奋，这种与天人一起出去的机会太少了。

有一些人皱起眉头，对于这命令有些抵触，认为此行非常危险，可是身为五大军团的修士，他们无力反抗，最终还是选择了默默接受。

毕竟……在这条命令信息的下方，写着一句话——若有人逃避，则按逃兵处理！

一旦成为逃兵，在边墙内，会被凌迟处死！

“逃兵！”

“凌迟处死……”

“我不去啊！”

其他人陆续接到命令的同时，白小纯也接到了命令。他在自己的房屋内，颤抖地拿着令牌。看到里面的信息后，他惨呼三声，大惊失色，心里有些发怵，直接跳了起来。

他看着令牌，眼前有些发黑，一种自投罗网、羊入虎口的危机感充斥全身，让他毛骨悚然。白小纯顿时急了，赶紧向白麟传音。

好半晌，白麟才回了一句。

“此事是陈前辈定下的，我争取过，可陈前辈甚是坚定，我……无力改变，小纯，对不起。”

看到这句话后，白小纯心都凉了，他拿着令牌，内心悲愤莫名。

“我为边墙立过大功！我是万夫长！”

白小纯这一次真的怒了，他不信陈贺天不知道自己一旦出了边墙，必定会引起蛮荒的追杀，且自己身上的悬赏太重，等到了迷宫内，恐怕五大军团的修士也会心动。

可以说，一旦去了，白小纯必定九死一生！

陈贺天知道这一切，偏偏还是选了他，甚至连白麟也无法改变，很显然，这根本是陈贺天有意为之。

“这是要用我做饵啊，来吸引蛮荒的注意……”

白小纯气得咬牙切齿，双目渐渐发红。他心思活络，此刻一琢磨就找到了答案，可这答案让他心中充满了怨愤。那种被自己人从身后捅了一刀的感觉，憋得他喘不过气来。

“这是要逼死我。不去的话，我会被凌迟处死，甚至还要连累逆河宗。去的话，就是九死一生，实际上根本没有活路……我守护边墙数年，立下无数战功，星空道极宗，你们就这样对我吗？”

白小纯死死地握住拳头，怒火中烧，脸憋得通红，额头青筋鼓起，好半晌，他颓然惨笑。

他已没得选择，在凌迟处死和九死一生之间，他只能选择后者，哪怕他害怕，也不得不拼命博取一线生机。

“如此将我放弃，想来我的聚魂丹应该也被破解了。”

这是他无法控制的。此刻，他的身体还在轻微颤抖，分不清是因为害怕抑或愤怒！白小纯目中满是血色，抬头时，他狠狠地一咬牙。

其实，从之前空城的置换丹就可以看出一些端倪，如今又出了这种事情，白小纯若还没想明白，恐怕就真是榆木脑袋了。

白小纯内心苦涩，默默地整理自己的行装，既已无从选择，他能做的，就是争取让自己活下去。

他取出了永夜伞和八色火的燃料。原本，他打算留着八色火，以后有用处，现在也留不住了，他要炼灵。

随着龟纹锅被取出，那把永夜伞上赫然出现了八道刺目的银纹！

白小纯没有掩饰什么，在边墙数年，他早就看出蛮荒的魂修有不少多次炼灵的法宝，仿佛蛮荒中更流行炼灵。

一开始，他很诧异，想要找到答案，也问过白麟，得到的答案是与炼魂师有关，至于具体的，白麟没说。

白小纯自己打探了一番，得到的答案也与炼魂师有关，他只能将此事放在心中，到现在都不知晓具体的情况。

将永夜伞炼灵八次后，白小纯一口气炼灵了其他法宝，之后又整理了自己的丹药。

与此同时，神算子以及赵龙也来到了白小纯这里，赵龙还好一些，神算子一看到白小纯就惨叫起来，求着白小纯帮他免去名字。原来他二人也在名单中……

"少祖救我，我才来啊，我……我委屈啊！"

整个第三军，差不多有几百人接到了命令，宋缺也在其中。

当知道白小纯也在名单里后，神算子傻眼了。两人欲言又止，最后苦笑离去。毕竟白小纯都不得不去，他们就更不用想了，只能趁着还有点时间，去多做准备。

送走他们之后，白小纯叹了口气，去了高塔，一口气将自己的战功全部兑换，除了大量符箓外，他重点兑换的是恢复体内灵力的灵液。

唯有足够的灵液才可令他在迷宫内及时恢复灵力，况且第三军的几百人都是他的麾下，他需要对他们的安全负责，可惜时间太短，白小纯想要准备的物品又太多，已来不及。

在距离黄昏还有一个时辰时，陈贺天从高塔内走出，一声令下，三万修士齐齐飞起。

陈贺天挥手间，众人呼啸远去。似乎是觉得速度太慢，陈贺天双手掐诀，云雾弥漫，竟带着三万修士急速飞行起来。如此一来，一个时辰内，他们必定可以赶到迷宫所在之地。

白小纯也在人群内。他看着陈贺天的身影，十分窝火，可一想到对方的修为，他就在心底叹息，却又不甘心，于是在心底发誓。

“糟老头，等我到了半神后，第一件事就是找你报仇！”

第 537 章

白魔来了

三万大军，一路急速飞行。

白小纯在人群内，想要戴上面具，可四周人多眼杂，他迟疑了一下，知道在这里戴面具不方便，于是叹了口气，愁眉苦脸地随着众人前行。

这一路上，他一直在想各种让自己保命机会更大的方法，却始终没有什么头绪，唯独想到的是自己一定要最先进入迷宫，进去后就立刻戴上面具，改变身份。

“只能这么办了……”

白小纯心底委屈，此刻阴沉着脸，咬牙前行。

陈贺天带着三万修士直奔迷宫时，蛮荒一方也行动了。

与天人魂相比，战争似乎都不算重要了，毕竟在边墙这里，大战随时可以展开，且多少年来，双方已不知对抗了多少次。

天人魂极少，至今为止在蛮荒被发现的可以说是凤毛麟角，如此一来，自然是一切以天人魂为主。对红尘女来说，从第一道黑色光柱升起时，她心中就有了一个连她自己都不大敢相信的猜测。

直至九道黑色光柱全部出现后，她才有了一些信心！

“那里十有八九，应该是二代魁皇的十大葬宫之一！”

红尘女神色激动，遥望九道黑色光柱，想起父亲当年告诉她的一段历史。

在通天岛天尊崛起之前，这个世界不叫通天大陆，而是魁皇大陆，魁皇大陆上有两大皇者，分别是魁皇以及冥皇。

魁皇主祖河，冥皇主冥河！祖河就是如今的通天河！

一个主生，一个主死！

一个身为世界之尊，一个则是信仰之尊！

其中二代魁皇在寿元断绝前，集天地众生之力，修建了十大葬宫。除第一宫是其埋骨所在，永世不开外，其他九大葬宫都留下了惊人的陪葬品，更有不同的传承遗留。

为的就是让后人，若有一天遇到不可抗力，能以葬宫崛起，且这九大葬宫有阵法禁制，若不知具体的地址，外人几乎无法找到。

此后，二代魁皇的葬宫所在之地便成为代代魁皇交替时秘传之事，这一切，在五代魁皇时，却出现了意外！

五代魁皇突然死亡，来不及交代一切秘密，使得二代魁皇的葬宫所在之处成为谜团，此后无人知晓。

直至九代魁皇时，天尊崛起，取而代之，残存的魁皇一脉逃入蛮荒，有关二代魁皇葬宫之事，更是成为传说。

“迷宫外，有数十处洞窟，每一处洞窟里都有曾经堪比天人修为的凶兽遗骨……而迷宫外，又有石碑……点出试炼，点出天人魂……这种手笔，除了二代魁皇葬宫之一，我想不出还有谁能做到！”

红尘女有些激动，一想到那里极有可能是二代魁皇葬宫所在，她就心神震动。

这件事她没有告诉任何人，可也知道，外人就算不知晓二代魁皇之事，也会被天人魂所吸引，她若干扰，反倒会被怀疑。

于是她索性没有干扰，但凡想去的魂修大可以去迷宫探险，如此一来，还可以为她做一些掩饰，而她则暗中前往迷宫。

如此一来，这片区域内的魂修听说天人魂的事情后，一个个都激动起来，从四面八方直奔迷宫。这里面有不少人甚至没有上过战场，不属于蛮荒任何一方的势力，而是如散修一般。

这一刻，天色临近黄昏，迷宫外，一道道身影从四面八方疾驰而至。因黄昏未到，迷宫还没有开启，来临的魂修要么三五成群，要么单独一人，都在等待。

在黄昏来临前的一刻，天地间掀起阵阵轰鸣声，三万道长虹引起了魂修的注意。

魂修纷纷抬头，在看到苍穹上的那三万修士后，不少魂修目中都闪动着杀意。

“是叛修！”

“哼，边墙叛修，他们来的人不少啊！”

“那又如何？这里是蛮荒，是我们圣族所在之地！”

议论之声传出，嗡鸣一片。边墙来临修士虽多，但是这里的魂修数量更多，环绕在迷宫四周，密密麻麻，看起来怕是有十万之多。

就在他们冷眼看去时，天空中的三万修士骤然降临，为首之人正是陈贺天，他的目光扫过迷宫四周，冷哼一声。

随着冷哼传出，四周的魂修耳边如同天雷炸响，震得他们纷纷色变，显然是认出了陈贺天。

不过，陈贺天也不愿在这里动手，他能感受到随着自己的到来，红尘女的气息似乎锁定了自己。无论是他还是红尘女，都不想在进入迷宫前就出手。

所以陈贺天冷哼后，不再理会那些魂修，而是站在迷宫外，盯着迷宫的入口，等待黄昏到来，迷宫开启。

白小纯小心翼翼地藏在三万人中，生怕被蛮荒的魂修认出，于是谨慎地挪了一下身体，找了一个魁梧的大汉，躲在他身后，顺着缝隙，观察迷宫入口。可以看到，这里是一个巨大的盆地，四周环绕着一个又一个深坑，与他当初来这里时，已大不一样。

此刻，在盆地中心有一个洞口，上面有一层灰色的光幕，使人无法进去，也看不到内部的环境。

在洞口外则竖立着一座足有十丈高的石碑，那石碑透出岁月沧桑之感，似乎已在这里不知多少年了。

石碑上面写着一行行字，肉眼去看，字迹不是很清晰，可若运用灵力，再次看去时，脑海里就会立刻浮现石碑上的信息：“迷宫下，有试炼之地，走过迷宫，通过试炼，第一者，可获天人魂！”

白小纯快速一扫，没有理会，他的目标不是天人魂，而是在迷宫内保住小命……

想到这里，白小纯赶紧低头，不理会议论纷纷的人。他心底忐忑，余光注意到魂修的一道道目光扫过附近，更为不安了。

“看不到我……看不到我……”

白小纯心底念叨，调整方向，让自己看上去矮小一些。

可这里的魂修太多，且天空中不断地有长虹呼啸而来。白小纯虽躲在人群内，可这三万修士很显眼，那些蛮荒魂修都在一一打量着他们，白小纯就算躲得了一时半刻，也无法一直躲下去。哪怕开始没人看到，时间一长，终究还是会有人注意到，就算他可以改变容貌，可气息难改，除非戴上面具，他才可以完全消失。

可是四周人多眼杂，他到来的消息瞒不过去，况且陈贺天也不会同意，必定会把他推出去。白小纯本就被动，若再让人知道他有改变样貌的能力，就更危险了，唯有在迷宫内戴面具，才是最佳的策略！

此刻，就在他躲避时，忽然不远处有个青年魂修顺着缝隙，无意间扫到了白小纯的侧脸。

只是一眼，这青年就睁大了眼，呼吸急促的同时，一指白小纯所在的位置，发出一声咆哮。

“白魔，我看到白魔了！”

此话一出，如同惊雷，轰隆隆回荡八方。

迷宫外的魂修听到后都愣了一下，齐齐地顺着青年指的方向看了过去。

白小纯内心惨叫一声。他觉得自己已经躲得很小心了，可怎么也没想到，那青年居然眼睛这么毒，只看到了自己的侧脸，就能一眼认出。

一刹那，那一道道目光好似一把把利剑，呼啸而出，有一些人，从不同的角度看到了白小纯！

“白魔！”

“是白魔，只看背影，我就可以认出。哈哈，白魔居然来了！”

“竟真的是他！”

第 538 章

小纯快跑

白小纯心底哀呼，头皮发麻，就算他再能打，也不可能同时对抗这么多魂修，尤其是一想到自己将他们得罪得死死的，还有关于自己的悬赏，白小纯就哆嗦起来。他迅速改变位置，想要再次躲避。

随着那些看到白小纯的人开始喊叫，四周那些魂修的目光变得更加锐利，甚至还有人一晃飞出，那一道道目光如同利箭，使得白小纯四周的五大军团修士也承受不住了，下意识地散开。尤其是白小纯前方的一个大汉，他的压力极大，那一道道目光，让他呼吸紊乱，他刚准备避开，白小纯就悲呼一声。

“兄弟，别走啊，帮我挡一下，过了此劫，我一定厚报。”白小纯话语刚出，那大汉头也不回，急速跑开。

白小纯着急了，正要找其他修士遮挡，却发现四周的修士一个个都急速散开，眨眼间，就将他暴露了出来。

所有人都在这一刹那，清清楚楚地看到了白小纯！

“白魔！”

“白魔不死，实乃蛮荒最大的耻辱！”

“他竟敢来这里，哈哈，白魔我要定了。什么宝藏，什么天人魂，老子都不在乎了，只要灭了白小纯，获得赏赐……那可是完整的五行天兽魂啊！与天人魂没什么区别！”

“太嚣张了，他顶着天兽魂的悬赏，居然还敢出来，这分明是对我们的挑衅！”

白小纯悲愤欲绝，一颗心都提了起来，那些魂修看他的眼神满是贪婪……

白小纯也看到了四周的同伴在散开后，有不少人看向自己时，眼神飘忽，这一切让白小纯的心彻底凉了。

“我也不想来呀，我没挑衅……”

白小纯快哭了，那些人眼中的贪婪让他不寒而栗。

白小纯能看出，无论是自己人还是蛮荒魂修，都对他心怀不轨。

冷汗从白小纯的额头沁出，他隐隐觉得，这些人看他的目光仿佛在看宝藏。

毕竟无论是谁灭了自己，都可以获得完整的五行天兽魂，而明面上一份天人魂是可以换取完整的五行天兽魂的。

“最重要的是……杀了我后，获得的不仅仅是五行天兽魂啊，我还有两份天人魂呢，谁要是杀了我，立刻就一步登天啊！”

想到这里，白小纯心中哀叹不已，觉得自己居然比迷宫内的宝藏还要珍贵……

“这算什么事啊，我……我居然比这宝藏还富……”

此时，白小纯眼泪都在眼眶里打转，觉得自己为边墙这边立下了大功，却落得如此下场，他心中委屈悲愤。白小纯恨得咬牙切齿，目中快速充血，转瞬就浮现出血丝。

眼看那些蛮荒魂修眼神不善，有的甚至马上就要冲出来，而白小纯则孤零零地站在那里，第三军的有些人内心焦急，试图救助，却来不及。

一旦真的有蛮荒魂修杀出，事态立刻就会失控。白小纯眼看危机近在眼前，索性猛地向前走出一步，红着眼，狰狞地大吼一声：“还有谁想死？！”

这句话如天雷轰鸣，回荡四方，那些原本准备冲出的蛮荒魂修纷纷脚步一顿，立刻想起了当年白小纯的那一战!

那一战，他们中有人亲历过，也有人听过传闻，都很心惊，听到白小纯的话之后，不由得迟疑了一下。

毕竟白小纯战力不俗，最先冲过去的人不仅无法击杀白小纯，恐怕自身难保。就在蛮荒众人迟疑的时候，太阳逐渐西沉，黄昏降临。

随着天地明显地成为金黄色，迷宫入口上的灰色光幕瞬间消失……

一声声凄厉的嘶吼蓦然从迷宫入口处扩散出来。

仿佛有无数厉鬼在迷宫中咆哮，咆哮声传入众人耳中，震人心神。

白小纯呼吸急促，他觉得自己已没有其他选择，眼下迷宫入口开启，虽凶险万分，但对他而言，是一个机会。

所以在迷宫入口开启的刹那，白小纯咬牙沉默不语，直接冲出，身体瞬间化作残影，直奔迷宫入口而去，眨眼就临近。

白小纯甚至发动了撼山撞，在一声如天雷般的轰鸣声中，白小纯直接踏入迷宫，临进去前，他觉得不能让人以为自己怕了，于是大吼一声："赵师兄、陈师姐，我白小纯来救你们了！"

之后，白小纯便消失了，似在踏入迷宫的瞬间，就被传送进去了。

"白魔休走！"

"杀了白魔，获得赏赐！"

"追！"

在白小纯踏入迷宫的瞬间，四周那些魂修，还有一些炼魂师，一个个杀意滔天，纷纷冲向入口。

陈贺天亲眼目睹了这一幕幕，一直面无表情，只是在听到白小纯那句话后，面皮不禁抽动了几下，袖子一甩，开口道："五大军团听令，进入迷宫！"

陈贺天的声音传出，三万修士不敢不从，纷纷飞出，进入迷宫。陈贺天自身一样踏入迷宫内。

迷宫外的所有人陆续冲进去，很快四周就差不多空了，可天空中还是不时有长虹出现，临近后，一头钻入迷宫内。

与此同时，白小纯出现在迷宫这件事，也通过蛮荒魂修的口传了出去，大片区域内的魂修都知晓了。

"什么，白魔现身！"

一个蛮荒部落的大酋长正盘膝打坐，听到同族汇报后，他猛地抬头。

"白魔一定要死，老夫亲自去！"

这大酋长咬牙，一晃而出。

同样的一幕在很多部落中上演。同时，蛮荒更多的如散修般的魂修，也通过自身的渠道知道了这件事情，顿时一个个呼吸加重，目中放光。

"白魔……红尘圣女对他的悬赏已追加到完整的五行天兽魂……这可是五行俱全，谁要是能得到，就可以以此结婴！"

“嘿嘿，原本我对迷宫不感兴趣，毕竟想要获得天人魂，没有一定的造化与机缘是不够的，可现在……又多了一个选择，迷宫内可以说有两份宝藏啊！”

“走，去迷宫！”

不单是魂修疯狂，还有炼魂师，他们在蛮荒地位很高，可对五行天兽魂依旧有很强的需求，知道白小纯现身后，纷纷动心，直奔迷宫。

几个时辰后，迷宫外的天空中，不断有蛮荒的人来临，几乎没有断过，那一道道身影在临近后，毫不迟疑，立刻踏入迷宫。

他们的目标，不是通过迷宫，通过试炼争夺第一名，从而获得天人魂，此事在很多人看来，难度太大，他们的目标是击杀白小纯！

击杀白小纯，获得天兽魂的赏赐。

而且有一部分人来到迷宫，虽是为了天人魂，但实际上也打算用一份天人魂，去换五行天兽魂，所以对他们而言，击杀白小纯，才是最划算的，也是最直接的！

如此一来，白小纯的价值，在很多人看来，与天人魂没什么区别。甚至有人会有一种错觉，白小纯才是迷宫内的宝藏……

干掉白小纯，一切都有了！

不管是后来的人，还是之前追着白小纯踏入迷宫的人，都在迅速寻找白小纯，一场寻找白小纯的风暴开始了。

第 539 章

来者不善

又过去了一个时辰，一道身影急速而来，所过之处，苍穹都泛起层层波纹，使得一些在此人之前到来的魂修纷纷色变。

“滚开！”

一声冷哼从这身影口中传出，迷宫入口附近的魂修立刻散开。

此人直接呼啸而过。到了迷宫入口上方，此人一顿，众人才看清他的模样。那是一个青年，相貌俊美，衣着华贵，看起来与蛮荒魂修有很大的不同，似乎他十分高贵。

尤其是他的眉心竟有一道星痕，这痕迹似蕴含了某种奇异之力，闪动间，使得他浑身上下都有股威压。

他还背着一把大弓，此弓为黑色的，其上竟有九道银纹，让所有人看到后，既惊惧又眼热。

“炼魂世家的炼魂师……”

四周的那些魂修也很心惊，目露尊敬之情，身体颤抖，赶紧拜见。

毕竟炼魂师在整个蛮荒地位都很高，而那些炼魂世家更是了不得，就连蛮荒的王侯也很重视一些底蕴深厚的炼魂世家。

而看一个炼魂师是散修还是世家，眉心的印记就是最好的证明，只有来自炼魂世家的炼魂师眉心才会有祖印。

眼前这青年，修为虽不是元婴，而是结丹大圆满，但是以他的身份，在蛮荒，他不说横行，也足以让许多人对他保持恭敬。

这青年名为周一星，他淡漠地看了看四周的魂修，没有理会。这迷宫他原本没打算来，甚至就连与边墙的战争，他也没有参与过。他所在的炼魂世家，虽不算庞大，但在这一大片区域里也算名气不小。

眼下之所以到来，他的目标很明确，正是白小纯！

“完整的五行天兽魂，就算家族里勉强能拿得出来，也轮不到我……只要杀了白小纯，我就可以直接获得。且结婴后，我说不定还可以提升自身的炼魂层次，尝试炼出十色火乃至十一色火……若能炼出十色火，我的炼魂层次就可达到三级巅峰。若真的能够炼出十一色火……我从此之后，就是黄品炼魂师！”

想到这里，周一星内心满是期待。他一闪身，冲进入口，光芒一闪，就被传送进了迷宫。

此刻的迷宫中，进入的人数已接近二十万……边墙修士只有三万，余下的都是蛮荒魂修，其中还有几百个炼魂师。

如此多的人都是一瞬间被随机传送到各个位置。他们在迷宫内扩散开来，可这迷宫太大了，二十万人进来都无法掀起太大的浪花。

迷宫错综复杂，进入者神识会被压制，追杀白小纯的那些人，走着走着就不知不觉地分散开。尽管他们始终都在寻找，可到现在，他们都没有找到白小纯的踪迹。

越是如此，这些蛮荒魂修越着急，生怕白小纯被其他人抢先击杀，于是纷纷加快速度，以至于在寻找的过程中，哪怕是遇到了边墙的修士，也因不愿浪费时间，大都目光一扫，立刻呼啸而过，继续搜寻。

虽不是所有蛮荒魂修都这样，但是白小纯一个人，也算是成功吸引了绝大多数蛮荒魂修的注意，使得边墙的修士在迷宫内压力大减。

当然，若是遇到落单的边墙修士，杀人夺宝的事情还是会发生。有的时候，蛮荒魂修甚至会对同伴出手。

与此同时，种种诡异的事情也在迷宫中陆续发生……

此刻的白小纯，早已戴上面具，化作中年修士，在迷宫内小心翼翼地前行，他一路谨慎，生怕被人认出。之前进入迷宫后，他就立刻提速，左绕右绕，虽成功地将追击之人甩开了，但他一样迷路了。他尝试施展融天地，想看自己能不能离开这里，却发现这迷宫竟存在某种封印虚无之力，使得他无法展开融天地。

“迷路有什么，在迷宫里大家都会迷路。”

白小纯安慰自己，揉了揉眉心，觉得自己有些绕晕了，看着四周的墙壁，怎么看都一模一样，与自己这一路看到的没什么区别。

这迷宫内有无数墙壁，且都与顶棚连接，使人无法飞出太高，自然难以窥见全貌，同时灵识也被压制着。

白小纯甚至尝试去轰击墙壁，却发现其坚固无比，难以撼动。至于记号，自然也无法留下，而这还不是最主要的，在踏入迷宫的一刻，白小纯就发现迷宫十分阴寒。

仿佛这迷宫是一个巨大的墓地，好多次都让白小纯觉得，背后有人在盯着自己。

当他回头时，却没有发现丝毫端倪。

“这是个什么鬼地方……”

白小纯轻咬着嘴唇，更小心了。走出几步后，他忽然面色一变，猛地停顿下来，眼神冷厉，整个人仿佛即将出鞘的利剑。

与此同时，在他前方的一个拐角处，四道身影急速冲出，这四人中，三个是魂修，还有一个是将身体压制在一丈多高的巨人。

四人显然组成了一队，修为不俗，竟都是结丹大圆满，尤其是其中一个魂修，体内似乎有元婴雏形……竟是一个结婴失败、踏入假婴境的人。

这种假婴境，对于修士而言，既是好事，又是坏事。好事是修为在结丹大圆满之上，更进一步；坏事是此人此生想要冲击元婴，难度是其他人的十倍。

此刻那巨人在前方，似乎主要是防御，至于那三个魂修，衣着虽不算华丽，但他们的身边有各种法宝环绕。其中两人身边有青红二色的飞剑，这两把飞剑材质一般，可其上竟都有六道银纹！

这代表了这两把飞剑都是炼灵六次之物！

而最惊人的则是那假婴魂修，他的头顶飘浮着一个闪闪发光的宝珠，这宝珠上赫然流转着七道银纹！

这四人神色警惕，从拐角走出后，立刻就看到了戴着面具的白小纯，皱起眉头。

白小纯站在那里，也盯着这四人。这不是他首次遇到蛮荒魂修，在这之前，他也遇到过，因有面具掩饰，那些人都没有理会他，只是打量一番就离去了。

双方都盯着彼此，几个呼吸后，白小纯后退几步，让开道路。那四人看了看白小纯身上的铠甲，缓缓靠前，就在彼此距离十丈的刹那，那四人中的巨人低吼一声，向着白小纯狞笑而来。

“他们没有看出我的身份，这是看我身上有铠甲，且又是一个人，想要杀人夺宝，此战，要速战速决！”

白小纯眼神一冷，巨人冲来的瞬间，他没有后退，而是向前冲出一步，速度之快，让那四人面色骤变。

没等看清白小纯的身影，就听到了一声巨响，接着巨人就开始惨叫。巨人在半空中猛地顿住，身体猛然爆开，被一股大力卷动，仿佛化作了血箭，直奔那三个魂修而去。

直至此刻，他们三人才看清白小纯的身影，也看到他收回的一拳。

三人瞳孔猛地收缩，内心咯噔一声，知道招惹了强者，可如今后悔已来不及，三人都是上过战场的魂修，知道狭路相逢勇者胜，此刻纷纷杀意更强。

至于那些蕴含了毒素的血箭，虽对三人造成了影响，但是他们自有克制的办法。只见那假婴修士头顶的宝珠一闪，顿时一道光幕形成，试图将血箭阻挡在外。即便还是有一些血箭穿透了进来，三人也没有在意，他们杀意爆发，冲向白小纯！

“死！”

第 540 章

九色火

三位魂修中，其中两人掐诀间，身边的飞剑瞬间掠过，射向白小纯，速度飞快，气势惊人。

那毕竟是炼灵六次的法宝，白小纯知道其锋利无比，瞳孔不由得微微收缩。

与此同时，那假婴修士念起复杂难懂的咒语，头顶的宝珠颜色瞬间改变，竟散出了黑雾，化作一个虚幻的恶鬼。恶鬼张牙舞爪，抓向白小纯。

三人显然不是第一次联手，此刻一出手，几乎封锁了白小纯前方所有的位置，眼看三人就要临近，白小纯冷哼一声。

“炼灵之宝……你们有，我也有！”

白小纯右手袖子一甩，从储物袋内，取出一把黑色的伞！

正是永夜伞。

以白小纯当年的修为，施展不出这把伞全部的威力，可他如今已结丹大圆满，再次施展，不说游刃有余，也不会像当年那么勉强。

伞被取出，白小纯猛地向前一按伞柄。黑色的永夜伞，骤然打开，形成防御。

砰的一声，永夜伞与那两把飞剑碰到了一起。那两把炼灵六次的飞剑竟无法继续前行，直接倒卷而去，就连那虚幻的恶鬼也惨叫一声，想要后退时，这黑色的伞上居然浮现出了一张诡异的笑脸。

这笑脸猛地一吸，那虚幻的恶鬼居然无法后退，哀号一声，眨眼间就被吸入伞中。

这一切说来缓慢，可实际上都是电光石火间发生。那三个魂修大惊之下，面色登时变得难看至极。

尤其是那个假婴魂修，眼珠子都要瞪出来了。他看到了永夜伞上的八道银纹，呼吸急促，眼神狠辣，趁着身边同伴的飞剑被卷，心神受创，双手抬起，在二人身上猛地一推。

那两个魂修面色变化，没想到自己的头领竟会如此心黑，躲闪不及，被推向白小纯，与此同时，那假婴魂修急速后退，就要逃走。

那假婴魂修看出来了，对方不但肉身强悍，修为不俗，而且法宝惊人。这就是一头孤狼，难怪敢单独行走，这是不怕其他人来杀人夺宝啊，甚至好像在故意引人前来。

在这三人内乱的瞬间，白小纯猛地收伞，一步走出，速度飞快，竟化作残影，直接出现在那两个施展飞剑的魂修面前。他右手抬起，如同闪电一般，连续两下，直接落在二人胸口。

惨叫声传出，这两个魂修如断了线的风筝般倒退，还没等落下，他们的身体就猛地颤抖，然后开始枯萎，所有生机化作白雾，从他们的七窍内飞出，飘向白小纯手中的永夜伞，一刹那被吸入其内。

永夜伞吞噬生机，白小纯并不陌生，尤其是炼灵八次之后，此伞威力更大，不过这种隔空吸走生机之事，也看得白小纯很是心惊。他无暇多想，眼看那假婴魂修要逃走，立刻追去。

假婴魂修听到了身后的惨叫，回头后看到那二人生机被吸走，心神狂震，失声惊呼。

“你不是魂修，你是炼魂师！”

白小纯略微一愣，故意冷哼一声，速度暴增，眼看就要追上。假婴魂修暗中叫苦不迭，亲眼看到对方的战力后，他心知自己不是对手，此刻危机来临，急忙高呼。

“大人莫要冲动，我愿成为大人的追随者！在这迷宫里，大人独行，实在太过危险，不如带着追随者一起……”这假婴魂修焦急地开口。

白小纯神色一动，觉得眼前这人说得有些道理，自己单独行动的话，难免还会遇到这种事情，打斗起来，一旦暴露真实身份就麻烦了。

若是有人在自己身边，就可以免除不少的事情……想到这里，白小纯右手抬起，一挥之下，一股大力爆发出来，直接落在这假婴魂修身上。

这假婴魂修嘴角溢出鲜血，眼神闪动，狠狠地一咬牙，不再逃遁，而是停在那里，向着白小纯抱拳恭敬拜下。

“陈珏愿意追随大人！”

白小纯一言不发，看了陈珏几眼后，右手抬起一指陈珏的眉心，顿时送出一丝寒气，将它环绕在陈珏心脏上。

只要他心念一动，立刻就能让寒气爆发，瞬间碎掉陈珏的心脉。

陈珏身体一颤，不敢闪躲，任由白小纯留下禁制，才松了一口气，知道可以暂时保命。可当他感受到心脉附近的寒意时，心中又苦涩起来。

“走！”白小纯刻意沙哑地开口，走在前方。

陈珏连忙称是，深吸一口气，打起精神，守护在白小纯四周。他知道自己若想要活命，全靠眼前这个炼魂师了，只求他尽力后，离开这里时，对方可以放过自己。

白小纯看似面无表情，可实际上偷眼扫了扫陈珏，心中很得意，琢磨着自己果然英明啊，无论走到哪里，都有人哭着喊着要成为自己的追随者，不同意还不行，不知道若对方知晓自己是白小纯后，又会是什么表情。

白小纯越想越觉得有意思，打定主意，这一次自己要装扮成一个少言寡语之人，这样的话，或许威慑力会更大一些。

“而且陈珏说得有点道理，我身边的魂修越多，我就越安全……”白小纯沉吟片刻，与陈珏向前疾驰。

这迷宫无论什么地方，看起来都是一模一样，让人分辨不清，也很难留下什么记号。

白小纯看着越来越晕，正在发愁，忽然灵机一动，索性将注意力分出一部分，放在右侧墙壁上，顺着右侧的墙壁前行，遇到岔口则直接选择右侧。

时间流逝，很快过去了三天。在这三天里，白小纯与陈珏碰到了不少魂修与边墙修士。白小纯发现有一些人竟选择了与自己一样的方法，朝着一个方向走。

双方相遇后，大都是彼此看了看，就立刻避让，显然不愿轻易发生摩擦。即便是一群数量较多的蛮荒魂修碰到了白小纯，在看到陈珏对白小纯的态度后，尤其是看到白小纯取出永夜伞，注意到那八道银纹后，都很心惊，隐隐猜出白小纯是炼魂师，于是都不愿招惹。

就这样，这三天中，一路上有惊无险，直至第四天，正在前行的白小纯忽然停下脚步，看着前方，皱起眉头。

“前面不对劲。”

白小纯声音沙哑地开口，身边的陈珏一愣，立刻看去，可前方看起来并没有什么出奇的地方。

白小纯也看不出来，但自从当年落陈山脉一战后，他就发现自己对危险特别敏感，且从来不会出错。

此刻，在他看来，前方那看似如常的区域藏着杀机，没有过多停留，白小纯立刻后退。陈珏虽不解，但是不敢不从，也跟着后退。

就在二人退后的瞬间，一声冷笑从那区域中传出，眨眼间，那里竟出现了如水面般的波纹，一道道身影从中冲出。

竟有十多人！

这些人一个个修为不俗，在出现后，立刻直奔白小纯。

白小纯眼中杀机一闪，转身时右手抬起，永夜伞立刻出现，八道银纹闪耀刺目，诡异的笑脸若隐若现。眼看就要一战，突然从那波纹内传出了一个声音。

“不可无礼！”

随着话语传出，四周那些冲向白小纯的魂修全部脚步一顿。

与此同时，从那波纹内走出一人，这是一个青年，面色阴沉，身上穿着华贵的长袍，眉心有一个星痕闪动，正是周一星！

一股强悍的魂力开始波动，这魂力与魂修的魂力不同，似更为深邃，还蕴含了某种压制之感，让人一眼就能分辨出来。

尤其是他的手中，甚至还有一团幽火。

此火颜色多变，仔细一看，居然有九种颜色。白小纯只是看了一眼，就心神狂震，马上看出，此火居然是九色火！

第 541 章

红帽子

“九色火！三级炼魂师！”

一旁的陈珏看到九色火后，面色变化，看向周一星时，面露敬畏之色。

周一星没有看陈珏一眼，似乎在他眼中，陈珏这样的魂修根本不用在意，他的眼里只有白小纯，准确地说，是白小纯那把永夜伞。他看着看着，皱起眉头，似有一些不解。

“你是魂修，还是炼魂师？”周一星目光从永夜伞上扫过，看向白小纯的眼睛。

“九色火……”白小纯内心震动，他看着周一星手中的九色火，那九色火内蕴含了一股让人心惊的力量，似乎一旦将其捏爆，威力便会十分惊人。

白小纯感受到了对方的修为并非元婴，而是与自己一样的结丹大圆满。

周一星打量白小纯时，白小纯也在观察周一星。他注意到周一星的目光落在永夜伞上，实际上，他方才拿出伞，只是打算震慑一下。现在，他琢磨着，以此人的修为居然可以拥有九色火，从陈珏的神情与话语来看，陈珏似乎利用九色火辨认出了对方的身份。

“蛮荒……炼灵……炼魂……”

白小纯回想这些年自己打探到的消息，以及蛮荒魂修手中多次炼灵的法宝，他的心中隐隐有了一个猜测。

此刻不是深思的好时机，在周一星看向白小纯的瞬间，白小纯也看向了他，两人四目相对，都感受到了一股波动。

“少有人是我看不出来的，再问你一遍，你是魂修，还是炼魂师？”

周一星眉头微微皱起，目露寒芒，再次问了一句。

在他问出这句话的瞬间，四周那些魂修一个个充满杀机，死死地盯着白小纯。

“炼魂师！”

白小纯眯着眼，觉得这么说没有说服力，感受着对方身上的魂力，他立刻也运转灵力。

在那神奇面具的调整与掩饰下，外人看去，白小纯散出的不是灵力，而是魂力。这魂力十分强悍，带着霸道，并非魂修之力，而是炼魂师才具备的压制之力。

此刻，他的魂力四散开来，那些魂修一个个面色都变化起来。

周一星瞳孔收缩了一下，感受到白小纯的魂力后，又看了看白小纯手中的永夜伞，眉头再次皱起。

“是我的错觉吗，为何他之前靠近时，我的九色火居然摇晃起来，有种要脱手而出，向他飞去的感觉？虽只是一瞬的变化，之后就恢复如常，但是之前从没有过这样的事情……是那把伞吗？不像……此人不对劲……将其斩杀后，或许能有答案。”

周一星虽然内心疑惑，但是很快就做了决定。

白小纯也在纠结。他的大脑急速转动，打量着周一星手中的九色火，琢磨着要不要杀人夺宝。他衡量了一下彼此的实力后，又看了眼九色火，有些迟疑，倒不是顾忌对方人多，而是忌惮九色火内蕴含的毁灭之力。

可一旦能得到九色火，白小纯就可以将永夜伞再次炼灵，如此一来，此伞的威力将会更大，对他而言，在迷宫内生存的概率也会增加一些。

“此人不知道我的速度有多快，那么遇到突发情况，他自然而然地会用手中的九色火……”

二人各怀心思，再次对望的瞬间，都看出了各自目中的杀意。

周一星十分果断，左手抬起，向着白小纯一指。

“杀！”

在周一星开口的瞬间，白小纯向前走出一步，将速度提升到极致，呼啸而去，残影出现，别人根本就无法反应过来。

猛地一下，白小纯直接出现在周一星面前，右手抬起，向着周一星一拳轰去！

白小纯欲取九色火，出手时却不露丝毫，这一拳轰的是周一星的胸口！

周一星大吃一惊，无论如何也没想到白小纯的速度居然这么快。此刻他心神震动，急速后退，右手猛地一挥，九色火立刻化作一片火海，试图阻挡白小纯的冲击。

四周那些魂修此刻才纷纷惊醒，直奔白小纯。

陈珏咬牙咆哮，拼了全力阻挡，一时间，厮杀之声惊天。

眼看火海扑面而来，白小纯心惊肉跳，他如今也算是拼了，只感受了一下九色火的威力，就觉得九色火十分可怕，不知自己的身体能否承受得住，又一想自己既已出手，那么势在必得，于是狠狠地一咬牙，在火海来临之时，全身寒气轰然爆发，眨眼就覆盖八方。

那些试图靠近白小纯的魂修，顿时一个个身体颤抖，眨眼间，竟全部被冰封！

地面也好，四周的墙壁也罢，转眼就化作了寒界，与九色火碰到了一起。可在碰触的刹那，寒气竟凹陷下去，似形成了一个大口，将那九色火直接一口吞噬。

轰鸣之声回荡迷宫！

“给我封！”

白小纯大吼一声，四周的寒气立刻呼啸而来，形成层层封印，眼看就要封印九色火，而那九色火也不凡，四周的寒气竟在急速融化！

只不过，九色火毕竟无根，在融化四周寒气时，火光也飞速暗淡下来，似乎随时都会熄灭。周一星面色大变，正要收回九色火，白小纯岂能给他机会？

在九色火与至寒之气碰触的同时，永夜伞蓦然撑开。伞身上诡异的笑脸出现，向着周一星一吸，周一星顿时毛骨悚然，紧锁生机。他怎么也没想到对方居然有如此战力，尤其是寒界，更是让他心神震动。

此刻，他又看到那鬼脸，不由得呼吸急促，猛地一拍眉心，眉心上的星痕顿时爆发出了星光，闪耀八方，轰击在白小纯的永夜伞上。

永夜伞震动，其力量足够白小纯夺走九色火。

在周一星散出星光的瞬间，白小纯右手向着正被封印的九色火抓去！

白小纯将其连同寒气一同收走，放入储物袋，收了伞，急速后退。他知道寒气一出，很可能会暴露自己的真实身份，而周一星之前的星光法术诡异，他琢磨着既然九色火已经到手，便不愿与其纠缠，立刻倒退。

“你找死！”

周一星怒吼，头发有些散乱，目中充满怒火。他一时间还没察觉出白小纯的身份，眼看白小纯居然把他的九色火抢走了，而且逼得他无法施展法术，那种被一步步算计的感觉，让他整个人怒火冲天。

此刻，周一星抬起右手，一拍储物袋，那背在身后的黑色大弓被他取出。追击之时，周一星拉开弓弦，松开后，一声尖锐之音冲天而起。

这是魂力所化的魂箭，箭离弦而去，速度飞快，直接击破虚空，出现在白小纯的面前。

黑色大弓是九次炼灵的至宝，威力之大，让白小纯面色一变。他身体后退时，永夜伞陡然撑开，阻挡此箭。

轰的一声，一股冲击力传来，白小纯身体震动，本可借助这股冲击力让自身后退的速度更快，可他强行停住了脚步，直勾勾地看着那把黑色大弓。

“你身上还有这种至宝，早说啊！”

白小纯舔了舔嘴唇，也不跑了，直奔周一星而去。

这一幕让周一星傻眼了。他从来没见过如此狂妄之人，抢了九色火后，看到自己拿出弓，居然不跑了，还要来抢。

“你找死！”周一星怒极吼道，再次拉弓，这一次直接凝聚了三支魂箭！

不远处的陈珏此刻身体颤抖，周一星没认出白小纯，可是他认出来了。一看到寒气，他就浑身起鸡皮疙瘩，第一反应就是自己死定了，既悲愤又无助，也不知道自己是该逃还是不该逃。

眼看激战即将再起，就在这时，剧变突生！

“红帽子，绿帽子，我们是一群小帽子……红脑袋，绿脑袋，我们最喜欢白脑袋……”

阵阵诡异的歌谣，极为突兀地从三人所在之地传出！

第 542 章

歌声再起

这声音似带着摄神之意，传入白小纯三人耳中时，三人都心神狂震，头皮发麻……尤其是此声音并非一个人发出的，而是许多人发出的！

仿佛有无数小孩在那里嬉笑开口，化作无形的波纹，冲击四方，四周的墙壁也被改变了，竟开始蠕动……

那墙壁上甚至幻化出了一张又一张面孔，这些面孔有男有女，有老有少，可毫无例外，神色都有些恐惧。

“红帽子来了！”

“快跑……红帽子来了……”

那些墙壁上浮现出的面孔纷纷尖叫起来，似想要躲藏，更为诡异的是，地面上居然也出现了大量的面孔，一个个都在惨叫。

更为惊人的是这里的墙壁居然蠕动着改变了方向，轰的一下，将三人身后的道路彻底封死，使得他们所在的地方变成了一个死胡同！

这一幕幕，让白小纯与周一星神色大变，还有陈珏也是如此，三人心神震颤，都有些毛骨悚然。

这感觉与修为无关，如同遇到了天敌一般，三人如坠冰窖。

哪怕白小纯修炼的是寒门养念诀，身处这种环境之中，身体也控制不住地哆嗦了一下。

“怎么回事？”

就在三人神色变化、没心情继续厮杀的瞬间，突然从前方道路的拐角处传来阵阵凄厉无比、难以形容的惨叫声。接着，拐角的位置，有一只手猛地伸出。这只手死死地抠在墙角上，似乎在这只手的主人的身后、白小纯三人看不到的地方，有人在拽着他的身体。显然，抓他的力量太强，轰的一声，那只手无法坚持，被直接拽了回去。

紧接着，歌声消失了。

陈珏颤抖不已，急速靠近白小纯，此刻他也不在乎白小纯的身份了，觉得与那未知的恐怖相比，还是白小纯更安全一些。

白小纯面色苍白，身体也在哆嗦，睁大了眼，死死地盯着拐角的位置，胆战心惊，有心退后。只是他们三人身后，虽还有路，但能看到尽头，是一条死路！

周一星一样面色变化，呼吸不稳。他这一路走来，收了不少追随者，甚至击杀了不少人，却从来没遇到过这么诡异的事情。

那种发自灵魂的恐惧，让他瞪大了双眼，死死地盯着拐角处。

就在这时，歌声再起。

“红帽子，绿帽子，我们是一群小帽子……红脑袋，绿脑袋，我们最喜欢白脑袋……”

歌声再次诡异地传出，明明是欢快的歌声，落在三人耳中，却让人头皮都要炸开。

紧接着，拐角处突然飞出了一顶红色的帽子。

这帽子是红色的，它摇摇晃晃的，在飞出后，突然一顿，似乎看到了白小纯三人。

“白脑袋……”

帽子内传出童音，瞬间飞出，白小纯三人急速后退。紧接着，他们就发现了，红帽子的目标不是他们，而是站在他们前方，被白小纯的寒气冰封的十多个魂修！

眨眼间，红帽子就落在了一个被冰封的魂修的头顶，在它落下的瞬间，冰层传出咔咔之声，竟直接碎裂了，露出了那位魂修的身体。

这魂修还没有彻底死亡，尚存一丝生命之火，此刻猛地睁开眼，神色扭曲，发出凄厉的惨叫，让人听了后不自觉地汗毛倒竖，而更让白小纯三人触目惊心的则是接下来的一幕！

只见那被红帽子盖住头顶的魂修，身体不住地颤抖！

“滚开，滚开啊！”

这魂修疯狂地惨叫，抬起手抓着头顶的帽子，想要将其摘下来，却根本做不到。也就是几个呼吸的时间，他慢慢停止挣扎，站在那里一动不动，红帽子才自行离开。

在红帽子飞离后，白小纯三人看到这魂修的头顶变成了白色，露出了头骨！

“红脑袋，绿脑袋，我们最喜欢白脑袋……”

那红帽子嘻嘻一笑，绕了一圈，落在另一个被冰封的魂修头顶。与此同时，拐角处，嬉笑声传出，一大群红色的、绿色的帽子瞬间冲出。

“红帽子，绿帽子，我们是一群小帽子……”

这些帽子飞出后，一边唱着歌谣，一边直奔那些被冰封的魂修，争先恐后地落在他们的头顶。

可这里的帽子太多，被冰封的魂修只有十几人，根本不够，于是剩下的那些帽子纷纷飘起，似乎注意到了白小纯三人。

在它们看向白小纯三人的刹那，四周墙壁上浮现出的面孔全都惨叫起来。

“完了完了，它们来了！”

瞬间，余下的帽子传出欢笑声，直奔白小纯三人而来，三人已没了退路。

在这危急关头，白小纯身体绷紧，发出一声巨大的吼声，右手猛地抬起，取出上千符箓，一把扔给了陈珏。

“你自己逃命去吧！”

白小纯悲呼一声，猛地冲出。在冲出时，他全身噼里啪啦一阵乱响，眨眼间，竟有十多套铠甲出现，还有上万符箓猛地爆发光芒，极为刺目，更有寒气从他体内散出。他整个人如发狂般急速冲出，之后他瞬间消失，再次出现时已到了更远处，在他身后，七八顶帽子赶忙追去。

陈珏狠狠地一咬牙，将白小纯给他的符箓贴在身后，瞬间爆发，拼命施展法术，向前狂奔，同样，在他四周也有五六顶帽子，死死地追着他。

周一星傻眼了，感觉快要哭出来。他觉得不公平……追击白小纯的有七八顶帽子，追击陈珏的有五六顶帽子，可等着他的还有十多顶帽子，比白小纯与陈珏那里的加起来还多。

“怎么会这样？”

周一星面色惨白，悲呼一声，咬牙之下，眉心的星痕在这一刻猛地闪耀起来，星光覆盖八方。

在星光出现的瞬间，那十多顶帽子已穿梭而来。

没想到，那十多顶帽子竟直接穿透了星光，仿佛没有找到周一星一般，很快，当星光散去之后，周一星竟不见了。

那些帽子在四周不断寻找，也没找到周一星，于是成群地向着远处飘去，歌声依旧……

此刻，在迷宫的另一处区域，一片星光亮起，周一星的身体逐渐显露出来，他脚步踉跄，喷出一大口鲜血，面色苍白如纸，眉心的星痕暗淡了不少。

“该死，竟逼我用了家族星痕之力！”

周一星恨得咬牙切齿，想到之前那些帽子的诡异之处，他心有余悸，赶紧看向四周，发现没有帽子后，这才松了一口气。

“抢我九色火，还要抢我宝弓！此人有寒气，而且肉身极强，该死，他怎么与白小纯有些相似？”

周一星回忆刚才那一战，结合他所了解到的关于白小纯的信息，心中至少有了六成把握，自己遇到的那人就是白小纯。

“若他真是白小纯，从他可以改变气息就能看出，他身上一定有宝物！该死，我这么一传送，迷失了之前的路径，又要重新摸索了！”周一星叹了口气，转身一晃，快速远去。

第 543 章

红馒头

之前帽子出现的地方，只剩下十多具魂修的尸体。

这些魂修露出白色的头骨，看上去十分诡异。

四周墙壁上，那些面孔一个个都松了口气，此刻正不断地议论着，很碎嘴的样子。

“终于走了，红帽子走了，哈哈。”

“红帽子今天很反常啊，居然没有来欺负我们。”

“就是就是，很反常啊，不对劲啊……”

就在墙壁上的面孔兴致勃勃地议论时，突然又面色大变，一个个睁大了眼，盯着同一个方向，如被掐住了脖子一样，再也讲不出话来，好像比方才看到红帽子还要恐惧，竟然还颤抖起来。

它们看去的方向，一个模糊的身影出现，这身影渐渐清晰起来，那是一个女子，有着一头长发，样子明明十分娇媚，可不知为何，她身上有种说不出的诡异之感。

“好多人都来了呀……小哥哥也来了。”

这女子掩口一笑，双眸弯成月牙，看起来似乎更美了一些，可偏偏诡异的感觉更强了。

因为在她月牙般的双眼内，竟然多出一双瞳孔，仿佛是一大一小两个瞳孔重叠在一起……

不论何人，看到这一幕，都会内心恐惧。

若白小纯在这里，一眼就可以认出，这女子正是公孙婉儿！

此刻的白小纯正玩命狂奔，七八顶帽子在他身后紧紧追击。一路上，白小纯尝试反击，可那些帽子竟然好像可以免除任何法术，这让白小纯更紧张了，哪怕他施展了可以让四周变得缓慢的极致速度，这些帽子的速度依旧不减。

“追我做什么……我……我脑袋不好吃啊！”

白小纯怕极了，双手护着头顶，一路狂奔，途中遇到了不少蛮荒魂修，那些帽子似乎并不是一定要吃白小纯，渐渐被其他人吸引，再加上白小纯速度快，慢慢地，他终于将那些帽子甩开了。

当察觉身后没有帽子追击时，白小纯这才松了一口气，回想这些帽子的诡异，他心有余悸，可又琢磨这些帽子居然真的不追自己了，而是去追了其他人，白小纯又觉得有些郁闷。

“难道我的脑袋真的不好吃？”

白小纯咕哝一句，赶紧打消这个念头，找了一个没人的地方，迟疑一下，挥手间，四周有雾气散出，封锁四方。

之后，他才舔了舔嘴唇，从储物袋内把那团九色火取了出来，小心地去掉外面的冰后，他拿着九色火，内心激动。此火虽暗淡了不少，但终究是九色火，白小纯拿在手中，感受着此火内蕴含的惊人之力，回想之前的一幕幕，觉得也算值了。

“这九色火不凡啊，若非它无根，怕是我的寒气也无法将其封印住。有了此火，我的永夜伞就可以炼灵九次，威力将更大，我在这里保命的可能性也就越大。”

想到这里，白小纯又观察了一下四周，赶紧取出龟纹锅与永夜伞，开始炼灵。

“这里是迷宫，不知天地之力是否足够……”

当日，他随着大军外出前，曾在边墙内炼灵，那个时候，他就感受到了因天地之力的稀少，炼灵有些困难。好在那口龟纹锅十分神奇，勉强炼灵成功。

此刻，不仅九色火暗淡了一些，而且还是在迷宫里，白小纯迟疑片刻后，一咬牙做出了决定。

“为了增加保命的概率，值得尝试一下，若真的失败了，那也没办法。”

为了自己的小命，白小纯一向不会吝啬，此刻有了决断，便立刻开始炼灵。

随着九色火被龟纹锅吸收，龟纹锅上那些纹路一刹那就闪耀起来。白小纯有些紧张，目不转睛地盯着，当看到那些纹路全部亮起后，他精神一振，赶紧把永夜伞放进了龟纹锅。

在此伞放入的瞬间，龟纹锅猛地震动起来，纹路不断闪光，竟脱离了龟纹锅，飘向永夜伞，烙印在永夜伞上，凝聚出了第九道灵纹！

在第九道灵纹出现的瞬间，永夜伞抖动起来，白小纯隐隐听到其内传出了一声咆哮。

很快，龟纹锅平静下来，一切恢复如常，白小纯却愣了。

“这就成了？没感受到四周的天地之力来临啊！”

白小纯十分诧异，拿起永夜伞，仔细查看后，发现这一次炼灵的的确确成功了。

他更诧异了，看着龟纹锅，又看了看永夜伞。他以往炼灵，都会引来天地之力，这一次却半点都没有。

白小纯回想这次炼灵的不同之处，忽然，灵光一闪。

“不同的是火！我以前炼灵，用的是将多色火的材料引燃后形成的多色火，而这一次，是直接用的多色火……而且此火显然来自蛮荒……”

白小纯若有所思，联想到蛮荒的魂修，尤其是炼魂师，他们身上大都有多次炼灵的法宝，隐隐地，他觉得自己似乎抓到了一些线索。

“或许蛮荒炼灵，不需要天地之力，否则的话，蛮荒怎么可能出现那么多炼灵之宝？”

白小纯思索半晌，知道如今迷宫内危机四伏，容不得他分心，于是将此事暂时埋在心底，散了雾气与寒气，在迷宫内更为小心地寻找出口。

时间流逝，很快又过去了两天，白小纯十分小心，倒也没有再遇到红帽子。可他慢慢发现，无论是边墙修士还是蛮荒魂修的数量似乎都少了一些。

“以前一天至少能遇到十多人……现在，一天能遇到三五人就不错了，这差别也太大了……”白小纯看着四周的墙壁，有种强烈的感觉，仿佛这迷宫是一张死亡的大口，吞噬着一切进入者。

白小纯心底哆嗦了一下。

“不行，我要找到出口！

“可这里怎么看都是一样，出口在哪啊……”

白小纯愁眉苦脸，他也尝试了一些办法，如标记号，可都没有作用。最终他只能继续用那个笨方法，盯着右侧墙壁，在迷宫内慢慢前行。

时间流逝，转眼又过去了三天。

白小纯觉得自己已经走晕了，正哭丧着脸走过一处拐角时，忽然睁大了眼，头皮再次一麻，感觉无比阴森。

他屏住呼吸，一边死死地盯着前方，一边小心翼翼地后退，生怕发出一点声响。

出现在他前方的不是红帽子，那是一个广场，连接四周的道路。在这广场上，有两根巨大的蜡烛，正在燃烧。

火是绿色的，将整个广场都照得绿油油，看起来很瘆人。

在那两根巨大的蜡烛之间，放着一个巨大的盘子，盘子里放着无数个……红馒头！

这还不是最诡异的，让白小纯头皮要炸开的是广场上竟站着数百人。

这数百人中有边墙修士，有蛮荒魂修，还有炼魂师……这些人神色痴狂，一动不动地站着，正死死地盯着那盘红馒头，没有人说话，只有粗重的喘息声。

一股香气从那盘红馒头上飘起，落入白小纯的鼻中，那味道初闻香甜，后来却越来越臭。

第 544 章

你也留下来吧

白小纯面色苍白，这种事情与修为真的关系不大了。他看到那数百人里，还有元婴修士，更让他感觉可怕。

就在他小心地后退时，脚步猛地一顿，死死地盯着数百人中的几个人。

“赵龙、神算子……”

白小纯顿时纠结起来，他看到赵龙、神算子也在那几百人里，两人与其他人一样，都直勾勾地看着那盘红馒头，十分痴迷。

白小纯站在那里，内心挣扎。

“无论怎么说，赵龙也跟了我好几年，且对我忠心耿耿，之前在外面，他还想要冲出来帮我……”

白小纯十分矛盾，眼中渐渐有了血丝。

“神算子是我让他成为护道者的，他跟着我去了星空道极宗，又被我召入军中，他今天有此一劫，可以说与我有一些关联……”

白小纯内心犹豫不决，呼吸紊乱，目中血丝更多。他也害怕啊，对死亡有种无法形容的恐惧。

尤其是前方的广场，分明藏着莫大的凶险，他若是现在就离去，或许可以避开，可若是继续前行，怕是连自己也难逃此劫。

这就让白小纯心中无比纠结，他心中仿佛有两个小人在吵架，一个人在告诉他，要去救，而另一个人则在告诉他，赶快离开这里。

这让白小纯不由得想到了当年的落陈山脉，事虽不同，但是他的处境十分相似……

就在白小纯纠结时，忽然广场上的烛火猛地摇晃了一下，接着广场上那数百人顿时疯狂起来，个个不断咆哮，直奔那盘红馒头而去。

在他们眼中，那似乎不是红馒头，而是可以让他们修为大增的宝物！

眨眼间，数百人就像疯了一样，向前冲去，争先恐后地抢夺红馒头。那些抢到的人激动地将馒头塞入自己口中，不断地啃咬，发出狂笑。而那些没有抢到的则怒火中烧，甚至彼此出手，要去抢夺。

瞬间，广场上一片大乱。

白小纯却身体颤抖，目露惊恐的神情，只觉得毛骨悚然！

因为他看到的一幕与那些当局者不一样，他看到那些人根本就不是在吃馒头，开始他以为那些红馒头是真实存在的，可那数百人在抓的时候，大都是一把抓空。

那些抓空的修士完全没有察觉，误认为自己抓住了红馒头，在那里激动地啃咬。可是，他们啃咬的分明是自己的手！

那些自以为抓到馒头的人将自己咬得满手是伤，可是他们依旧十分疯狂，毫不自知，好像也没有痛感，继续啃咬着自己的手！

那些没有抢到红馒头的人，此刻更为发狂，有的试图抢夺盘子里的红馒头，更多的人是去抢夺其他人的红馒头。

有的人被围攻，无奈死去。

与此同时，随着烛火摇曳，四周响起了诡异的歌声……

“吃吧、吃吧……是不是很美味呀……”

眼前的一切，如同人间惨剧！

白小纯内心如有天雷炸开，他不由自主地开始颤抖。直到他看到神算子抢到红馒头，在那里狂笑，并且抬起右手，要去吃自己的手指，而一旁的赵龙因没有抢到盘子里的红馒头，竟蹲下身要去抢夺一具残尸时，白小纯不再犹疑，他红着眼，发出一声惊天的咆哮，内心决绝，向前狠狠地迈出一步。

这一步落下，四周一切都变得缓慢起来，寒气也瞬间扩散八方，眨眼间就覆盖了整个广场，与此同时，白小纯瞬间消失，再次出现，便到了神算子的身边。他一把抓住神算子的右手，狠狠地一拽。

“神算子，你清醒一下！”白小纯大吼。

神算子一口咬空，猛地抬头，向着白小纯咆哮。这一刻，在他眼中，不管是谁，只要来阻止自己，就是抢夺他造化的仇人。

神算子怒吼一声，猛地掐诀向着白小纯一指，然后如疯狗一样，挣扎着要去吃自己被抓着的右手。

白小纯十分着急，眼看赵龙已经扑倒在地，正狂笑着抢夺残尸，而他自己也有些迷糊起来，四周的一切都开始出现了重影，而那盘红馒头，在他的眼里，则渐渐化作了可以让他延长寿命的丹药。

这一切让白小纯心神颤动，他狠狠地咬了一下舌头，立刻注意到他的寒气影响范围竟在急速缩小……

“该死！”

白小纯怒喝，抬起左手，一把抓住神算子的脖子，不管神算子如何挣扎也不松开。接着他一晃之下，又到了赵龙的身边。抓住赵龙后，他踉跄了几步，才勉强保持清醒，正要离去，就在这时，一声冲击神魂的尖叫从那两根蜡烛内传出。

两根蜡烛上飘浮出了两个中年女子的身影，那两个女子长得一模一样，披头散发，向着白小纯尖叫时，声音回荡四方。

“你敢多管闲事，你也留下来吧！”

随着声音出现，白小纯全身猛地一震，四周的一切似乎正在被急速转化，他仿佛看到了无数丹药，任何一颗都可以让他延长寿命。

白小纯身体哆嗦，呼吸急促，似乎马上就要陷入疯狂之中。就在这时，突然，他金丹内凝聚的一丝念力猛地爆发出来，这念力瞬间冲入他的脑海，如同滚烫的热水洒在雪中。

一瞬间，白小纯脑海里的迷幻场景全部消失，他后怕得颤抖，面色苍白，看向四周时，他的寒气已经被侵蚀了八成之多，眼看就要消失。

而寒气一旦消失，他就无法挪移，即便他将速度提升到极致，也有可能被陷在这里……

与此同时，四周的数百人也注意到了白小纯，在他们眼中，白小纯似乎也成了造化。他们疯狂地冲来，准备分食。

眼看危机来临，白小纯大吼一声，在寒气完全消散前，用了全力再次挪移……轰的一声，白小纯带着神算子和赵龙终于出现在广场边缘。

白小纯心神颤抖，没有回头，向着最近的一条通道急速而去。

在白小纯踏入通道的瞬间，他身后，那两根蜡烛上飘浮出身影的女子再次尖叫起来。

“你想跑……”

尖叫之后，这两个女子竟同时飞出，向着白小纯离去的通道追去。

就在这一瞬，突然，通道外空间扭曲，公孙婉儿的身影显露出来。她缓步走出，抬起右手向着扑面而来的两个女子狠狠一挥。

“滚回去，我的人，你们也敢动！”

那两个女子全身颤抖，发出凄厉的惨叫。那一挥，分明没有蕴含什么法力，偏偏这两个女子身体好似要消散，神情更是无比骇然。

她们不敢上前，跪在那里，瑟瑟发抖。

“还不回去，其他事情不需要你们参与。”公孙婉儿淡淡开口，目中那小了一圈的瞳孔露出一抹幽芒。

正是这幽芒让那两个女子哆嗦得更厉害，匍匐在那里，连连称是。

第 545 章

爷爷叫周一星

通道内，正在疯狂奔跑的白小纯不管广场中发生的事情，一口气跑出了好远，直至完全闻不到红馒头的气味后，他才惊魂未定地四下打量。

确定自己距离那广场很远后，白小纯一把将赵龙与神算子扔在地上。

此刻，二人陷入了昏迷。

白小纯立刻取出丹药，给二人喂下后，在他们头顶拍了一下。

二人身体一震，慢慢睁开眼睛，神色有些茫然，看到戴着面具的白小纯，也看到了四周，没等反应过来自己在什么地方，他们就想起了广场中的一幕幕。

二人面色大变，呕吐起来，尤其是赵龙，更是趴在那里，吐得身体都缩成了一团。

“多谢道友救命之恩！”

神算子内心感激，向着白小纯深深一拜。一想起之前的一幕，他就觉得后怕，太可怕了，若没有眼前之人，恐怕他不是把别人吃了，就是被别人吃了。这么一想，他就身体颤抖，越加后怕。

赵龙也看向白小纯，一样抱拳一拜，尽管白小纯现在伪装成了魂修，可这一刻，他还是十分感激对方。

“这里危险，你们……好自为之。”

白小纯有些疲惫，从踏入迷宫后，他不但要与人斗，还要与一些诡异的东西斗，他真是身心俱疲。

无论是红帽子，还是红馒头，这一切都让白小纯觉得自己的生命受到了严重的威胁。于是他轻叹一声，给了神算子与赵龙一些丹药与符箓后，独自离去。

他不能带着二人一起，一旦他身份暴露，二人将更危险，且在这个鬼地方，白小纯有种感觉，单独行动，或许生存的概率更大。

白小纯离去后，赵龙与神算子相对沉默。二人看着白小纯给他们的丹药与符箓，若有所思，半晌后，相互看了看，结伴离去。

时间流逝，又过去了数日。白小纯在迷宫内更为谨慎小心。离开广场后，白小纯就意识到，自己又迷路了。

咬牙之下，白小纯只能继续用之前的办法，重新摸索。可渐渐地，他的恐惧感与日俱增，因为他发现，他已经有两天……一个人都没看到了。

整个迷宫一片死寂……哪怕是尸体，他都没看到一具，这让白小纯内心绷着的那根弦更紧了。

“不对劲，难道十多万人都死了？”

想到这里，白小纯呼吸一窒，他不知道自己如今在迷宫的哪个方向，也找不到出口，甚至觉得自己一直在绕圈……偏偏他无法留下记号，根本找不到标注物来判断自己所在的位置，心底焦急的同时，又看不到其他人。

迷宫内仿佛只剩下了自己一个人的感觉，让他心脏加速跳动，至于用面具改变样子的事情，此刻他也没心情考虑了。

又过去了一天，白小纯加快了速度，使得自己走得更远，可依旧一个人都没看到，这让他越发恐惧起来。

“该死的陈贺天，我为边墙立下大功，你却要害我！”

白小纯想起让自己来这里的罪魁祸首后，咬牙切齿。

就在白小纯内心愤懑的时候，突然从他的前方传来了阵阵呼啸声，似有人正在急速前行。这声音来得突然，白小纯已经好几天没听到了，此刻一听到，甚至有些惊喜。

可是很快白小纯就警惕起来，立刻后退，目光炯炯地盯着道路尽头的拐角处。

与此同时，呼啸声也瞬间消失，对方似乎也察觉到了此地有人。

白小纯不知道在拐角处的是人是鬼，对方似乎一样不知道白小纯是什么……于是双方渐渐变得紧张起来。

白小纯轻吸一口气，右手抬起时，一把飞剑出现在他的手中，被他猛地一甩，以驭力操控，直奔拐角而去。

就在飞剑飞出的瞬间，突然一道乌光从拐角处破空而出。

乌光内是一支魂箭，此箭直接与白小纯的飞剑碰到了一起，叮当一声，白小纯的飞剑碎裂，无法阻挡魂箭丝毫。

此箭瞬间就到了白小纯面前，白小纯抬起右手，随意一挥，一尊虚幻的大鼎幻化而出，直接挡住了那支魂箭。

巨响回荡，白小纯却笑了起来。

“原来是你！大猩猩！”

白小纯在看到那支魂箭的瞬间，立刻就认出了此箭，想起了那把弓，想起了周一星！

他不知道周一星的名字，不过对周一星眉心上的星痕有很深的印象，于是索性给周一星起了这样一个名字。

此刻，知道对方是人，不是那些古怪的东西后，白小纯精神抖擞，猛地冲出，直奔拐角而去。在白小纯飞出的同时，拐角的位置，周一星也一步走出，当他看到白小纯的时候，面皮抽动了一下。

周一星这些天也过得心惊肉跳，遇到过一些诡异的事情，算是九死一生，若非眉心的星痕，他怕是早就死在这里了。

如今周一星虽逃出困境，但是极为狼狈，披头散发不说，储物袋内的消耗品也用去了大半，眉心的星痕已暗淡得不得了，怕是再用几次，就会碎裂。而星痕一旦碎裂，想要重新烙印，就需要回家族，在祖祠前跪拜七七四十九年，才可重新形成。

在周一星看来，这一切都是因为白小纯。在遇到白小纯之前，他一切如常，遇到白小纯之后，他觉得自己就开始倒霉了。

周一星怎么也没想到，自己好几天没看到一个人影，好不容易遇到一个人，居然会是白小纯！

“白小纯！你才是大猩猩，你全家都是大猩猩！”

周一星怒吼，他也不管对方到底是不是，反正他觉得，此人十有八九就是白小纯。

此刻，眼看白小纯扑来，周一星立刻开弓，九支魂箭连珠而出，直奔白小纯而去。

白小纯挥手间，长笑一声，撑开永夜伞，阻挡九支魂箭，他径直冲向周一星，速度丝毫没有减慢。

周一星看着永夜伞上闪耀的九道银纹，已然发狂，红着眼怒吼起来。他记得之前这把伞分明只经过八次炼灵，可眼下，居然九次了……

不用仔细去想，他就可以猜到，这一定与自己的九色火有关。一想到白小纯居然用自己的九色火去炼灵，而且一次就成功了，周一星就怒火填膺。

“大猩猩，你别生气啊，那你告诉我你叫什么啊。”白小纯顶着永夜伞临近后，猛地收伞，掐诀间向前一挥，寒气立刻爆发，形成无数冰刺，直奔周一星而去。

看到周一星，白小纯是真的高兴，待在这里好多天，连一个人都没看到。此刻，他好不容易看到一个，还真不想把对方弄死，他甚至都后悔之前没带着神算子与赵龙了。

“你爷爷叫周一星！”周一星怒吼一声，眼看那些冰刺临近，他急速后退，双手掐诀间，一个个冤魂立刻从他体内飞出，在半空中组成一个符文印记，轰鸣间形成魂火，直奔冰刺而去。

巨响回荡，冰刺咔嚓碎裂，化作冲击。周一星再次后退，这一次竟一口气射出十八支魂箭！

若白小纯没有永夜伞，想要对抗这十八支魂箭非常麻烦，毕竟周一星使用的是九次炼灵之弓。

“周一猩？哈哈，果然是只大猩猩……”白小纯笑道，眼看那十八支魂箭临近，他猛地撑开永夜伞，再次阻挡，同时全力催动寒气。

轰的一声，那些冰刺疯狂蔓延，直奔周一星。

白小纯是打算生擒周一星，这样不但可以问出炼魂师的一些秘密，还有个人解闷儿，关键时刻，甚至还能将他扔出去诱敌……

第 546 章

金纹箭

轰隆之声不断从迷宫的通道内传出，永夜伞的强悍之处在这一刻体现出来。任凭那十八支魂箭轰击，永夜伞仍然毫发无损，其上只有周一星能看到的诡异笑脸竟越发清晰起来。

周一星毛骨悚然，甚至有种之前遇到红帽子的感觉。

“这是什么鬼伞？！”眼看白小纯强行冲来，感觉到四周寒气呼啸，周一星头皮发麻，全身都冰寒起来。

危急关头，周一星面露疯狂之色，身体急速后退，再次开弓。这一次，他没有凝聚魂箭，而是从储物袋内拿出了一支红色的箭！

此箭赤红，刚被取出，竟散发出惊人的高温，使得四周的寒气微微一滞。白小纯面色一变，双眼从箭上扫过就挪不开了。

“这、这是什么……怎么给我一种九色火的感觉？！不对，是十色火……天啊！”白小纯的脑海中响起轰的一声，他此刻突然意识到，周一星身上居然有这么多宝物。

尤其是这支箭让白小纯呼吸急促，此物乍一看是箭，可他眨眼后再去看，这竟是一团火！

此物时隐时现，看起来极为不凡，而更让白小纯震惊的是，他竟在这支箭上看到了一道金纹！

“金纹……”白小纯一时不知道这金纹是什么，可他听说过金纹的事情，此刻猛地想了起来。

“这……这是炼灵十一次的至宝！”

宝物炼灵十次，都会出现银纹，唯独经过第十一次炼灵后，银纹可化为一道金纹！

白小纯看得没错，这正是一支炼灵十一次的火魂箭！

周一星也是没办法了，若有可能，他也不愿用这支箭，这可是他的撒手锏，是家族给他的防身之物，他只有这么一支而已。

十一次炼灵至宝，配上九次炼灵之弓，甚至可以击杀元婴修士！

此刻，周一星将此箭拿出，可以看出他有多恨白小纯。

“白小纯，给我死！”周一星大吼一声，就要开弓。

这一瞬，白小纯全身汗毛都竖了起来，他有些窒息，瞳孔收缩，心中生出一股强烈的危机感。

他真切地感觉到，这支箭可以杀死自己！

眼看周一星就要开弓，白小纯来不及多想，猛地大吼一声，眉心的第三目蓦然睁开，看向周一星。

周一星身体一颤，神色有些茫然，拉弦的手停顿了一下。

就这么一顿的时间，白小纯全身轰鸣，直接施展了人山诀，他高声怒吼，双手抬起，向着大地狠狠地一拍，同时施展了水泽国度！

地面瞬间化作水泽，白小纯释放的寒气猛地收缩，形成风暴，在四周疯狂旋转。

紧接着，他的不死长生功爆发，使得肉身之力达到了极致。

这一切说来缓慢，可实际上一刹那就完成了。与此同时，周一星眉心的星痕再次爆出星光，他挣脱了白小纯的控制后，额头沁出冷汗，右手瞬间松开，嗡的一声，那支炼灵十一次的火魂箭轰然而出！

它飞出后，已不再是箭，而是化作一条火龙，咆哮着直奔白小纯而去。

火龙首先碰到了白小纯四周的寒气风暴，轰鸣间激起滔天波纹，寒气风暴直接扩散，火龙冲击而去，与拔地而起的一根惊天利刺碰撞在一起。

声响震耳欲聋，白小纯的身影飞出，化作巨大的石人，右手抬起，撼山撞爆发，碎喉锁紧随其后，凭着他的人山之力和肉身之力，轰向火龙。

他没有闪躲，因为他知道，自己或许避得了一时，但周一星还是会用火魂箭来对付自己！

自己唯一的出路，就是豁出全力，拿下火魂箭！

白小纯体内的金丹急速转动，轰鸣间，他靠近火魂箭，体内乌光一闪，龟纹锅出现，阻挡了一下火魂箭的锐气。

火魂箭内传出一声凄厉的惨叫，一股波动扩散开来，似要崩溃。这一幕太快，在白小纯的有心遮挡之下，周一星根本就看不到。

眼下，白小纯集合了人山之力与肉身之力，在撼山撞的加持下，凝聚出碎喉锁，与火龙碰到了一起。

白小纯一把掐住火龙的脖子，不死禁随之展开，阻止其崩溃！

这一刻，轰鸣震天，一股冲击力扩散四方。周一星喷出鲜血，身体如断了线的风筝，不断后退，他神色震骇，目光茫然。

他怎么都不相信自己的眼睛，那可是能击杀元婴修士的火魂箭，可如今居然被白小纯抓住了！

白小纯在抓住火龙的瞬间，水泽国度的利刺崩塌，寒气风暴消散，他的石身更是崩溃爆开，身体流出大量鲜血。

他急速后退，全身铠甲一一化为飞灰，可火龙依旧被他死死地抓在手中，任它挣扎咆哮也无济于事。

最终，周一星眼睁睁地看着那条火龙缩小，成了一支箭，被白小纯拿在手里！

"不可能！"周一星失声惊呼，身体颤抖，眼珠子都差点掉下来。他实在无法相信自己看到的这一幕，体内猛地生出一股危机感，随之而来的则是强烈的恐惧。他立刻催动眉心星痕，散出传送之力。

"周一星，你找死！"白小纯缓缓抬头，双目赤红，杀意滔天，他猛地向前走出一步。

这一步如同落在了周一星的心头，让他身体颤抖，尖叫一声。连火魂箭都无法灭杀之人，他周一星凭什么去灭杀？此刻，周一星脑海轰鸣，来不及思索太多，猛地一拍眉心，那暗淡的星痕瞬间星光大放，卷着他的身影急速消失。

周一星不敢留下，一想起方才那一瞬白小纯的身影，他就心神巨震。

在周一星消失的同时，白小纯喷出一口鲜血。看到周一星竟如此果断地跑了，白小纯愣了一下。

“怎么跑那么快？我这口血还没喷完……”

白小纯郁闷，他之前感受到了周一星眉心的星痕散出的传送之力，料到对方要逃走，于是打算虚张声势，待对方迟疑时，自己再喷出鲜血，使得周一星放心地放弃传送。这样一来，自己就可以将其灭杀。可他没想到，周一星竟如此害怕，自己还没把戏演完，周一星就直接逃了。

白小纯叹了口气，迅速取出一枚神墟丹，立刻吞下，充沛的灵力瞬间扩散至全身，令伤口快速愈合。他看着手中的箭，目露狂喜，哈哈大笑。

“说起来，我还真不舍得杀了周一星啊。这位每次都给我送宝贝，九色火、十一次炼灵之箭，哈哈……还有一把弓等着我呢。”白小纯想到这里，精神振奋，不过，回想之前的一幕，他也很心惊。

炼灵十一次的箭威力极大，让白小纯心有余悸。若非是他用通天法眼争取了一些时间，又用龟纹锅阻挡了火魂箭的锐气，自己必定形神俱灭，更不用提拿下此箭了！

第 547 章

嘘

“那把弓好啊……”白小纯舔了舔嘴唇，越想越心动，他觉得之前定是自己演戏演得过头了，否则怎么会把那福星吓跑了呢？

“以后不能叫人家大猩猩了，他是福星啊！可惜，这迷宫太大了，估计很难再遇到他了。”白小纯叹了口气，眼巴巴地看着四周，很想念周一星。

他感慨一番，打量着手中那炼灵十一次的火魂箭，看着看着，不禁心神震动。此箭非凡，时隐时现不说，更是让白小纯有种灵魂都要被吸入其中之感。

“到底是此箭本身不凡，还是……炼灵十一次后，产生的变化？”白小纯深吸一口气，想到了逆河宗的天角剑。

那把剑已然经过十次炼灵，倘若经过十一次炼灵之物真的会出现神奇的变化，那么，天角剑再经过一次炼灵，必定会更加不凡。

“好东西！”白小纯赶紧将这支箭收入储物袋内，心满意足地拍了拍，整个人意气风发，觉得自己这一次在迷宫内可谓大丰收啊！

“哼，放眼整个迷宫，谁能比我富？天人又如何？我白小纯口袋里的东西拿出来，就算是天人看了也会傻眼！”白小纯得意，可一想到这么多天，自己都没找到迷宫出口，还有迷宫内种种诡异的事情，他就身体一僵，所有得意全都消失了，他开始不断提醒自己要谨慎。

“再多的财富，也不如我的小命贵重啊。”白小纯一缩头，警惕地看着四周，小心翼翼地向前走去。

此刻，在距离白小纯不远的迷宫通道内，星光大放，周一星踉跄走出，刚一现身，就喷出一口鲜血。

他眉心的星痕几近崩溃，其内甚至出现了一道道裂痕，察觉到星痕惨淡后，周一星欲哭无泪。

“白小纯，这一切都是因为你！”他面色苍白，身体颤抖，目露愤愤之意。

“我的九色火，我的火魂箭！该死的白小纯，要不是因为你，我也不会来这里！这该死的迷宫！”周一星要抓狂了，他能感受到，最多再进行一次传送，眉心的星痕就会真正崩溃，灰飞烟灭。

他在来的时候怎么也没想到，迷宫内居然如此凶险，逼得自己多次动用星痕之力，眼下他后悔至极，却于事无补，只能咬牙坚持。

“千万不要再碰到那些诡异的事情了，也不要再碰到白小纯……火魂箭都杀不了他，这白小纯不是人！”周一星唉声叹气，慢慢向前走去。

此刻，他脑子里唯一的想法就是找到出口，赶紧离去，从此之后，再也不来迷宫了。至于白小纯……他已经打算好了，等回到家族后，就邀请兄弟姐妹一起来边城，找机会灭杀白小纯。

迷宫内，白小纯带着警觉，缓缓前行，看着四周一模一样的墙壁，他彻底晕了。

“出口到底在哪啊……”白小纯有些发愁，想了想后，狠狠地一顿足。

“乱了乱了，我彻底乱了。也罢，就以我如今所在的地方为定点！”白小纯深吸一口气，取出一枚玉简，靠着右侧走去。

他在计算自己的步伐，与此同时，也在玉简内画出一条线，以这种方式，耐着性子仔细寻找，遇到岔口，依旧向右。玉简上，慢慢勾勒出了一条歪歪扭扭的线……

时间流逝，又过去了数日，从他进来直至现在，已经快一个月了。

好在白小纯准备了大量灵液，这才使得他的修为与战力都保持在正常水准之上。不过，因他随时都要让自己处于可以一战的状态，所以消耗同样很大。这么下去，怕是再过几个月，灵液就不够用了。

就在白小纯越来越发愁时，这天，他忽然看到前方的通道内出现了一个身影，这身影速度不快，缓缓向他走来。

“谁？！”白小纯一惊，瞬间拿出永夜伞，大喝一声。

但是，那身影置若罔闻，依旧前行。

白小纯心惊肉跳，刚要后退，可看清来人之后，他愣了一下。

此人是边城的一个修士，是这次来临的三万人之一，但这并不是让白小纯愣住的原因，真正让他惊讶的是，此人神情茫然，双目无神，修为竟退化到了筑基初期的程度，前行时双脚无力，整个人虽没有飘浮起来，但看上去像是被什么推动着前行。

这修士似乎没看到白小纯，茫然地向前走着。白小纯觉得很不对劲，眼看这修士走来，他有心出手，却迟疑了一下，没有打草惊蛇，而是让开道路，死死地盯着这修士。

很快，此人靠近，却没有半点停顿，就像看不到白小纯似的，竟直接从他身侧走过。

白小纯的目光落在此人背后，这一眼看去，白小纯心里猛地一震，寒毛直竖。

“这……这……这是什么？！”

白小纯倒吸一口凉气，急速后退，面色苍白地望着那修士，只见那修士身后居然贴着一个七尺纸人！

纸人有手有脚，五官刻画得十分清晰，栩栩如生……它紧贴着修士的后背，仿佛与修士长到了一起。白小纯可以看出，修士体内的生机和修为之力正不断被吸出，融入纸人的身体。

纸人闭着眼，满脸享受之色，容貌甚至都在慢慢改变，竟隐隐朝着修士的模样变化。

这诡异的一幕吓得白小纯直哆嗦，他立刻捂住了嘴，生怕自己喊出来，惊动了纸人。直至修士踉跄着远去，白小纯才长出一口气。

“这里是什么鬼地方……”白小纯惶恐不安，无论是红帽子还是红馒头，抑或这纸人，给他的感觉都无比恐怖。

这些东西似乎不是凭借修为就能抵抗的，而是某种让人灵魂战栗的存在……

白小纯如惊弓之鸟，迟疑之后悲呼一声，他不敢继续朝这个方向走了，只得拿出一枚新玉简，换了一个方向，重新勾勒路线，丝毫不敢疏忽。

可走着走着，他忽然发现，前方竟出现了五个身影，仔细一看，其中有边城修士，也有蛮荒魂修以及魂士。

这五人如他之前看到的那个修士一样，全都神色茫然地缓缓前行。他们的背后，也贴着纸人……

白小纯呼吸轻微，缓缓后退，再次改变方向。可没过多久，他就傻眼了，前方竟有十多个魂修与修士，背后也贴着纸人……

“该死的，怎么会这样？”白小纯着急了，再次换了方向，这次终于好了一些，一路上没有看到纸人修士，他松了口气。可好景不长，一天后，白小纯猛地停住脚步，看到前方有一道身影正急速飞来。

这道身影是一个魂修，看到白小纯后，神色阴沉，他似乎衡量了一下彼此的实力，没有出手，而是冷哼一声，急速远去。

白小纯也看到了这魂修，发现对方的眼神并不茫然后，他暗暗松了口气，正要开口问询一下，忽然他瞪大了眼。

白小纯发现，魂修的后背上居然也有纸人，而显然，魂修并没有发现。魂修从白小纯身边疾驰而过时，那纸人竟睁开了眼，直勾勾地看着白小纯，还诡异地笑了笑，抬起纸手，放在嘴边，做出了一个“嘘”的动作。它似乎在提醒白小纯，它在躲猫猫，让他不要说……

白小纯吓得面色苍白、冷汗淋漓，浑身起满鸡皮疙瘩，他赶紧点头，生怕那纸人误会，甚至还拍了拍胸口，示意自己绝对不说……

那纸人似乎明白了白小纯的意思，满意地点点头，又闭上了眼睛。

直至魂修远去，白小纯才擦去额头的冷汗。

“这些纸人竟可以在人丝毫没有察觉的情况下靠近……”白小纯紧张，猛地回头。

第 548 章

我先走了……嘘

白小纯回头的速度极快，更是突兀，在这之前没有露出半点征兆。他瞬间转头看向身后，发现什么都没有，又抬起双手向背后去摸，也没有摸到什么，他这才松了口气。

“好在我背后没有。”白小纯不得不紧张，之前的魂修是他遇到的第一个自己有意识却不知道身后有纸人之人，此事非同小可，让白小纯惊疑不定。

他看着四周，有些不知道该怎么走了，迟疑片刻后狠狠地一咬牙，选择了一个方向前行。

渐渐地，他看到了很多修士，仿佛前几天他没看到的人都集中在这附近。可是白小纯越发胆寒，因为这些人全都眼神茫然，背后都有纸人。

而那些神志清醒的人都如发狂般，疾行中不断甩动身体，还有的在脱衣服，可无论他们怎么做，纸人都死死地贴在他们背后……

这一幕幕看得白小纯胆战心惊，他好几次突然转头，确定自己背后没有纸人，才松了口气。他不断前行，甚至还发现有些纸人趴在一些散落在地的法宝上面，在吸收什么。

这一切让白小纯恐慌极了，他展开全速，试图尽快离开这片区域。他左绕右绕，虽然途中遇到的修士逐渐减少，但他隐隐觉得四周更为阴寒了，那种骨寒毛竖的感觉多次让他脚步停顿，改变方向。

可一天过去，白小纯发现，无论自己往哪个方向前行，那种阴寒的感觉都在加重。

“不要来找我啊……”白小纯哭丧着脸，忧心如焚，赶紧运转修为，驱散阴寒之气。

慢慢地，阴寒之气少了一些，可该来的还是来了……这一天，白小纯正紧张地前行，猛地看到前方竟有一地的尸体！

白小纯感觉心脏怦怦直跳，看清了那些尸体足有上千之多……毫无例外，这些尸体都成了干尸，而每具尸体上竟都趴着纸人。

这些纸人有的在沉睡，有的在吸收，尤其是不少尸体上，居然趴着七八个纸人……

最让白小纯震惊的是，一个灰袍炼魂师身上居然有数十个纸人，那些纸人几乎将这炼魂师埋住了，都在吸收。

而那炼魂师还没死，甚至神志清醒，可越是这样，他目中的绝望就越是让白小纯栗栗危惧。

“这里是纸人老巢！”白小纯吓得一哆嗦，粗略一算，这里的纸人足有两千。他欲哭无泪，没想到自己绕来绕去，居然来到了纸人老巢。

“看不到我，看不到我……”白小纯强行控制着颤抖的身体，生怕引起那些纸人的注意，他觉得自己不应该打扰它们“吃饭”，于是蹑手蹑脚地慢慢后退。

可白小纯才退出五六步，突然炼魂师身上的一个纸人似乎闻到了什么，四下闻了闻后猛地抬头，立刻就看到了白小纯。这纸人目露奇异之芒，直勾勾地盯着白小纯。

白小纯脚步一顿，差点魂飞魄散，他不断咽着唾沫，与那纸人大眼瞪小眼。他哆嗦着抬起右手，放在嘴边，冲着那纸人做了个“嘘”的动作。

这动作一出，那纸人明显愣了一下，竟真的低下头，不再理会白小纯。白小纯紧绷的神经略微放松了些，可还没等他继续后退，纸人身边的同伴也闻到了什么，纷纷抬头，看向白小纯。

“我不是故意打扰你们的，你们吃你们的好了，我……我先走了……嘘……”白小纯眼眶泛泪，放在嘴边的手哆嗦了一下，还没等他说完，这些纸人猛地发出一声声凄厉之音。

这声音似乎可以冲击灵魂，使得此地两千多纸人全部抬头，发出凄厉的尖叫，直奔白小纯而去。

这一刻，白小纯是真的胆裂魂飞了，他惨叫一声，玩命狂奔。

“你们要赖啊，我……我之前看到过你们的同伴，它嘘了一下，我都没揭穿它……”白小纯一边哭诉，一边狂奔而去。

那两千多纸人与白小纯一起消失在通道内，此地寂静下来，渐渐地，一团雾气出现。

雾气覆盖了地面，所过之处，那些尸体竟急速腐烂，眨眼间就成了飞灰……

就连尸体身上的储物袋和法宝也在雾气中消散，这团雾气逐渐凝聚在一起，翻滚蠕动下，居然慢慢凝聚出一个人影。

最终，人影化作一个女子。这女子千娇百媚，正掩口轻笑，只是那笑声诡异莫测，让人心生恐惧。

漆黑的长发，绝美的容颜，水蓝色的长裙遮掩不住那凹凸有致的娇躯，这女子正是公孙婉儿！

女子笑着笑着，双眸内第二个瞳孔中浮现出一个小女孩的五官，那小女孩同样在笑。

“小哥哥，不要害怕，人家在和你玩躲猫猫呢……”女子声音轻柔，却阴冷无比，她向前走去，一刹那化作雾气消散。

此刻，在远处，白小纯惨叫连连，额头直冒冷汗，他身后那两千多个纸人速度丝毫不慢，仿佛与白小纯之间存在某种奇异的联系，哪怕白小纯跑得再快，它们依旧跟得上。

这一幕让白小纯惊恐万状。他一路惨叫，不断狂奔，吞下一瓶瓶灵液，始终保持惊人的速度。可半个时辰后，他绝望地发现，那些纸人竟一个不少，全都跟在自己身后。

白小纯甚至施展了神通法术，却无济于事，即使是寒界之力也对这些纸人没有太大影响。唯独永夜伞能略作阻挡，但也只能挡住部分纸人。只要他的速度稍微慢一点，它们就会呼啸而来。

一旦这两千多个纸人都扑上来，怕是几个呼吸间，自己就会成为枯骨。想到这里，白小纯身体打颤。

“我没得罪你们啊，干吗追着我？！”白小纯的脑海里浮现出自己被那些纸人扑倒的情景，还有自己成为枯骨的模样，他不禁更恐惧了。

他甚至打算施展水泽国度，看看能不能将这些纸人灭杀，只是水泽国度耗费的灵力太多，不到万不得已，他也不愿轻易施展。

毕竟施展水泽国度所需的灵力，可以供他全速前行一天左右。

“该死的，我再跑一个时辰，若是这些纸人继续追击，我就施展水泽国度！”白小纯狠狠地一咬牙，飞驰而去。

时间流逝，很快，半个时辰过去，白小纯绝望了，这一路上他连半个人影都没看到，同时也发现，这些纸人似乎是不死不休。

白小纯要抓狂了，目中出现了血丝，他正要施展水泽国度，可就在这时，一道身影从前方飞来，还没靠近，这身影就明显哆嗦了一下，因为这身影看到了白小纯，也看到了白小纯身后的两千多个纸人。

这身影倒吸一口凉气，竟转头就跑。

虽然这身影反应极快，但白小纯一眼就认出了此人……

“周一星！”白小纯愣了一下，随后狂喜！

第 549 章

白小纯，你也有今天

白小纯心中狂喜，看着周一星的背影，甚至有种遇到故人的感觉。要知道，这一路上，他可是连半个人影都没看到。

如今居然遇到了周一星，白小纯觉得，他与周一星之间真的太有缘分了。

一想到每次遇到周一星，自己都会有收获，白小纯就激动起来。

“周一星，你别跑，这一次我不要你的弓，你帮我把这两千多个纸人引开就行了，你还是我的福星！”白小纯激动得高呼一声。

这一声呼唤蕴含了无尽的喜悦，传入周一星耳中。周一星要抓狂了，仰天悲吼一声，他觉得自己真是倒了八辈子霉……

“你才是福星，你全家都是福星！”周一星怒吼，悲愤不已。白小纯眼睛太尖了，他方才反应极快，转身就逃，竟还是被对方认了出来。尤其是听到对方居然称呼自己为福星，周一星觉得心被狠狠地抓住，那种心痛之感让他崩溃。

他之前一直在心底祈祷，不要再遇到白小纯，可没想到还是遇到了！

“苍天啊，迷宫这么大，为什么、为什么我竟又遇到了这该死的白小纯？！”周一星欲哭无泪，这已经是第三次了，他觉得自己的运气实在太差了。

第一次遇到白小纯，他的九色火被抢了；第二次遇到，他的火魂箭被抢了；如今第三次遇到，这无耻的白小纯居然带着两千多个纸人……

这几天，周一星也发现了那些纸人的诡异与恐怖，此刻一想到白小纯身后有两千多个纸人，他就心惊肉跳。

“我是不是上辈子欠了他的啊？！”周一星悲吼一声，双眼布满血丝，面孔扭曲，恶向胆边生，他猛地转身，死死盯着身后追来的白小纯。

“白小纯，你让我帮你引开这些纸人？好，这是你自己找死，这一次我们相遇，你注定要死在我手上！”周一星狠狠地一咬牙，此刻，他突然意识到，这或许是自己击杀白小纯的机会，白小纯身后那些纸人就是自己最大的助力！

“好机会！”周一星大吼一声，这一次，他也打算豁出去了，直接取出那把炼灵九次的黑色大弓，奋力拉开，轰鸣间，竟一边后退，一边开弓三十六次！

开弓三十六次，超出了周一星的极限，使得他口喷鲜血，可就算如此，他依旧执着，显然是对白小纯恨之入骨了。

那三十六支魂箭掀起阵阵刺耳的呼啸声，直奔白小纯而来。白小纯面色一变，他之前看到福星来了，激动过头，此刻才意识到，对周一星而言，这是一个击杀自己的绝佳机会。

“大猩猩，你太欺负人了！”白小纯怒吼一声，三十六支魂箭已然临近，封锁了所有方向，他根本就无法避开，且身后还有纸人追击。危急关头，白小纯右手一挥，永夜伞蓦然撑开。

轰鸣震天，巨响回荡四方，三十六支魂箭全部崩溃爆开。与此同时，周一星如同打了鸡血，大吼一声。

“白小纯，你也有今天！”

他不惜冒着伤势加重的风险再次拉弓，竟一口气又射出十三支魂箭。

“嗖嗖嗖……”

这十三支魂箭如闪电一般落在白小纯身前，声响震天。

在一次次冲击下，白小纯哪怕再强悍，也不禁停顿了一下，身体甚至后退了一些。

就在他后退的瞬间，那两千多个纸人速度暴增，呼啸间，竟出现在他四周。

纸人露出诡异的笑容，口中发出尖叫，带着贪婪与疯狂之色，直接扑向白小纯。

不远处的周一星亲眼看到这一切后，激动得身体颤抖，仰天大笑。

“白小纯，这可不是周某要灭你，而是天意如此！”周一星觉得内心的郁闷一扫而空，身心舒畅，精神振奋。

“白小纯，你……”周一星看着白小纯所在的方向，笑得猖狂，可话还没说完，他就猛地睁大了眼，声音戛然而止！

“不可能！”周一星失声惊呼。

轰鸣间，一层层光幕从白小纯所在的地方扩散开来，光幕极多，怕是足有上千层，厚度也有十丈！

巨响回荡，随着光幕扩散开来，那些纸人竟被推动，猛地散开，最终全都贴在了光幕上。

纸人太多，使得白小纯看起来就像一个直径达到十丈的纸球！

纸球内，白小纯吓得汗流浃背。方才那一瞬太危险了，他被魂箭阻挡，那些纸人突然扑上来，好在白小纯反应快，他虽来不及施展水泽国度，却有符箓，于是猛地取出一大把，全部贴在身上。在那些纸人扑来的刹那，光幕散开，阻挡纸人。

此刻，眼看符箓之光对这些纸人有效，白小纯猛地抬头，目光从纸人之间的缝隙穿过，看到了远处目瞪口呆的周一星。

“周一星！”白小纯怒了，向前飞奔而去，冲向周一星！

周一星蒙了，脑海中响起轰的一声，他看到一个巨大的纸球向自己呼啸而来，那气势，那速度，还有那些纸人，都让周一星头皮一炸。

“这都死不了？！”周一星悲愤欲绝，转身就跑。虽然他速度不慢，但白小纯速度更快，二人一前一后，直接展开了追击。

“怎么办，怎么办？难道真的要动用最后一次星痕传送！”周一星要发狂了，纠结中狠狠地一咬牙，正要催动星光，却忽然发现，在两千多个纸人的吸收之下，纸球竟缩小了许多。

“嗯？”周一星惊喜，立刻放弃了传送。他看出来了，白小纯现在使用的办法是饮鸩止渴，一旦光幕消失，白小纯必定形神俱灭。

想到这里，周一星再次激动，立刻加速前行，并时刻留意后方。

就在这时，轰的一声，纸球竟再次恢复到了原本大小。周一星吓了一跳，经过观察，发现纸球缩小的速度依旧不减，这才真正放心。

“白小纯，我看你能坚持多久！”

在周一星叫嚣时，白小纯于纸球内冷笑起来，他很想告诉周一星，自己的储物袋内别的不多，符箓可不少……百万张拿不出来，可想要拿出十万八万张，还是很轻松的。

“哼，我要是把符箓都拿出来，一定吓死你！”白小纯咬牙，可也有些发愁。就算他的符箓再多，也终究有用完的时候。他看向四周的光幕，发现随着那些纸人的吸收，自己的符箓消耗很大，而且他隐隐觉得，这些纸人认为符箓光幕十分美味。

白小纯想了想后，猛地取出一张符箓，扔在一旁。符箓落地，化作一层光幕。眨眼间，竟有一些纸人飞出，直奔符箓而去，其他纸人也被吸引。显然，这些纸人很喜欢符箓光幕。

看到这一幕，白小纯眼睛一亮，看向逃遁的周一星，暗自咬牙，决定搏一次。

第 550 章

我背后……有人

纸球太大，遮挡了周一星的视线，同时，他还要分心疾行，所以没有注意到这一幕。此刻，他心中激动，不时打量白小纯，很期待看到纸球越来越小。

而事实也的确如他所料，白小纯所在的纸球似乎补给跟不上，已经缩小了一半。

同时，白小纯的速度渐渐慢了下来，他似乎已经到了山穷水尽的地步，周一星甚至都听到了纸球内白小纯那绝望的哀号。

“白小纯，你也有今天！”周一星心情畅快，志得意满，一路狂笑。想到这一切是自己一手设计的，他就激动得浑身颤抖。

“我要你死，你敢不死？！”周一星狂笑，眼看白小纯速度更慢，纸球也变成了原本的三分之一大，他更为确信，自己也慢了下来，他要亲眼看着白小纯被纸人吸干。

“周一星！”纸球内，白小纯气急败坏地怒吼，速度越来越慢，到了最后，似乎无力前行，挣扎起来。

白小纯越是这样，周一星就越是开心，他停下来，直勾勾地望着白小纯，眼中满是期待。

“喊吧，就算你喊破了喉咙，这里也没人能救你！”周一星春风得意，只觉得全身上下似乎有用不完的力量。

纸球的大小变为原本的十分之一，周一星渐渐看不到白小纯的身影了，只能看到一个纸团！

到了这关键时刻，周一星呼吸一窒，脑海中甚至已经浮现出接下来自己将要看到的画面：在纸团光幕最终破灭的刹那，那些纸人一拥而上，白小纯发出凄厉的惨叫，形神俱灭。

而自己则可以记录下这一切，能取走白小纯的遗物最好，若没机会，也可发动最后一次星痕传送。凭着这段记录，自己就可以换取金木水火土五个天兽魂，凑成五行天兽魂！

可就在周一星沉浸在美梦之中时，白小纯所在的纸团光幕轰然碎灭，周一星将眼睛睁得老大，兴奋地看去……

突然，一大把符箓从纸团中掉了出来。这举动十分突兀，周一星完全没有预料到，眨眼间，那上千符箓就落在了他面前。

周一星一愣，下意识地就要抵挡。轰的一声，那些符箓自行爆开，化作大量光幕，直接将周一星笼罩在内。

符箓的光幕没有杀伤力，只有防护之力。

与此同时，白小纯四周的那些纸人竟瞬间抬头，不去理会白小纯，而是疯狂地奔向被符箓光幕笼罩的周一星！

这一切说来缓慢，实际上，从白小纯身上的光幕破灭，到纸人扑向周一星，也就是两个呼吸的时间罢了。

周一星面色大变，脑海轰鸣，这一切与他所想的差距太大，他尖叫一声，正要后退，可是晚了。那些纸人速度太快，直接将他包围，使得他也成了纸球！

“白小纯！”纸球内，周一星的声音凄厉无比，他懊悔极了，此刻心神颤抖，整个人都要疯了，“无耻，无耻！白小纯，你不得好死！”

在周一星成为纸球的瞬间，白小纯面色苍白地急速后退。方才实在太危险了，白小纯虽贪图周一星的弓，但还是快速向后退去。

“与那弓比较，还是我的小命重要啊！”白小纯生怕那些纸人再追来，转身急速远去。

纸球内，周一星一脸憋屈，看着四周不断缩小的光幕，眼泪流了下来。

他觉得白小纯是自己的克星，真真正正的克星……此刻，他来不及多想，呜咽一声，右手在眉心狠狠一拍。

轰的一声，他的四周散出星光，传送开启。在星光消散的一瞬，他的身影也消失了。在他离去不久后，光幕就被那些纸人吞噬得干干净净。

周一星消失了，那些纸人扑了空，在四周晃来晃去，发现找不到人，这才成群飘向远处。

迷宫内，另一条通道里，星光出现，周一星的身影走出，连续喷出几大口鲜血，他扶着一旁的墙壁，面色苍白，惨笑起来。

此刻，他的眉心散出阵阵暗淡的星光，星光渐渐熄灭，连同星痕，化成了飞灰……

“星痕没了……”周一星悲愤，回想与白小纯之间的一幕幕，眼泪夺眶而出。

“我不杀他了，我……我只求这辈子不要再看到他！”周一星咬牙悲吼一声，整个人似乎一下子苍老了不少。

身体的打击、心灵的创伤，让周一星开始怀疑人生……

有人悲愤，有人高兴，此刻，与悲愤的周一星不同，白小纯就很高兴，他终于保住了小命，有种劫后余生的感觉。

想到周一星之前的阴损，白小纯此刻也不生气了，他觉得周一星对自己真是没话说，为了救自己，周一星竟豁出性命。

“罢了罢了，周兄，我们有缘啊，估计你也死不了，希望我们下次还能相遇。”白小纯心中怀着对下次相遇的期待，美滋滋地向前走去。

可走着走着，白小纯觉得有些不对劲，猛地回头看向身后，身后却什么都没有，他又赶紧抬起双手在背后一顿狂抓，也没抓到什么。

不知是不是错觉，他还是觉得有些不对劲，他一路前行，遇到了一个边城修士。这修士一脸紧张，似劫后余生，正小心翼翼地奔跑。

二人只是对视了一眼，白小纯就从此人眼中看到了恐惧……

修士立刻低头，竟给白小纯让路。白小纯狐疑，有心去问一问，可立刻就打消了这个念头，因为他在这修士的背后看到了一个纸人。

白小纯赶紧加速离去，经过修士身边时，他猛地回头，竟看到那修士正冲着自己惊恐地点头……

察觉到白小纯的目光，这修士尖叫一声，转头就跑。

白小纯愣了，很快额头冒出冷汗，他想起来了，自己当初看到有人背后贴着纸人时，那纸人向自己“嘘”了一下，自己也点头了……

想到这里，他脑海中浮现出方才那个修士的眼神和点头的样子，仔细想想，觉得恐怖极了……

“我的背后……不会……也有纸人吧……”白小纯脑海嗡鸣，面色瞬间苍白，他不断地回头，脖子都痛了，也没看到什么。身处此地，灵识被压制，他无法探察，用手去抓也抓不到……

最后，他索性取出铜镜去看，可无论怎么照，他背后还是什么也没有。

白小纯只能带着惊疑，继续前行，可渐渐地，他的面色更难看了，他感觉自己背后背着一个人！

这种感觉让白小纯毛骨悚然。

“我……我背后……有人！”

第 551 章

我会乖乖的

白小纯尖叫一声，一下子就跳了起来，身体颤抖，他赶紧回头，又一顿乱抓，可依旧什么都没有。

只是，那种背着一个人的感觉越发强烈，白小纯甚至感受到背后那个人越来越重，压得自己喘不过气来。

“一定有人！”白小纯急得眼泪都要出来了，他怒吼一声，立刻拿出符箓贴在身上，形成光幕后，他赶紧去看，可光幕上什么都没有。

只是他感觉，那人依旧趴在自己背后。

“怎么不管用了……”白小纯着急了，狠狠咬牙，轰的一声，竟施展了人山诀，他化作石人，又变回来，背后的人居然还在，而且更沉重了。尤其让白小纯惊恐的是，他察觉到背后的人居然在吸收自己的生机。

“不……那是我的寿元啊，我想活久些，你不要这样，我们商量一下好不好，你先下来……”白小纯哭丧着脸，哀呼起来。

他甚至拿着永夜伞在背后狠狠地捅了几下，可背后的人似乎赖上自己了，怎么也赶不走。

渐渐地，白小纯觉得头脑昏沉，绝望中，他连水泽国度都施展了一次，可还是不行……

“怎么办，难道我白小纯真的要把小命丢在这里？！

“我不甘心啊，我还这么年轻，还没有娶媳妇，还没有后人……”白小纯心中悲愤，越想越委屈，头脑更加昏沉了。

远远看去，此刻的白小纯神色茫然，脚步沉重，身体踉跄，似乎不是靠着自己的力量行走，而是被人推着前行。

而在他身后，有一个纸人。纸人睁着眼，如长在白小纯身上一般，贪婪地吸收他的修为与生机。

这纸人与其他纸人不一样，它不是白色的，而是红色的！

尤其是它的脸上竟有六只眼睛，此刻，这六只眼睛都在眨动，诡异无比。

白小纯根本发现不了，这一路走去，许多纸人无声无息地出现在四周，正贪婪地看着他，可它们还没靠近，注意到白小纯身后的红色纸人后，一个个都颤抖起来，赶紧离去。

渐渐地，白小纯的四周空无一物，他的脚步越发沉重，眼神越发茫然，身体仿佛正在衰老。

可就在这时，一只洁白如玉的手突然出现，无视那红色纸人，拍在了白小纯的肩膀上。

这一拍之下，白小纯的身体猛地震动，仿佛在沉睡中被人狠狠推了一下。在惊醒的瞬间，他想起了之前的一切，尖叫一声，猛地向前走出几步，蓦然回头。

在回头的刹那，白小纯愣住了。

“公孙婉儿！”

此刻，白小纯的前方站着一个绝美女子，她穿着长裙，露出诡异的笑容，嘴角还有一些鲜血，似乎忘了擦去，这女子正是公孙婉儿。

她的手中抓着一个红色纸人，这纸人正在凄厉地惨叫，不断挣扎，似乎想要挣脱，可根本就做不到，到了最后，它甚至露出哀求之色。

“竟敢欺负我小哥哥，好大的胆子哟！”公孙婉儿看都不看那红色纸人一眼，笑了笑，目中那小了一圈的第二瞳孔散出寒芒。

她轻轻一捏，红色纸人发出惨叫，竟被一点点捏碎！

在纸人被捏碎的瞬间，一丝丝白雾散出，直奔白小纯而来，使得他的生机恢复过来。

可白小纯的面色更苍白了，他下意识地后退几步，望着公孙婉儿。这一刻的公孙婉儿，让白小纯有种强烈的陌生感。

他仔细回想，似乎从很久之前，对方就让自己有这种感觉了，确切地说，自己从血溪宗归来后，公孙婉儿就变了。

尤其是看到她嘴角的鲜血，白小纯呼吸急促，那种毛骨悚然的感觉更胜以往。

这一刻，四周的阴寒之气强烈无比，无论是红帽子还是红馒头，抑或是纸人的老巢，都没有这么恐怖。

最让白小纯心惊的是“小哥哥”这三个字，让他莫名觉得有些耳熟……

“那个……婉儿，你……你怎么在这里……”白小纯颤声开口，再次后退几步，目光忍不住又落在公孙婉儿的嘴角上。

公孙婉儿有所察觉，抬起手轻轻抹了下嘴角的鲜血，放在口中，冲着白小纯笑了笑。这一笑让白小纯心惊胆战，不知是不是错觉，他仿佛看到公孙婉儿的口中有第二张嘴！

同时，他也注意到公孙婉儿的双眸中有两层瞳孔！

白小纯身体哆嗦，恐惧感让他仿佛置身于怒浪之中，他吓得汗流浃背，全都是冷汗。

“婉儿，我……我还有事，那个……我先走了。”白小纯哆哆嗦嗦地开口，说完就要后退。

“小哥哥，陪我玩啊。”公孙婉儿掩口一笑，声音也变了一些，成了童音，在通道内回荡。

白小纯全身一僵，猛地睁大了眼，他之前就觉得“小哥哥”这三个字十分耳熟，此刻又听到这声童音，顿时脑海轰鸣，如同炸雷一般。

惨叫中，白小纯猛地后退，面露难以置信之色，指着公孙婉儿，失声惊呼：“你……你……你是谁？！”

“小哥哥，你怎么把我忘了呢？”公孙婉儿轻声开口，声音温柔，可落在白小纯耳中，就如同一串惊雷，直接唤醒他的记忆，他仿佛回到了当年的陨剑深渊，看到成群的煞魂中，站着一个抱着血色小熊的小女孩！

“这怎么可能？！”白小纯口干舌燥，整个人都要神经错乱了，连连吸气，难以平复，好似被一棍抡在脑袋上，到现在都是蒙的。

看到白小纯这副样子，公孙婉儿笑了起来，她右手轻挥，身边立刻出现了一团红色雾气。雾气急速凝聚，最终化作一个高大的身影。

这身影是一个强壮的男子，可全身的皮肤都没了，露出血肉，甚至能看到青筋。

白小纯看着这强壮的大汉，脑海里浮现出一个名字。

“雷山！”

此人正是当年玄溪宗的天骄，雷山！此刻的他，浑身上下散发出的修为之力竟堪比元婴，只不过他双目空洞，已没有丝毫神志，如同一个傀儡，默默地站在那里。

“小哥哥，在这里等我哦，我还没吃饱，要带小熊再去吃点，一会儿来找你玩儿。你乖乖待在这里哦，不听话，我会不高兴的。”公孙婉儿开口，似乎很开心的样子，转身蹦蹦跳跳地远去。

雷山一样转身，迈着大步，面无表情地跟着公孙婉儿，脚步落地，传出轰隆之声。

看到这诡异的一幕，白小纯面如土色，只觉得浑身冰冷彻骨，他琢磨着自己怎么也不能在这里等着啊。

看着公孙婉儿与雷山的背影，回想这些年的事情，他已然明白，陨剑深渊内那个恐怖的小女孩，借助公孙婉儿的身体出来了。

无论是逆河宗闹鬼还是战舟上的死亡事件，显然都是这小女孩干的……

一想到小女孩是吃了自己的丹药才变成这个样子的，白小纯就心头一颤。

“那个……你放心，我会乖乖的，哪里也不去……对了，有个叫周一星的，白白嫩嫩，一看就很美味，你可以去找他玩儿……”白小纯高呼一声，等了一会儿，确定那小女孩远去后，嗖的一声，急速逃遁。

第 552 章

试炼之地

白小纯才不管公孙婉儿对自己的要求，他觉得自己若是真的听了，乖乖在那里等着，才是一个笨蛋。

“当我傻啊？我才不在这里等着。”白小纯忐忑，心脏跳个不停，他觉得这小女孩不对劲，居然就这么相信自己会听她的……

“难道她在诈我？不管了，反正我不待在这里。”白小纯纠结了一番，还是搞不清楚小女孩的心思，索性飞奔而去，继续用他那个笨方法寻找出口。

数日过去，一路上，白小纯没有遇到半个身影，那些诡异的事情也没有再发生。

白小纯全速前进，渐渐地，玉简内的线条越来越多，而且这些线条极为精准，是白小纯按照自己的步长勾勒出来的。最终，白小纯停下脚步，拿着玉简，若有所思。

他看了看四周，又看了看玉简，尽管他辨认不出自己是否来过这里，可根据玉简内的图来看，此地他之前是走过的。

“果然是一个死循环……这迷宫应该是由多个这样的死循环组成，因为迷宫很大，所以每一个死循环的范围都不小……

“而那些在我右侧的墙壁，实际上在我踏上其他道路后，变到了我的左侧……左侧与右侧，是同一面墙。

“那么，有两种可能：一种可能是，如果这迷宫内有一百个循环，那么九十九个是死循环，会让我走回原地，可必定有一个通往出口！另一种可能就是，出口不在任何一个循环中……而是另有所在。”

白小纯揉了揉眉心，暗叹一声。他在迷宫里待了太久，也不知道其他人有没有找到出口，虽然这迷宫既庞大又复杂，但白小纯觉得，修士之中有不少奇人异士，自己想不到的，不代表别人想不到。

白小纯沉吟片刻，看着手中的玉简，找到一条往左的道路，继续标记起来。一旦要转回标记过的路线，他就立刻回头，重新选择一条路，继续向左前行。

“我要找到这个死循环与下一个循环的连接处！”白小纯咬牙开始寻找。

“我用这个办法，不一定能找到出口，但只要无人打扰，我至少不会迷路！”

时间流逝，半个月后，白小纯面容憔悴，他找到了下一个循环，但走了一圈后发现同样是死循环。

白小纯没有放弃，继续寻找。

随着时间的流逝，厄运似乎慢慢过去了，好运快要降临。又过去了一个月，白小纯在玉简内密密麻麻地勾勒了无数路线，全部心神都沉浸其中。终于，这一天，他猛地停住脚步，看到前方道路尽头居然有一座广场！

这座广场上没有白色蜡烛，而且比红馒头所在之地大了数倍，正中间有一个阶梯形祭坛，祭坛上竟有一扇巨大的光门。

看到这扇门的瞬间，白小纯激动不已，他呼吸变快，身体颤抖，兴奋极了。

“终于……终于找到了！”白小纯深吸几口气，压下心中的激动，他没有立刻冲过去，而是仔细地观察四周，直至确定这里没有异常，才慢慢走去。

当他走进广场后，白小纯看着祭坛上的光门，忍不住大笑起来。

“什么破迷宫，我白小纯弹指间，它立刻就要灰飞烟灭。我稍微动动脑子，就轻易找到了出口。”白小纯极为得意，一闪身，就飞上祭坛，向着光门走去。他的身影在碰触光门的瞬间，就无声无息地消失了。

白小纯眼前一花，当一切重新变得清晰时，他警惕地看向四周，这一看之下，他身体一震，连呼吸都不禁顿了顿。

这里四周广阔无边，有无数球状星光。光球密密麻麻，遍布八方，竟足有上千。

每一个光球内居然都有一个身影，有的是修士，有的是魂修，还有的是魂士。这些人都闭着眼在光球内打坐，神色时而变化，要么咬牙切齿，要么癫狂喜悦，尽显百态。

白小纯发现其中不少身影都很眼熟，仔细辨认后，认出这些人正是来自边城与蛮荒。

“居然有一千多人在我前面闯过了迷宫。”白小纯一一看去，很快，他就看到了陈贺天，甚至还看到了赵天骄与陈月姗。

而在蛮荒众人里，白小纯一眼就看到了那穿着一身红色长裙的红尘女！

红尘女实在太显眼了，她所在的光球几乎是这里面最璀璨的一个。其星光极为耀眼，哪怕其他上百个光球凝聚在一起，也无法与她比较。

白小纯上下打量着，突然发现自己的四周也有星光，他扫了一眼就明白了，自己所在的位置也有一个光球，与那一千多个光球一样，都飘浮在星空中。

而这一千多光球的中心有一座巨大的石碑。这石碑太大了，似乎无边无际，白小纯甚至无法衡量其大小……其上有文字，写的是试炼规则。所有光球都环绕在石碑的四周，白小纯仔细看去，发现每个光球都有一条丝线与石碑相连！

白小纯心神震动，这是他看到的第二座石碑，迷宫外还有一座石碑，那上面写着“迷宫下，有试炼之地，走过迷宫，通过试炼，第一者，可获天人魂”。

而眼下，白小纯知道自己已走过迷宫，那么，显然这里就是试炼之地。

若能在这试炼中获得第一，那么他就可以获得天人魂。

“虽然天人魂极好，但小命更重要。这里看起来似乎很安全啊，我躲在这里，等到有人取走了天人魂，我就可以出去了吧……”白小纯想到这里，赶紧伸手去碰身边的星光，想看看自己能不能出去。可很快他就发现，那光球如同隔膜，任凭他如何用力，都无法冲出。

这顿时就让白小纯惊喜不已。

“与我判断的一样啊！这就好了，哈哈，我出不去，别人也出不去，自然也无法进来。这多好啊，大家在这里相安无事。”白小纯高兴，觉得这试炼之地还算公平。

他正心中喜悦，突然看到远处又多出了一道星光，形成了一个光球，里面出现了一个身影。一开始，这身影有些模糊，可很快就清晰起来。

“周一星！”白小纯愣了一下，那光球内的修士正是周一星。此刻，周一星满脸激动之色，似乎对于能找到出口极为兴奋。与白小纯刚来这里时一样，他也在打量四周，先是被那石碑震撼，又为四周的人数而惊讶，最终他看到了白小纯。

二人隔得挺远，目光相交后，周一星猛地睁大了眼。

白小纯哈哈一笑，也不知道对方能不能听到自己说话，他想着这周一星真是命大啊，不但没死，居然还找到了出口，不愧是自己的福星，于是挥挥手，打了个招呼。

周一星的面皮不由得抽动了一下，他死死地盯着白小纯，咬牙收回目光，不再理会。他担心若自己再看下去，说不定又会出现什么倒霉的事情……

眼看周一星不理会自己，白小纯咳嗽一声，摸了摸鼻子，有些无聊。

“这些人太慢了，不就是个试炼嘛，赶紧结束不就得了。”白小纯打了个哈欠，目光扫过，落在那石碑上，他打算去看看这试炼到底是怎么回事。

第 553 章

炼灵

只要光球内的修士看向石碑，上面的文字立刻就会清晰地浮现在修士的脑海里，内容很简单：无论何种试炼，只要能第一个通过，就可成为第一！

不管是谁，不管是哪种试炼，也不管开始的时间前后，只要有人第一个完成，就会立即被传送到第三层！

而天人魂就在第三层，修士被传入后，就可以取走天人魂。

可石碑上没有说，第一出现后，其他人的试炼是否会结束。按照规则来看，若第一还没来得及取走天人魂，在这个过程中陆续完成试炼的修士也会被传送到天人魂所在的第三层。

除此之外，石碑上的文字也点明了，试炼者完成的程度越高，则所在的光球就越璀璨。白小纯看到这里，顿时明白了在所有人中，那红尘女怕是完成程度最高的。若无意外，此女应该就是第一，能够拿走天人魂。

白小纯有些遗憾，他虽对天人魂不是志在必得，但若能顺手拿走，他是不会介意的。

此刻，白小纯觉得自己没戏了，毕竟他来得太晚，前面已经有一千多人了。白小纯叹了口气，注意到石碑上给出的一些试炼选择。

第一种是战力试炼。

“这个不行……一看就是要打打杀杀，不适合我。”白小纯摇头，随即看向第二个，顿时眼睛一亮，第二个是炼药试炼。

“炼药啊……这个我擅长啊。”白小纯打起精神，继续往下看。

“神通试炼、炼器试炼、神魂试炼？这不行啊，神通试炼我估计没法与那红尘老女去比。至于炼器……我不会啊。这个神魂，咯咯，我还没凝聚神魂，似乎还是炼药适合我。”白小纯有了兴致，这会儿倒不觉得无聊了，自得其乐起来，他又看向其他选项。

“天一试炼、炼灵试炼、悍身试炼？”白小纯不懂天一试炼是什么玩意儿，于是自动排除了，至于悍身试炼，他琢磨了一下，“这意思似乎是试炼肉身之力，不行，这也太危险了。”

白小纯继续看去，石碑上的试炼选项密密麻麻、五花八门，足有上百种，很多都是他没听过的。他全都看了一遍，目光最后落在炼药试炼与炼灵试炼上，心中有些迟疑。

“可惜时间不够呀，否则，炼药是个不错的选择，不过这炼灵……”白小纯双眼微眯，眼中闪过一丝狡黠之色，他意识到，这或许是一个机会……

“要是能在试炼中使用龟纹锅……那么，这炼灵对我来说就没有任何难度啊。这样一来，我能成为第一……超越红尘女，也不是没可能啊！”白小纯想到这里，立刻有些激动。

“也罢，炼药无望，倒是可以在炼灵上赌一把。若是赌赢了，我就能拥有天人魂，赌输了我也没什么损失。”白小纯想到这里，立刻有了决断，猛地看向炼灵试炼，按照石碑上描述的方法，将全部心神都沉浸在“炼灵试炼”这四个字上。

白小纯看着看着，脑海中突然响起轰的一声，眼前一片混乱，似乎天地逆转。这一瞬，他的魂魄仿佛离开了身体，向着石碑飞去。

白小纯一愣，立刻回头，看到自己的身体于之前所在的光球内盘膝打坐，一动不动。面具似因魂魄的离开而失去了活力，竟被掀开了一角，慢慢脱落，掉在身上。

白小纯吓了一跳，他没想到面具居然会在这种情况下掉落，可眼下他来不及做什么，他的魂魄直接就与石碑碰到了一起。

轰鸣之声在他耳边猛地传开，似乎还有无数厉鬼嘶吼，要来撕扯他的灵魂。

好在没过多久，白小纯耳边的声音就消失了，他眼前一花，当周围的景物重新变得清晰时，他赫然发现自己身处一间密室中。

密室的墙壁呈黑色，给人一种压抑之感，四周空旷，只有三座半人高的石台，正中间的石台上放着一片枯黄的叶子。

这片叶子似乎已经被风干了，看起来再寻常不过，事实的确如此，这就是一片简单得不能再简单的叶子。

在这片叶子左侧的石台上，飘浮着一团火，赤色的火燃烧着，尽管其温度比凡火高些，可白小纯还是一眼就认出，此火只是修真界常见的一色火而已。

至于最右侧的石台，上面摆放着一些零散的材料，有石头、药草，也有一些金铁之物，除了药草，其他的白小纯一概不认识。不过，他仔细回想，当年张大胖在他面前炼灵时，似乎用过类似之物。

整个密室，除了这三座石台，再无一物。显然，这就是一处炼灵房，试炼者要用石台上的物品完成一次炼灵。

白小纯看了看四周，在一色火上多扫了一眼，他深吸一口气，想起自己在外面时，面具落下之事，顿时有些紧张。他仔细地检查了四周，站在一色火前，狠狠地一咬牙。

“不管了，那光球很坚固，应该无法被破开，否则，之前进来的那些人早就被击杀了……眼下最重要的是，我能不能召唤出龟纹锅……”白小纯纠结了一番，发现自己来到此地后，身上什么都没有，他深吸一口气，右手一指，像以往一样召唤龟纹锅。

猛然间，一道乌光从他体内飞出，飘浮在他面前，化作龟纹锅！

看到龟纹锅，白小纯先是一愣，而后狂喜，得意地大笑起来。

“带进来了，哈哈，居然真的被我带进来了！”白小纯精神振奋，眼睛亮了起来。一想到自己或许真的可以成为第一，拿到天人魂，白小纯就更高兴了。

“如此一来，谁能和我比？！哼，我白小纯想要这个第一，谁敢抢？！”白小纯潇洒地一甩小袖，抬起下巴，得意极了。

同时，白小纯也知道时间紧迫，于是压下激动，上前一把取下一色火，满怀期待地将其按在龟纹锅上。

在一色火与龟纹锅碰触的瞬间，龟纹锅猛地一震，很快就将一色火吸收了，其上纹路散出光芒。

白小纯眼看如此，内心更笃定了。他嘿嘿一笑，小心翼翼地把那片干枯的树叶拿过来，看了看后，确定这只是寻常树叶，他嘀咕了一句：“让我炼树叶，这也太浪费了。”

白小纯一想到自己在这里炼的东西，十有八九是拿不走的，也就没太在意，将树叶扔到了龟纹锅内。

在白小纯将树叶扔进去的瞬间，龟纹锅上的那些纹路猛地闪耀，向着树叶凝聚而去，一刹那，光芒刺目。当光芒消失后，那片干枯的树叶上竟多出了一道银纹！

白小纯赶紧将树叶拿出来，仔细观察后，发现只是多了一道银纹而已，再没有其他变化。

“这也太浪费了。”白小纯摇头，看向左侧石台，发现那里出现了第二团火，火焰有两种颜色，正是二色火。

“无所谓了，反正是试炼，又不是我的，不心疼。”白小纯毫不在意，将二色火取来，再次炼灵。

很快，树叶上出现了第二道银纹、第三道银纹、第四道银纹……直至石台上出现了八色火，经过白小纯的炼灵，树叶上出现了第八道银纹，白小纯有些心痛了。

“八次炼灵啊……”白小纯看着手中的树叶，发现它依旧是干枯的，不过韧性明显增强了不少，甚至隐隐有光芒流转，这原本寻常的树叶，如今已成宝物。

白小纯想了想，琢磨着这树叶如今是宝物了，若是留下自己的烙印，如同对自己认主，那么自己离开的时候或许可以将其带走……

抱着侥幸心理，白小纯掐诀一指，将自己的印记烙印在树叶上，树叶光芒一闪，完成了认主。

做完这些，白小纯发现九色火也出现了，他将九色火拿来，继续炼灵……

九次、十次……

很快，树叶上赫然出现了十道银纹，整片树叶虽还是干枯的，但材质似乎变了，光芒流转间，给人一种玉石之感！

“十次……”白小纯抬头看向石台，上面出现了十一色火，他立刻就被吸引了。

准确地说，这火焰没有十一种颜色，可白小纯看了一眼，立刻就确定这是十一色火！

那是一种说不出来的感觉，此火颜色多变，默默地燃烧，蕴含着一股让人惊心动魄的力量。

“我之前猜测，宝物经过十一次炼灵后，似乎会出现某种神奇的变化……”白小纯眼睛一亮，想到了火魂箭上的金纹！

第 554 章

神秘莫测

此刻，白小纯的魂融入石碑中的炼灵空间，他不知道外面发生的事情，其他正在试炼的人也看不到彼此。

而光球内的周一星还没有选好要进行何种试炼，就在这时，他忽然觉得有些不对劲，有一处地方一下子就明亮起来，而且越来越亮。

他愣了一下，转头立刻就看到了亮光传来之地，看到了光球中面具脱落在胸口上，露出了真正容颜的白小纯。

此刻，白小纯的光球显然比之前明亮了太多，在这上千个光球里，足以列入前五百。

“他果然是白小纯！不过，这也太快了，他选择了什么试炼？！”周一星咬牙切齿，心底有些不服，呼吸几次后，强行让自己不再去看，而是继续斟酌自己的试炼选择。

与此同时，在炼灵密室内，随着龟纹锅将十一色火吸收，锅内的树叶竟爆发出强烈的光芒。

这光芒比之前十次的光芒加在一起还要刺目，银光漫天，随后，其颜色竟慢慢改变。白小纯目不转睛，看到树叶上的十道银纹居然重叠在一起，最终形成了一道金纹！

“果然如此！”白小纯心中了然，还以为这一次的炼灵结束了，可就在这时，异变突起，在金纹出现的瞬间，树叶竟猛地震动，呈现绿色！

绿色眨眼间覆盖整片树叶，树叶甚至焕发生机，紧接着，更不可思议的一幕发生了，让白小纯脑海轰鸣，失声惊呼。

“这……这怎么可能？！”

绿色树叶生出根茎，随后居然形成了树枝，而且仍在生长，树枝上出现了更多叶子……

白小纯忘记了呼吸，眼睁睁地看着这树枝最终形成树干，而树干上又出现了更多树枝，最终竟在龟纹锅上化作一棵小树！

小树生机盎然，如同真的一般，其上那道金纹灿灿耀目。随着此宝的改变，如有一股冥冥之力直接将白小纯的烙印抹去，使得这棵小树上再没有白小纯的任何印记。

“一片叶子，在炼灵十一次后，竟成了树！之前的印记也被抹去……银纹，果然成了金纹！”白小纯呼吸略微急促，仔细去看那棵树，发现此树并不稳定，仿佛在树叶与小树之间不断变换。

这个特性，与火魂箭一模一样。

白小纯心神震动，这次经历对他而言极为重要，让他对炼灵有了更深刻的了解。此刻，他右手掐诀一指，尝试将印记烙印在小树上，看看能否使其重新认主。

印记慢慢烙印在小树上，白小纯立刻就明白了，宝物经过十一次炼灵，哪怕本质改变了，它依旧可以认主。

“这么来看，第十一次炼灵会让宝物脱胎换骨，不管之前它属于谁，印记都会被抹去，出现第二次认主的机会……”白小纯抿着嘴唇，此刻，他忘记了要拿试炼第一，注意力全都集中在炼灵上。

“金纹之后，又会出现什么纹？”白小纯眼睛一亮，立刻看向石台，那里又出现了一团火。白小纯没有迟疑，立刻取来，兴致勃勃地继续炼灵。

十二次、十三次、十四次！

小树上的金纹多了起来，从一道变成了四道，小树越发茁壮，渐渐粗大，树枝更多，树叶更茂。小树成了大树，甚至散发出一股威压。

这股威压极强，白小纯兴奋不已，彻底被炼灵吸引，他目不转睛地望着大树，猛地取来十五色火，继续炼灵。

这一次，在炼灵成功的瞬间，龟纹锅传出前所未有的震动，散发出夺目的金色光芒，这光芒仿佛可以将天地照亮。

白小纯立刻明白了，第十五次炼灵估计让宝物产生了特殊的变化。

“到底是什么变化……”白小纯舔着嘴唇，激动地看去。

很快，龟纹锅的金光消失，那棵大树更为粗大，其上竟出现了一丝天人之力！

“天人！”白小纯惊呼，露出难以置信之色。他与天人的接触虽不多，但也不少，此刻他发现这棵大树居然出现了天人的感觉。

白小纯顿时呼吸急促，上前察看，甚至还抬手去摸。在碰触大树的瞬间，白小纯猛然有种错觉，仿佛可以借助此树去感受苍穹。

“炼灵，竟如此神秘莫测！”白小纯面色变化，后退几步，目中浮现痴迷的神情，他一把拿来石台上新出现的火，再次炼灵。

轰！

十六次、十七次、十八次、十九次、二十次……

继续经过五次炼灵后，大树越来越大，几乎占据了整间密室，最后冲破密室，枝条伸到了外面，白小纯抬头都看不到顶了，好在下方的龟纹锅还露出一些地方，让他可以继续炼灵。

茂密的大树上，十道金纹璀璨夺目，树内散出的天人之力让白小纯身体颤抖、神色震骇。

这股天人之力的强悍程度，让白小纯觉得立于自己面前的仿佛不是树，而是一个比陈贺天、红尘女还要强悍的天人。

这仿佛是天人的巅峰之力！只要碰一下，不管白小纯肉身何等强韧，他都将形神俱灭。哪怕换了陈贺天与红尘女在这里，虽不会形神俱灭，但也一定会被碾压得无法动弹！

白小纯激动地看着那棵大树，他能感受到，其上有自己的印记，自己只要一动念，就可以让这大树听从自己的指挥，成为自己的法宝。

而自己有了这个法宝，陈贺天与红尘女又算得了什么？！

“多亏有了龟纹锅，我才可以炼出如此之宝，不知道这世间是否存在这种炼灵二十次的至宝！

“我……我如果能将它带出去，我……我就可以回逆河宗了！”

白小纯激动，可又有些患得患失，他觉得此物太强了，自己怕是无法带走的……

凭着心中仅存的一丝侥幸，他颤着手，取来石台上的新火，按在了龟纹锅上。

“二十一次！”

在白小纯炼灵的同时，外面的周一星已经要爹毛了。他原本已经选好，正准备开始试炼，却突然发现，白小纯那里的光芒更亮了。

周一星目瞪口呆，白小纯所在的光球不断闪耀，亮度几乎超越了四周的所有光球！即便是那些比白小纯来得早的试炼者，他们的光球也明显不如白小纯的亮。

原本是红尘女的光球独占鳌头，可眼下……又多出了白小纯！

白小纯的光球虽还是不如红尘女的亮，但辉煌无比，且看其样子，想要追上红尘女也并非不可能。

这一幕幕让周一星连眼珠子都要瞪出来了，他脑子发蒙，觉得自己应该是看错了，使劲揉了揉眼睛后，骇然发现，自己没看错。

“怎么会如此？！该死的，他莫非……莫非能得第一？”周一星咬牙怒吼，对白小纯嫉妒极了。

第 555 章

极致

二十一次!

轰鸣之声在密室内回荡，整间密室都在颤抖，四周甚至出现了裂缝，唯独那三座石台还在。白小纯抓着树干，面色苍白，他发现眼前这棵大树上的十道金纹开始重叠了。

白小纯屏住呼吸，眼睛眨都不眨一下，想看看这棵大树经过二十一次炼灵后，到底会出现什么变化。

这种机会实在难得，白小纯相信，自己在外面应该很难看到。

轰鸣之声不断传出，这一刻，不仅是这棵大树在震动，就连外界那座巨大的石碑也在轻微地颤抖。

这个过程持续了十多个呼吸后，白小纯忽然睁大眼睛，他看到大树上的十道金纹重叠后，居然变成了紫色，最后化作一道紫纹!

在紫纹出现的瞬间，大树竟不再继续生长，在刺目的紫光下，粗大的树干上慢慢浮现出一张面孔，如有生命诞生。

这张面孔沧桑无比，眼睛睁开后却露出初生婴儿之色，带着迷茫和对世界的好奇，看向四方。

它身上的天人气息消失了，取而代之的是一股比天人还要恐怖的威压，只不过这股威压内敛，并没有扩散出来。可白小纯清楚地感受到，一旦这股威压扩散，怕是连天地都要剧变。

白小纯头皮都要炸开，脑海轰鸣不断，他小心翼翼地去感受自己的印记，终于松了口气。

他的印记与这大树如同长到了一起，哪怕经历了数次炼灵依旧存在。

“经过十一次炼灵之后，树叶成为大树；经过二十一次炼灵之后，大树……化作了灵。这是什么，树灵？木灵？”

白小纯咽下一口唾沫，额头冒汗，看着大树半晌后，发现大树上的面孔还在发呆，白小纯一咬牙。

“不管它是什么，反正有我的烙印。此物经过二十一次炼灵就如此逆天了，那么将它炼灵三十次会怎样？”白小纯想到这里，心中生出一种难以形容的期待。

于是他向石台扫了一眼，带着执拗，再次炼灵。

二十二次！

第二十次炼灵之后，每一次炼灵都是惊天动地，轰鸣传遍八方，密室早就崩溃了，大树颤抖得越来越强烈，而那张面孔的眼神也变得越发深邃，甚至透出了睿智，仿佛历经世事。

天地震动，外界的石碑也是如此，似乎无法承受白小纯炼灵的威力！

至于外界白小纯所在的光球，此刻更是光芒万丈，亮度甚至超越了红尘女的光球，成了此地上千个光球中最璀璨的一个！

这一幕让周一星绝望，他算了算时间，心中的绝望更彻底了。

“白小纯是个妖孽……我这辈子都不想再遇到他了。”周一星受到的打击极大，他有些心灰意冷。

石碑剧烈地震动，在白小纯的疯狂炼灵下，四周一千多个光球里，有些人的试炼被强行中断，似乎这石碑的力量已经不足以支撑所有人试炼，它需要中断一些次要者的试炼，以便用更大的力量支撑白小纯的炼灵。

“怎么回事？！”

“我怎么突然出来了？我的试炼还没结束啊！”

“天啊！这石碑……怎么在颤抖？那是什么，那是谁……这光芒也太恐怖了！”

“白小纯！”

这些苏醒之人先是茫然，而后看清了四周的状况，不禁失声惊呼。

石碑依旧在震动，尽管它中断了不少人的试炼，可情况还是没有缓解，它反而震动得越来越强烈。

白小纯已经疯了，他没有停顿，再次开始炼灵。

二十三次！

在三道紫纹出现的瞬间，石碑传出巨响，不得不再次中断数百人的试炼，可还是不够，随后，它竟中断了除红尘女与白小纯外，所有人的试炼！

不管其他人的试炼达到了什么程度，都被石碑立刻中断，如此一来，一千多个人同时惊醒，顿时使得此处沸反盈天。

试炼被中断后，他们所在的光球暗淡下来，此刻，此处只有两个光球散出光芒，一个代表白小纯，另一个代表红尘女！

白小纯的光球极为刺目，红尘女的则暗了不少，可依旧十分璀璨，远远一看，两个光球如同日月，让所有人心神轰鸣。

"是白小纯！"

"天啊，这白魔在进行什么试炼，难道连天人都比不过他？！"

外界之人哗然，白小纯披头散发却异常亢奋，在炼灵之地大吼一声。

"二十四次！"

轰！

大树上出现了第四道紫纹，那张面孔目中透出的睿智更多，它似乎低头看向了白小纯。

与此同时，咔嚓一声，外界的石碑竟出现了一道裂缝，让所有人心神狂震。

这一切还没有结束，白小纯已发狂了，再次咆哮。

"二十五次！"

白小纯将那已看不清颜色的火直接按在了龟纹锅上，龟纹锅剧烈地颤动，猛然爆发出无尽的紫光，使得大树上出现了第五道紫纹。

在第五道紫纹出现的瞬间，这张面孔猛地抬头，发出了一声仿佛从远古岁月传来的叹息。叹息之声在天地间回荡，大树上仿佛存在无数生命，这些生命好似在繁衍、生长，大树似乎正朝着一个匪夷所思的方向不断进化！

可白小纯感觉还是差了一些，或许，差的就是后面几次炼灵！

"世界吗……难道，经过三十次炼灵后，这大树会变成一方……世界？"

白小纯的脑海中响起轰的一声，前所未有的明悟令他不住地颤抖，他正要去取火，却发现那石台竟无法凝聚出二十六色火，轰的一声，自行崩溃，成了飞灰……

一同崩溃的，还有其他两座石台以及那棵大树！

白小纯看着这一切，脑海中仿佛有天雷不断落下，他知道，这一次试炼，对自己而言无比重要，是前所未有的大造化！

这等于是弥补了自己的炼灵体系，使得自己对炼灵的了解更深，恐怕在整个通天大陆，能有自己这种见识的人，也是凤毛麟角，极有可能再没有第二人了！

白小纯无比震撼，此刻才意识到，自己以前太忽略炼灵了。炼灵具备化腐朽为神奇之力，堪称整个天地间最大的造化之功！

他心脏狂跳，呼吸粗重，心底对炼灵的执着一如当年对炼药的渴望，因为他意识到了，炼灵……一样可以延年益寿！

“大树都可以化为一方世界了，更不用说延年益寿之效！”白小纯怦然心动，觉得这条路似乎比炼药还要简单，因为他有龟纹锅！

“我这口龟纹锅……到底什么来头？”白小纯低头看向龟纹锅，无法想象它的来历。

就在这时，石碑传出一声仿佛来自天外的巨响，在炼灵之地内回荡。

“你，成为第一！”这句话明显是对白小纯说的。紧接着，一股大力使得整个炼灵之地暗了下来，轰的一声，将这里彻底封印。白小纯还没反应过来，四周就出现了一个巨大的旋涡，猛地将他吸入其内。

第 556 章

第三层

就在白小纯被旋涡吸入的瞬间，光球内的白小纯猛地睁开双眼，一时有些茫然。还没等他反应过来，一刹那，这光球竟再次化作一个旋涡，将白小纯吸入其内。

随着白小纯的消失，他所在的光球也无影无踪，光芒消散后，那石碑终于停止抖动，恢复如常，唯独其上的裂缝依旧存在。

另外，在那众多的试炼选项中，炼灵试炼已被抹去。

这一幕让四周这一千多个人全部怔住，他们瞪大了眼睛，脑海嗡鸣。

“白小纯……不见了！”

“这……莫非他是第一？！他现在已经去了第三层，去拿天人魂了！”

“怎么可能是他？！这该死的白魔，为什么会是他？！”

“哼，是他更好！天人魂若是落在天人手中，那我们就没机会了，可若是在白魔手里，相信他也保不住！”

“没错，如此一来，白小纯的价值就更大了！杀了他，不但可以获得金木水火土五份天兽魂，凑成完整的五行天兽魂，还可以获得天人魂！”

众人议论纷纷，很快就发现，石碑外，红尘女的光球居然还在，甚至比之前更加璀璨，似乎她不但没有被取消试炼资格，而且就快完成了。

所有人立刻意识到，天人魂最后的主人不一定是白小纯。白小纯在第三层若是速度慢了，恐怕不但得不到天人魂，就连性命也保不住。

毕竟……他和一个欲取他性命的天人在同一个地方，其下场如何，众人都心知肚明。

况且，若非白小纯的出现，这试炼第一之位将没有任何悬念，必定属于红尘女所有。

周一星此刻颤抖着，面露激动之色，心底狂喜。

“红尘老祖加油啊，快点去第三层，宰了那该死的白小纯！”

地宫第三层，也就是天人魂所在之地，是一处巨大的葬宫，四周呈八角形，此地灯火辉煌，每一个角落里都竖立着一座巨大的雕像。

每一座雕像都有百丈之高，看似很大。整个地宫的地面都铺着龙鳞纹路的石砖，放眼看去，地面上好似镶嵌了九条金龙！

九个龙头如众星捧月一样，交错于正中间的一座祭坛！

葬宫四周的墙壁上有无数小孔，每一个小孔内都射出光芒，这些光芒颜色各异，竟在半空中凝聚出一条金色大龙！

这条金龙栩栩如生，盘在葬宫顶部，硕大的龙头垂在祭坛上方，它闭着眼，仿佛在沉睡……

这使得葬宫内的那座祭坛极为显眼，令人瞩目，祭坛上没有棺椁，而是放着一座青色石碑！

石碑给人一种沧桑之感，不知存在了多少岁月，上面有一行行字迹，显然是留给后人看的。

若有人走到近前，就能发现，这座石碑竟不是屹立在那里，而是飘浮着！

似有一股神秘的力量托举着石碑，使其飘浮在那里，一动不动。而在石碑与祭坛之间，放着一个蓝白色的玉镯！

玉镯内赫然有一缕绿色雾气，这缕雾气仿佛将天地精华集于一身，它缓缓翻滚，时而化作一滴水，散发出一股让人惊心动魄的天人气息！

这……正是水属性的天人魂！

此刻，在祭坛右侧千丈外，突然有金光闪耀，白小纯的身影猛然出现。

白小纯还在发蒙，实在是因为这连续传送速度太快，他的意识似乎还停留在炼灵之地，可下一瞬，他就到了光球内，魂归身体后，他刚睁开眼，就眼前一花，到了此地。

白小纯茫然地看着四周，目光落向祭坛上垂下头的巨大金龙，他猛地瞪大双目，倒吸一口凉气，后退几步，狐疑地看着那条金龙，接着又看到四周墙壁上那些小孔中射出的光芒。

“我还以为真的有条龙，原来是假的，吓死你家白爷了。”白小纯松了口气，此刻才算清醒了些。回想之前的一幕幕，他立刻就意识到，自己此刻所在的地方就是第三层！

“我成了第一！”白小纯眼睛一亮，有些激动，尤其是想到自己此番收获极大，更是精神振奋。他打量四周，正要奔向祭坛，突然脚步一顿，面色大变。

“我的锅……”白小纯猛然想起自己之前被传送得太快，没来得及收那口锅，于是赶紧召唤。乌光一闪，白小纯看到龟纹锅还在，这才放心地将其收起，又想到自己的面具，他低头一看，发现面具贴在了胸口处，于是赶紧将面具收起，兴致勃勃地冲上了祭坛。

踏上祭坛之后，他小心地观察了一下那条光龙，甚至还抬手抓了过去，直接穿透后，白小纯彻底放心了。

“这里布置得倒也漂亮，居然还能看到光影成龙，地面上也有龙，可无论怎么看，这里都像是墓地啊，只是没有棺椁。”白小纯有些诧异，来到石碑前，一眼就看到这石碑是飘浮的，还看到了石碑下那个蓝白色镯子内的雾气！

很多人这辈子都没看到过天人魂，自然无法辨认，但白小纯的储物袋里就有两个了，因此他立刻认出这正是天人魂！

而显然，这天人魂被石碑镇压，无法让人轻易拿走。白小纯抬头看着石碑上的字迹，看着看着，忽然睁大了眼睛，下意识地上前几步，露出难以置信的神情。

“朕为二代魁皇，除埋骨之地外，余留冥宫九座。朕之修为取于父皇，故朕遵父皇遗愿，裂自身三魂七魄而无悔，并将其置于冥宫内，留待后人获取，以成就其自身造化。

“天地子民，无不有朕一族血脉，故来者皆为朕之后人……

“此地镇守朕第七魄，此魄亦是天人魂……”

白小纯看到这里，内心震动，有了无限的猜测，他隐隐觉得，这里面似乎藏着什么秘密……

他呼吸急促起来，继续看去，直至全部看完，心神再次震动，这石碑上有关于天人魂的使用方法。

看到方法后，白小纯忽然意识到，在这之前，自己居然不知道天人魂要如何使用。他以为，成就天道元婴就如以五行天兽魂结婴般，集齐五个天人魂，之后将其全部吸收，从而破丹结婴！

可实际上，并非如此！

修士的确需要集齐五行天人魂后，才可成就天道结婴，但并非要等集齐后才能吸收，实际上，修士随时都可以吸收天人魂……而且，修士每吸收一个天人魂，就可以凝聚出一具与本体一样修为的分身！

这种事情，白小纯还是首次听说，在这之前从来没人说过，或许，根本就没人知道，因为这个消息似乎被人从历史上抹去了！

吸收了五个不同属性的天人魂后，修士就拥有了五大分身，这五大分身与本体修为相同，将大幅度提升修士的战力。而修士若想结婴，就要让五大分身与本尊融合，拥有如此恐怖之力的本体自然不可能失败！

修士瞬间结婴，成就天道元婴，从这个过程中就能看出其战力之强。

可这也不是没有弊端，弊端就是，修士一旦吸收了第一个天人魂，那么此生就再也不可能用天兽魂结婴了，想要突破，唯有天道元婴这一条路可走。

第 557 章

天人魂到手

白小纯极为心动，算上眼前这个天人魂，自己已经有三个了，而且是三个不同属性的天人魂。可是，这天人魂实在太罕见了，不知什么时候自己才能再得到两个不同属性的，于是叹了口气。

“算了，我还是用天兽魂结婴比较稳妥。”

白小纯想到这里，又看了石碑一眼，还是有些遗憾自己无法成就天道元婴。他琢磨着这石碑上所说的关于天人魂的使用方法，外人应该知之甚少，此事或许可以作为情报，说不定，以后自己能拿这情报换取所需之物。

白小纯若有所思，抬手在石碑上一挥，想看看能否将上面的文字抹去，这样一来，其他人进来后才不会看到，也就使得此事成为白小纯独有的机密。

一试之下，白小纯立刻惊喜地发现，因石碑文字存在的岁月太久，自己稍微一用力，文字就被抹去了一些。他上前几步，正要一鼓作气再次尝试，可就在这时，他注意到这几行文字旁边竟还有一行小字。

“此文乃朕之遗留，毁去者必受朕之诅咒……”

“诅咒？！”白小纯眼睛一瞪，身体一颤，全身汗毛竖起，放在石碑上的手如同碰到了滚烫的火炉，猛地收回。

“二代魁皇太阴险了，字迹居然这么小，不靠近根本就不会注意到……而且，你说你不愿意让人毁了这些文字，加大点法力使得这文字无法被毁不就得了？”白小纯咬牙切齿，他可不想冒险，一想到“诅咒”这两个字，他就心惊肉跳。

“我方才只是抹去了几个字而已，那个……我不是故意的，应该没事……”白小纯吸了口气，赶紧安慰自己，同时打消了抹去文字的想法，乖乖地按照石碑上描述的方法，右手掐诀向着石碑一指。

这石碑立刻震动，向后缓缓飘去，在其飘开的瞬间，下方的蓝白色手镯猛地飞出，白小纯早就留意到了，抬起右手一把抓住！

“天人魂，到手了！”

就在白小纯抓住手镯的瞬间，试炼之地内，在璀璨的光球中盘膝打坐的红尘女猛地睁开双眼。

她所在的光球形成了一个旋涡，猛然将她吸入其中，消失了。

这一幕，立刻让四周众人齐齐惊呼。

“红尘老祖消失了！”

“她应该完成了试炼，这是……去了天人魂所在之地！”

“可惜了，天人魂与我等无缘了。”

在众人感慨时，周一星目中带着狂喜与激动，大笑起来。

“白小纯，这次你死定了。哈哈，虽然我奈何不了你，但是以红尘老祖的天人修为，她还能让你跑了不成？！”

这一瞬，此地那巨大的石碑竟猛地一晃，传出咔嚓之声，之前因白小纯炼灵形成的那道裂缝突然扩大，甚至蔓延出七八道新的裂缝。

与此同时，一声声如天雷般的巨响传出，如同有一个看不到的巨人，正在一拳拳轰击四方。

整个试炼之地都摇晃起来，仿佛天地都要崩溃一般，所有人面色大变。

“怎么回事？！”

“这里莫非要坍塌了不成？！”

“快走！这里是地底，一旦坍塌，我们必定会葬身于此！”

那些光球内的修士心惊肉跳，随着石碑的碎裂，他们所在的光球也扭曲起来，有些甚至出现了裂缝，里面的修士强行将其轰开，直接钻出。

他们虽不知道为何会出现这种坍塌的情况，可想来必定是有人触动了某种机关，使得地宫崩溃，连同内部的一切，都灰飞烟灭。

此刻，众人无心多想，但凡从光球内挣扎冲出之人，都全速向着四周狂奔而去，试图找到出口，离开地宫。

周一星也紧张地一把撕开光球，与这一千多个人一起寻找出口。可渐渐地，他们就绝望了，这里……根本就没有出口！

陈贺天也在人群内，此刻，他呼吸一顿，眼睛一亮，猛地抬头，直奔上方而去，天人修为轰然散开，他要从上方轰击空间，劈开这里。

巨响回荡，在陈贺天出手的地方，空间扭曲，形成了一个凹形，可很快又恢复过来。四周崩溃得更为厉害，那石碑已有不少地方脱落，四周的空间甚至出现了一个个气泡，有些闪躲不及的修士碰触之后，身躯立刻就四分五裂，形神俱灭。

陈贺天面色变化，他看出以自己的战力无法撼动此地，于是蓦然开口。

“所有人，不管来自边城还是蛮荒，一起出手，随老夫冲出去！”

众人都知道时间紧迫，此时已不在乎所谓阵营，顿时联手，按照陈贺天的指挥，齐齐施展神通，轰击而去，使得这凹形越来越大……

试炼之地不稳，迷宫中同样出现了变故，之前那一面面无法被摧毁的迷宫墙壁，此刻猛然产生了裂缝。随着裂缝的扩散，其内浮现出无数面孔，都在惨叫，似乎想要从墙壁内逃出，却无能为力。

整个地宫猛烈摇晃起来，如同一个盒子正被人拿在手里，不断晃动。此刻，迷宫内所剩不多的修士与魂修全都心神震撼，面色大变，死死地固定住身躯。

他们的呼吸急而乱，所有人都感受到了强烈的危机。

“怎么会这样？！”

“该死的，还没找到出口，莫非要死在这里？！”

迷宫内，怒吼声此起彼伏，带着满腔悲愤与绝望。

神算子也在迷宫中，此刻，他绝望地看着四周坍塌的墙壁，无数红帽子尖叫着四散而去。

“完了，完了……”神算子心中苦涩。

迷宫另一处，此处距离试炼之地的入口极近，宋缺站在那里，惨笑一声。在迷宫坍塌前，他意识到前方就是出口，那一刻，他激动无比。

可他还没踏入出口，迷宫就出现了如此变故。

“我宋缺，莫非要被这迷宫埋葬？！”宋缺仰天凄吼，内心不甘，却无处发泄。

迷宫外，这剧变看起来更为清晰。

白麟和另外两个军主带着大军，早就驻扎在了迷宫外。同样，蛮荒方面，如今也有数十万魂士与魂修，还有不少炼魂师，驻扎在迷宫外的另一个方向。

为了防止天人魂有了归属后迷宫内发生动乱，双方隔着迷宫区域，守护在这里。

可他们没等到有人出来，反倒等到了这一场天地剧变。轰鸣之声不断传出，众人面色大变，白麟也好，蛮荒那些炼魂师也罢，他们都清晰地看到迷宫周围千里散发出耀眼的光芒。

这光芒伴随着震天巨响扩散，大地缓缓凹陷，尘土飞扬，遮天蔽日。

这凹陷还在飞快地蔓延，一座座山峰相继倒塌，传出巨响，地面剧烈震动，如同有地龙翻身。

这一幕让外界所有人都呼吸急促，露出焦急之色，眼看凹陷蔓延而来，他们纷纷后退。

“出事了！”白麟内心咯噔一声，有心去察看，可大地坍塌时，释放出了一股让所有人神魂不稳的气息，似乎若他们靠近，就会被吸入其中。

显然，随着大地的坍塌，周围千里形成了一处禁制大阵，而且这禁制的范围随着凹陷的蔓延而不断扩大！

（本册完）

更多精彩内容，敬请关注《一念永恒10》